〈김광순 소장 필사본 고소설 100선〉

임호은젼

역주 신태수辛泰洙

경상북도 고령에서 태어났다. 영남대학교 국어국문학과에서 학사학위를 받았고, 한국학중앙연구원 한국학대학원에서 석사학위를 받았으며, 경북대학교 대학원 국어국문학과에서 박사학위를 받았다. 경일대학교 교육문화콘텐츠학과 교수로 근무했으며, 현재는 영남대학교 교육대학원 교수로 재직 중이다. 지금까지 저서는 18권을 집필했다. 전공저서는『하층영웅소설의 역사적 성격』,『한국 고소설의 창작방법 연구』,『대칭적 세계관의 전통과 서사문학』,『동양 고전독서이론 용어 해설집』,『인성, 세상을 바꾸는 힘』,『퇴계의 독서생활』,『퇴계의 독서법』,『인성 오디세이』,『옛 효행서사의 공리적 담론』이 있고, 교양저서는『인문학문의 과제와 창조적 글쓰기』,『논술 돈오점수』,『논술 다이달로스와의 약속(권1~권4)』,『실전논술 고삐잡기』,『논술과 이데올로기』,『소단적치』,『LEET논술』,『준봉 고종후의 수평적 리더십』,『울진인의 의리정신』이 있다. 학술논문으로는「『삼강행실도』효자편과 〈진대방전〉의 거리」등 150여 편을 집필했다.

택민국학연구원 연구총서 38
〈김광순 소장 필사본 고소설 100선〉

임호은전

초판 인쇄 2017년 12월 5일
초판 발행 2017년 12월 10일

발행인 비영리법인택민국학연구원장
역주자 신태수
주 소 대구시 동구 아양로 174 금광빌딩 4층
홈페이지 http://www.taekmin.co.kr

발행처 (주)박이정
     대표 박찬익 ▮ 편집장 권이준 ▮ 책임편집 정봉선
주 소 서울시 동대문구 천호대로 16가길 4
전 화 02) 922-1192~3 ▮ 팩스 02) 928-4683
홈페이지 www.pjbook.com ▮ **이메일** pijbook@naver.com
등 록 2014년 8월 22일 제305-2014-000028호

ISBN 979-11-5848-357-9 (94810)
ISBN 979-11-5848-353-1 (셋트)

* 책값은 뒤표지에 있습니다.

국학연구원 연구총서 38

김광순 소장 필사본 고소설 100선

임호은전

신태수 역주

(주)박이정

21세기를 '문화 시대'라 한다. 문화와 관련된 정보와 지식이 고부가가치를 지니기 때문에, '문화 시대'라는 말을 과장이라 할 수 없다. 이러한 '문화 시대'에서 빈번히 들을 수 있는 용어가 '문화산업'이다. 문화산업이란 문화 생산물이나 서비스를 상품으로 만드는 산업 형태를 가리키는데, 문화가 산업 형태를 지니는 이상 문화는 상품으로서 생산·판매·유통 과정을 밟게 된다. 경제가 발전하고 삶의 질에 관심을 가질수록 문화 산업화는 가속도가 붙을 것이다.

문화가 상품의 생산 과정을 밟기 위해서는 참신한 재료가 공급되어야 한다. 지금까지 없었던 것을 만들어낼 수도 있으나, 온고지신溫故知新의 정신으로 오랜 세월에 걸쳐 그 훌륭함이 증명된 고전 작품을 돌아봄으로써 내실부터 다져야 한다. 고전적 가치를 현대적 감각으로 재현하여 대중에게 내놓을 때, 과거의 문화는 살아 있는 문화로 발돋움한다. 조상들이 쌓아 온 문화유산을 소중히 여기고 그 속에서 가치를 발굴해야만 문화 산업화는 외국 것의 모방이 아닌 진정한 우리의 것이 될 수 있다.

이제 고소설에서 그러한 가치를 발굴함으로써 문화 산업화 대열에 합류하고자 한다. 소설은 당대에 창작되고 유통되던 시대의 가치관과 사고 체계를 반드시 담는 법이니, 고소설이라고 해서 그 예외일 수는 없다. 고소설을 스토리텔링, 영화, 드라마, 애니메이션 CD 등 새로운 문화 상품으로 재생산하기 위해서는, 문화생산자들이 쉽게 접하고 이해할 수 있게끔 고소설을 현대어로 옮기는 작업이 선행되어야 한다.

고소설의 대부분은 필사본 형태로 전한다. 한지韓紙에 필시지가 개성 있는 독특한 흘림체 붓글씨로 썼기 때문에 필사본이라 한다. 필사본 고소설을 현대어로 옮기는 작업은 쉽지가 않다. 필사본 고소설 대부분이 붓으로 흘려 쓴 글자인 데다 띄어쓰기가 없고, 오자誤字와 탈자脫字가 많으며, 보존과 관리 부실로 인해 온전하게 전승되지 못하는 경우가 많다. 그뿐만 아니라, 이미 사라진 옛말은 물론이고, 필사자 거주지역의 방언이 뒤섞여 있고, 고사성어나 유학의 경전 용어와 고도의 소양이 담긴 한자어가 고어체로 적혀 있어서, 전공자조차도 난감할 때가 있다. 이러한 이유로, 고전적 가치가 있는 고소설을 엄선하고 유능한 집필진을 꾸려 고소설 번역 사업에 적극적으로 헌신하고자 한다.

필자는 대학 강단에서 40년 동안 강의하면서 고소설을 수집해 왔다. 고소설이 있는 곳이라면 주저하지 않고 어디든지 찾아가서 발품을 팔았고, 마침내 474종(복사본 포함)의 고소설을 수집할 수 있게 되었다. 필사본 고소설이 소중하다고 하여 내어놓기를 주저할 때는 그 자리에서 필사筆寫하거나 복사를 하고 소장자에게 돌려주기도 했다. 그렇게라도 하지 않았다면 지금쯤 벽지나 휴지의 재료가 되어 소실되었을 가능성이 크다. 본인이 소장하고 있는 작품 중에는 고소설로서 문학적 수준이 높은 작품이 다수 포함되어 있고 이들 중에는 학계에도 알려지지 않은 유일본과 희귀본도 있다. 필자 소장 474종을 연구원들이 검토하여 100종을 선택하였으니, 이를 〈김광순 소장 필사본 고소설 100선〉이라 이름 한 것이다.

〈김광순 소장 필사본 고소설 100선〉 제1차본 번역서에 대한 학자들의 〈서평〉만 보더라도 그 의의가 얼마나 큰 지를 알 수 있다. 한국고소설학회 전회장 건국대 명예교수 김현룡박사는『고소설연구』(한국고소설학회) 제39집에서 "아직까지 연구된 적이 없는 작품들이 다수 포함되어 있어서 앞으로 국문학연구에 크게 기여할 것"이라 했고, 국민대 명예교수 조희웅박사는 『고전문학연구』(한국고전문학회) 제47집에서 "문학적인 수준이 높거나 학계에 알려지지 않은 유일본과 희귀본 100종만을 골라 번역했다"고 극찬했다. 고려대 명예교수 설중환박사는 『국학연구론총』(택민국학연구원) 제15집에서 "한국문화의 세계화라는 토대를 쌓음으로써 한국문학에 크게 기여할 것이라"고 했다. 제2차본 번역서에 대한 학자들의 서평을 보면, 한국고소설학회 전회장 건국대 명예교수 김현룡박사는 『국학연구론총』(택민국학연구원) 제18집에서 "총서에 실린 새로운 작품들은 우리 고소설 학계의 현실에 커다란 활력소가 될 것"이라고 했고, 고려대 명예교수 설중환박사는 『고소설연구』(한국고소설학회) 제41집에서 〈승호상송기〉, 〈양추밀전〉 등은 학계에 처음 소개하는 유일본으로 고전문학에서의 가치는 매우 크다"라고 했다. 영남대교수 교육대학원 교수 신태수박사는 『동아인문학』(동아인문학회) 31집에서 전통시대의 대중이 향수하던 고소설을 현대의 대중에게 되돌려준다는 점과 학문분야의 지평을 넓히고 활력을 불어 넣는다고 하면서 "조상이 물려준 귀중한 문화재를 더 이상 훼손되지 않도록 갈무리 할 수 있는 문학관이나 박물관 건립이 화급하다"고 했다.

언론계의 반응 또한 뜨거웠다. 매스컴과 신문에서 역주사업에 대한 찬사가 쏟아졌다. 언론계의 찬사만을 소개해보면 다음과 같다. 조선일보(2017.2.8)의 경우는 "古小說, 일반인도 쉽게 읽을 수 있도록"이라는 제하에서 "우리 문학의 뿌리를 살리는 길"이라고 극찬했고, 매일신문(2017.1.25)의 경우는 "고소설 현대어 번역 新문화상품"이라는 제하에서 "희귀·유일본 100선 번역사업, 영화·만화 재생산 토대 마련"이라고 극찬했다. 영남일보(2017.1.27)의 경우는 "김광순 소장 필사본 고소설 100선 3차 역주본 8권 출간"이라는 제하에서 "문화상품 토대 마련의 길잡이"라고 극찬했고, 대구일보(2017.1.23)의 경우는 "대구에 고소설 박물관 세우는 것이 꿈"이라는 제하에서 "지역 방언·고어로 기록된 필사본 현대어 번역"이라고 극찬했다.

물론, 역주사업이 전부일 수는 없다. 역주사업도 중요하지만, 고소설 보존은 더욱 중요하다. 고소설이 보존되어야 역주사업도 가능해지기 때문이다. 고소설의 보존이 어째서 얼마나 중요한지는『금오신화』하나만으로도 설명할 수 있다.『금오신화』는 임진왜란 이전까지는 조선 사람들에게 읽히고 유통되었다. 최근 중국 대련도서관 소장『금오신화』가 그 좋은 근거이다. 문제는 임란 이후로 자취를 감추었다는 데 있다. 우암 송시열도『금오신화』를 얻어서 읽을 수 없었다고 할 정도이니, 임란 이후에는 유통이 끊어졌다고 해야 할 것이다. 그럼에도『금오신화』가 잘 알려진 데는 이유가 있다. 작자 김시습이 경주 남산 용장사에서 창작하여 석실에 두었던『금오신화』가 어느 경로를 통해 일본으로 반출되어 몇 차례 출판되었기 때문이다. 육당 최남선이 일본에서 출판된 대총본『금오신화』를 우리나라로 역수입하여 1927년『계명』19호에 수록함으로써 비로소 한국에 알려졌다.『금오신화』권미卷尾에 "서갑집후書甲集後"라는 기록으로 보면 현존『금오신화』가 을乙집과 병丙집이 있었으리라 추정되며, 현존『금오신화』5편이 전부가 아닐 가능성이 높다. 귀중한 문화유산이 방치되다 일부 소실되는 지경에까지 이르렀으니, 한국인으로서 부끄럽기 그지없다.

이런 문제를 해결하기 위해서는 필사본 고소설을 보존하고 문화산업에 활용할 수 있는 '고소설 문학관'이나 '박물관'을 건립해야 한다. 고소설 문학관이나 박물관은 한국 작품이 외국으로 유출되지 못하도록 할 뿐 아니라 개인이 소장하면서 훼손되고 있는 필사본 고소설을 체계적으로 관리하는 데 크게 기여할 수 있다.

현재 가사를 보존하는 '한국가사 문학관'은 있지만, 고소설의 경우에는 그와 같은 시설이 전국 어느 곳에도 없으므로, '고소설 문학관'이나 '박물관' 건립은 화급을 다투는 일이다.

고소설 문학관 혹은 박물관은 영남에, 그 중에서도 대구에 건립되어야 한다. 본격적인 한국 최초의 소설은 김시습의 『금오신화』로서 경주 남산 용장사에서 창작되었음을 상기할 필요가 있다. 경주는 영남권역이고 영남 권역 문화의 중심지는 대구이기 때문에, 고소설 문학관 혹은 박물관을 대구에 건립하지 않으면 안 된다. 고소설 문학관 혹은 박물관 건립을 통해 대구가 한국 문화 산업의 웅도이며 문화산업을 선도하는 요람이 될 것을 확신하는 바이다.

2017년 11월 1일

경북대학교명예교수 · 중국옌볜대학교겸직교수
택민국학연구원장 문학박사　**김 광 순**

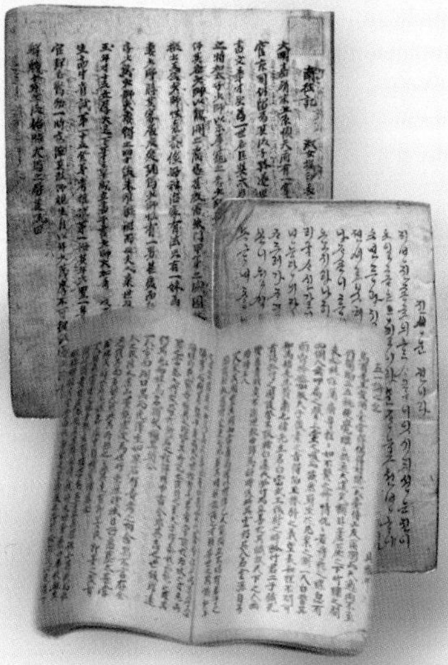

일러두기

1. 해제를 앞에 두어 독자의 이해를 돕도록 하고, 이어서 현대어역과 원문을 차례로 수록하였다.

2. 해제와 현대어역의 제목은 현대어로 옮긴 것으로 하고, 원문의 제목은 원문 그대로 표기하였다.

3. 현대어 번역은 김광순 소장 필사본 한국고소설 474종에서 정선한 〈김광순 소장 필사본 고소설 100선〉을 대본으로 하였다.

4. 현대어역은 독자들이 쉽게 이해할 수 있도록 한글 맞춤법에 맞게 의역하는 것을 원칙으로 하고, 어려운 한자어에는 한자를 병기하였다. 낙장 낙자일 경우 타본을 참조하여 의역하였다.

5. 화제를 돌리어 딴말을 꺼낼 때 쓰는 각설却說·화설話說·차설且說 등은 가능한 적당한 접속어로 변경 또는 한 행을 띄움으로 이를 대신할 수 있도록 하였다.

6. 낙장과 낙자가 있을 경우 다른 이본을 참조하여 원문을 보완하였고, 이본을 참조해도 판독이 어려울 경우 그 사실을 각주로 밝히고, 그래도 원문의 판독이 불가능한 경우에만 ▢로 표시하였다.

7. 고사성어와 난해한 어휘는 본문에서 풀어쓰고, 그렇지 않은 경우에는 각주를 달아서 참고하도록 하였다.

8. 원문은 고어 형태대로 옮기되, 연구를 돕기 위해 띄어쓰기만 하고 원문 면수를 숫자로 표기하였다.

9. 각주의 표제어는 현대어로 번역한 본문을 대상으로 하였나.

　예문 1) 이백李白 : 중국 당나라 시인. 자는 태백太白, 호는 청련거사靑蓮

　居士 중국 촉蜀땅 쓰촨[四川] 출생. 두보杜甫와 함께 시종詩宗이라 함.

10. 문장 부호의 사용은 다음과 같다.

　1) 큰 따옴표(" ") : 직접 인용, 대화, 장명章名.

　2) 작은 따옴표(' ') : 간접 인용, 인물의 생각, 독백.

　3) 『　』 : 책명册名.

　4) 「　」 : 편명篇名.

　5) 〈　〉 : 작품명.

　6) [　] : 표제어와 그 한자어 음이 다른 경우.

목차

□ 간행사 / 5
□ 축간사 / 11
□ 일러두기 / 13

임호은전

I. 〈임호은전〉 해제 ………………………………………… 19

II. 〈임호은전〉 현대어역 ………………………………… 25

III. 〈임호은전〉 원문 ……………………………………… 173

임호은젼

I. 〈임호은전〉 해제

택민 김광순 교수 소장 〈임호
은전〉은 작지미상의 순국문체
필사본이다. 한국학중앙연구원
에 마이크로필림으로도 등재되
어 있다. 2권2책으로서, 각면은
반흘림체 10행이고 각행은 20자
내외이다. 일권은 44장이다. 표
지에는 작품명 이외에 '신축辛丑
십이월일十一月日   상마동上麻洞
정주지鄭周知 완完'이라고 쓰여져

〈임호은전〉

있고, 제일 뒷면에는 '신축이월 회일 직중셔 상마동'이라고
쓰여져 있다. 이권은 54장이다. 표지에는 작품명 이외에 '임천
노호林泉老毫'라고 쓰여져 있고, 제일 뒷면에는 '신축사월 쵸이월
직중필셔 상마동 판동장니 니씨 남이뒥'이라고 쓰여져 있다.
신축년에 필사를 마쳤다고 하니, 필사연대는 1841년, 1901년,
1961년 중 어느 것 하나이다. 택민본에 'ㆍ'가 나타나되 1900년
대 초엽의 활자본의 표기와 유사한 경우가 많아, 1901년이 아닐
까 한다.

〈임호은전〉은 중국을 배경으로 한 영웅소설이다. 목판본은

전해지지 않고, 필사본과 활자본만 전해진다. 활자본에서는 〈임호은전〉을 〈적강칠선謫降七仙〉으로도 소개하고 있다. 세창 서관본에서 〈적강칠선 임호은전〉으로 소개한 경우가 대표적이 다. 천상계의 선관과 선녀였던 남녀 주인공 일곱 명이 옥황상제 에게 득죄하여 인간 세상에 내쳐졌다가 돈독한 애정으로 가연 을 맺고 부귀영화를 누리다가 다시 천상계로 복귀한다고 하여 '적강칠선'이라 한다. 남성 주인공이 여러 명의 여성 주인공과 가연을 맺고 천상계로 복귀한다고 하는 점에서 〈구운몽〉, 〈옥 루몽〉과 유사하다고 할 수 있다. 〈임호은전〉 어느 이본에서나 남녀 주인공을 일곱 명으로 설정하고 있지만, 유독 택민본에서 만은 그렇지 않다. 남녀 주인공이 임호은과 4처뿐이기 때문에 모두 다섯 명에 불과하다. 굳이 별칭을 붙여본다면 '적강오선'이 되는 셈이다.

〈임호은전〉의 내용을 정리하기로 한다. 임춘 부부가 황룡사 화주승에게 시주하고 만득자 호은을 얻는다. 난리가 일어나면 서 가족이 이산하고, 호은은 유리걸식하는 처지가 된다. 고난 속에서 호은은 두 가지 측면에서 존재감을 키워 나간다. 도사를 만나 탁월한 능력을 쌓는다는 점이 그 하나요, 부모를 찾아다니 다 네 명의 여성과 가연을 맺는다는 점이 그 다른 하나이다. 특이점은 상대 여성이 수동적이지 않다는 데 있다. 가령, 이소 저와 미애는 주변의 회유를 뿌리치고 자기의 뜻을 관철한다. 물론, 그렇다고 해도 적강오선의 주역은 당연히 임호은이다.

전장터에 나아가 천자를 구하고 부모와 재회하며 부귀영화를 도모한 자가 임호은이기 때문이다. 이렇게 보면, 〈임호은전〉은 국권 회복과 효윤리 구현이라는 두 축 위에 운명, 천수, 전쟁, 사랑 등을 다양하게 이입시켜 긴장과 흥미를 부여하는 소설이라고 할 수 있다.

국권회복을 국가적 차원의 이상이라고 하고 효윤리 구현을 개인적 차원의 이상이라고 할 때, 〈임호은전〉에는 두 차원의 이상이 종횡으로 얽혀 있다. 공간의 구성원리가 구심적 공간이기도 하고 원심적 공간이기도 하기 때문에 이런 현상이 생겨난다. 구심적 공간일 경우에는 전체 공간이 도성과 여타 지역이라는 두 가지로

〈임호은전〉

양분되며, 천자가 거주하고 정치 권력이 집중된 도성만이 큰 의미를 지닌다. 한편, 원심적 공간의 경우에는 전체의 공간은 각기 개성 있는 공간의 집합체이다. 각 공간이 연쇄적으로 이어지면서 주인공에게 지내한 영향을 미치기 때문에 도성은 다른 여러 공간과 대등한 위상을 지니는 하나의 공간에 지나지 않는다. 〈임호은전〉에서 남성 주인공이 도성으로 천자를 구하기 위해 달려오는 데서 구심적 공간이 나타나고 부모를 찾기 위해

여러 공간을 돌아다니는 데서 원심적 공간이 나타난다.

구심적 공간과 원심적 공간은 영웅호걸의 일생을 나타내기에 유용하다. 남성의 호화로운 일생이 주석지신柱石之臣으로서의 위상과 풍류남아로서의 위상을 동시에 지니는 데서 확보된다고 볼 때, 구심적 공간을 통해서는 주석지신으로서의 위상을 잘 나타낼 수 있고 원심적 공간을 통해서는 풍류남아로서의 위상을 잘 나타낼 수 있다. 〈임호은전〉에서 두 공간을 효과적으로 조합했느냐 하면, 그렇지는 못하다. 소설이 긴장과 흥미의 요소를 적절하게 배합해야 독자를 끌어들인다고 볼 때, 구심적 공간을 형상화할 때는 소기의 목적을 이루지만 원심적 공간을 형상화할 때는 소기의 목적으로 이루지 못한다. 소기의 목적을 이루지 못한 까닭은 초경험적 세계가 빈번하게 나타나서 현실적 공간에 지속적으로 영향을 끼치기 때문이다. 그로 인해 긴장이 적지 않게 이완된다는 점에서 〈임호은전〉은 절반의 성공작이라 할 수 있다.

비록 절반이되 성공한 데는 그럴 만한 요인이 있게 마련이다. 그 요인을 찾아 정리해보기로 한다. 공간이 인물을 내모는 장면을 통해 공간 형상이 사실주의적 성격을 지니도록 한 점, 부모찾기 과정에서 의외의 행운이 도래하는 장면을 통해 효윤리가 문제 해결의 열쇠가 되는 점, 이소저와 미애의 적극적 형상을 통해 여성이 수동적 존재가 아니라고 시사한 점, 무능한 군주를 통해 통치자의 무능이 국난의 원인이라고 암시한 점이 그것이다. 이와 같은 요인이 작품에 긴장과 흥미를 부여했을 터인데, 이런 요인은 어느 이본에서나 두루 발견된다. 택민본만의 특징은 '적강오선'이라는 데 있다. 기연奇緣 · 기봉奇逢을 내세우면 긴장감이 떨어진다고 여겨 '적강칠선'을 '적강오선'으로 압축했을 개연성이 높다. 압축의 주체가 필사자라고 볼 때, 택민본 필사자야말로 소설의 긴장과 흥미를 유지하기 위해 무척 애썼다고 할 만하다.

Ⅱ. 〈임호은전〉 현대어역

— 권지일 —

각설이라.

대송 말년, 남양 설학동에 일위 명환名宦[1]이 있었으니, 성은 임이요 명은 춘이요 별호는 처사였다. 일찍 농업을 힘써 가세가 요부해지자, 구름 속에서 밭갈기를 하고 월하에서 고기 낚기를 일 삼아 세월을 보냈다. 다만 슬하에 아들이든 딸이든 자식 없음을 한탄하곤 했다.

일일은 하인이 여쭈기를,

"문 밖에 어떤 노승이 와서 뵙기를 청하옵니다. 어떠하올런 지요?"

처사가 노승을 청하여 좌석을 정한 후에 묻기를,

"존사尊師[2]는 어느 곳으로부터 왕림하셨으며, 무슨 연고가 있나이까?"

노승이 일어나서 다시 절하고 말하기를,

"소승은 서천서역 황룡사에 있사온데, 절이 퇴락하여 중수하고자 하나 형세가 부족하여 중수하지 못하고 주야로 근심했사옵니다. 듣자오니 상공댁에서 시주하기를 좋아 하신다 하옵기

---

1) 명환名宦 : 중요한 자리에 있는 벼슬.
2) 존사尊師 : 중을 높여서 부르는 말.

로 불원천리하고 왔사오니 상공께서는 선심을 베푸소서."

노승은 권선록勸善錄[3)]을 내어 상공 앞에 내놓는다. 처사는 한동안 바라보다가 말하기를,

"나는 가세가 요부하여 세상에 꿇릴 것이 없습니다만, 슬하에 자식이 없어서 주야로 한탄하고 있습니다. 절을 중수하는 데 시주할 터이오니, 자식을 얻을 수 있도록 축수하여 주시옵소서."

그리고는 황금 이천 량과 백금 삼천 량을 주면서 말하기를,

"이것은 비록 적사오나 중수하는 데 보태 쓰시옵고, 절을 중수한 다음 부처님께 발원하여 병신자식이라도 점지하여 주옵소서."

두 볼에 흐르는 눈물이 비 흐르듯 했다. 노승이 그 모양을 보고 비창하게 여겨 말하기를,

"세상에 금은을 주고 자식을 사자고 한다면 어찌 세상에 무자할 사람이 있으리오마는, 지성이면 감천이라고 했사오니 절을 중수한 후에 부처님께 발원하여 보겠나이다."

권선록을 거두어 가지고 계하에 내려 두어 걸음에 간 바를 알 수 없었다. 처사는 그제야 부처님이 하강한 줄 알고 공중을 향해 무수하게 사례하고, 부인 양씨와 더불어 한탄하기를 마지아니했다. 수삭數朔[4)]이 흘러간 뒤 부인이 일몽을 얻으니, 천상

---

3) 권선록勸善錄 : 불가에서 시주자 및 시주 예정자의 명단을 기재하는 책.
4) 수삭數朔 : 몇 달.

으로부터 한 쌍의 선녀가 한 동자를 데리고 내려와 부인 앞에 앉으며 말하기를,

"이 아이는 천상의 두우성斗牛星입니다. 서왕모西王母[5]가 요지연瑤池宴[6]에서 황해 선녀와 더불어 희롱한 죄로 인해 상제께옵서 노하사, 인간 세상에 내치라고 하옵기로 갈 바를 알지 못하고 방황했더니, 서천 황룡사 부처님이 이곳으로 지시하옵기로 왔사오니 귀하게 길러 천정天定[7]을 어기지 마옵소서."

선녀가 동자를 부인 앞에 던졌다. 부인이 놀라 깨달으니 일장 춘몽이었다. 즉시 상공을 청하여 몽사를 이르고 서로 기뻐하여 혹시 귀자를 낳을까 바랐다. 과연 그날부터 태기가 있었고, 어느덧 십 삭에 이르렀다. 일일은 오색 채운이 집을 두르고 원근에 향내 진동했다. 부인이 정신이 혼미하여 침석에 누었는데, 이윽고 한 쌍의 선녀가 들어와 부인을 구하며 말하기를,

"부인은 쉬이 순산하옵소서."

곧 해산하니 옥동 같은 남아였다. 시녀가 즉시 향수에 아이를 씻겨 눕혔다. 부인이 정신을 자려 선녀에게 치하하고자 하니, 문득 선녀가 간 데가 없었다. 즉시 노비를 명하여 외당에 통지하

---

5) 서왕모西王母 : 중국 신화에서 곤륜산에서 산다고 하는 표미호치豹尾虎齒, 반인반수半人半獸의 신녀.

6) 요지연瑤池宴 : 요지瑤池는 곤륜산崑崙山 위에 있다는 신화 속의 못 이름임. 〈목천자전穆天子傳, 권3〉에 의하면, 서왕모가 주목왕周穆王을 영접하여 이곳에서 연회를 베풀었다고 함.

7) 천정天定 : 하늘이 정한 인연.

니, 상공이 들어와 부인에게 치하하며 아이를 살펴보았다. 비록 강보에 쌓였으나 소리가 웅장하여 북을 울리는 것 같고 샛별 같은 눈을 떠 상공을 바라보았다. 안채眼彩[8]가 영롱하여 바로 보기가 어려웠다. 상공이 그 숙성함을 보고 행여 단수短壽[9]할까 염려했다.

일일은 상공이 아이를 안고 후원의 화초를 구경했다. 이때에 마침 황룡사 노승이 갈포장삼葛布長衫[10]에 육환장六環杖을 짚고 한가로이 오다가 상공을 보고 배례하며 말하기를,

"소승이 주유천하周遊天下[11]하여 구경하다가 우연히 상공을 만나 공자를 구경하오니 산림에 든 범의 상이오니 이름을 호은 이라 하옵소서."

상공이 말하기를,

"말년에 선사의 은덕으로 자식을 얻었사오나 행여 단수할까 염려되오니, 존사는 길흉화복과 사주 팔자를 자세하게 가르쳐 주옵소서."

간청하니 노승이 허락하고 말하기를,

"이 아이의 사주가 무엇이옵니까?"

상공이 말하기를,

---

8) 안채眼彩 : '안광眼光'과 동의어.
9) 단수短壽 : 명이 짧음.
10) 갈포장삼葛布長衫 : 칡 섬유로 짠 승려의 옷.
11) 주유천하周遊天下 : 천하를 두루 돌아다니며 구경함.

"이 아이 사주는 신사년 신사월 신사일 신사시로소이다."

노승이 이윽히 생각하다가 말하기를,

"이 아이의 사주를 보오니, 오 세에 부모를 이별하고 이십 세에 부모를 만나 만종록萬鍾祿[12]을 누릴 사주이오니 염려 마시옵고, 오 세가 되거든 서천서역 유수선생을 찾아 제자로 주시옵소서."

노승이 문득 간 데가 없었다. 처사는 공중을 향해 무수히 사례하고 집에 돌아와 부인을 청하여 말하기를,

"금일 도승을 만나 우리 아이의 관상과 사주를 뵈오니, 그 도승이 '오 세에 부자가 서로 이별하리라.'고 하오니 우리 늦게야 자식을 낳아 원앙이 유수流水에 노니는 양을 볼까 했더니, 이런 애원哀怨[13]한 일이 어디 있사오리까."

부인이 말하기를,

"진실로 그러하오면 상공이 자세하게 들었사옵니까?"

상공이 말하기를,

"자세하게 들었나이다. 유수선생을 찾아 이 아이를 제자로 준다고 해도 이별이나 다를 것이 뭐가 있겠습니까."

부인이 듣기를 다하고 심신이 산란하여 어찌 할 줄을 모를 지경이었다.

세월이 여류하여 호은의 나이가 오 세 되면서부터 상공 부부

---

12) 만종록萬鍾祿 : 매우 많은 녹봉.
13) 애원哀怨 : 슬프고도 원망스러움.

는 매일 슬퍼했다. 이때에 익주자사 맹춘이 반역을 도모했다. 남양태수와 더불어 대병 십만 명을 거느리고 변방 가운데 칠십여 성을 항복받고, 나아가 중원 산동관山東關 지경地境을 범했다. 관청을 지키는 장수가 대경하여 즉시 황제에게 장계를 올렸다. 황제께서 주문奏文[14]을 보시고 대경하시며 만조백관을 모으시고 말하기를,

"맹춘이 반역하여 변지邊地[15]를 요란케 한다고 하니 뉘가 선봉이 되어 반적을 소멸하고 종묘사직을 태평케 할꼬?"

말이 미처 끝나기도 전에 한 신하가 출반하여 아뢰기를,

"소신이 무능하고 무재無才하오나 일지병을 빌려주시면 전장에 나아가 한 번 북을 쳐 도적을 파하고 돌아와 황상의 넓으신 덕을 만분지일이나마 갚을까 하나이다."

시선을 모아 보니, 이 사람은 이부시랑 정흥철이었다. 군사 십만 명과 장수 십여 원을 정하여 주시면서 바삐 행군하라고 하시고 대원수 절월節鉞[16]을 주셨다. 흥철이 수명受命하고 장대將臺[17]에 올라 군사를 점고하면서 이철로서 좌익장을 정하고 정성의로서 우익장을 삼고 양철로서 중군장을 삼아 행군하니, 기치창검이 일광을 희롱하고 고각함성이 천지를 진동시켰다.

---

14) 주문奏文 : 아뢰는 글.
15) 변지邊地 : 변두리의 땅. 변방.
16) 절월節鉞 : 조선 시대, 지방에 관찰사, 유수留守, 병사兵使, 수사水使, 대장, 통제사 등이 부임할 때 임금이 내주던 표식과 부월.
17) 장대將臺 : 장수의 지휘대.

삼 삭 만에 산동관에 다다르니 관장이 성에서 나와 맞이했다. 성중에 들어가 적진 형세를 살피고 군중에 전령하기를,

"적진이 일자장사진一字長蛇陳[18]을 쳐 수미首尾를 상구치 못할 것이니, 근심이 없도다."

그리고는 중장中將을 불러 말하기를,

"그대는 철기 삼만 명을 거느리고 뒤쪽으로 십 리만 가면 호로포곡이 있으니, 그 곳에 매복했다가 내일 오시에 맹춘이 도망하여 그쪽으로 갈 것이니, 나무와 돌을 주선하여 동구洞口를 막고 여차여차 하라."

또 좌장군 성의를 불러 말하기를,

"그대는 정병 일천 명을 거느려 관남편으로 칠 리만 가면 화산동이 있으니, 그 곳에 매복했다가 명일 술시에 도적이 패하여 그 곳으로 갈 것이니, 방포일성에 내달아 길을 막고 그 강성을 넘지 못하게 하라."

또 우익장 양철을 불러 말하기를,

"그대는 정병 일천 명을 거느려 관동관 동편으로 십 리만 가면 백포동이 있으니, 그 곳에 매복했다가 도적이 그쪽으로 가거든 여차여차 하라."

분부하여 분발케 한 후에 장대에 높이 앉아 원근을 살폈다. 이때 정원수 백포은갑白袍銀甲[19]을 입고 청총마상靑驄馬上[20]에

---

18) 일자장사진一字長蛇陳 : 12진법의 인술진人術陣 가운데 하나.
19) 백포은갑白袍銀甲 : 흰 도포와 은으로 된 갑옷.

서 좌수에는 수기帥旗를 잡고 우수에는 장창을 잡고 진전陣前에 나서며 크게 웨치기를,

"반적 맹춘등은 자세히 들으라. 너희는 한갓 강포만 믿고 황상을 능멸히 여겨 백성을 도산하게 하니, 천자께서 대로하사 '개 같은 무리를 쓸어버려라.'고 하시기로 내 십만 대병을 거느려 치고자 함이니, 바삐 나와 항복하여 잔명을 보전하라."

소리가 너무나 커서 천지를 진동시켰다. 맹춘이 아주 대로하여 창을 두르며 싸워 삼십여 합이나 겨루었지만, 불분승부不分勝負였다. 양장兩將의 창법은 번개 같고 말굽은 피차를 분별치 못할 정도였다. 또 그 이후 이십여 합을 더 겨루었다. 정원수가 정신을 가다듬어 창으로 맹춘의 말머리를 찌르니, 말이 꺼꾸러졌다. 원수가 군사를 호령하여 맹춘을 결박하여 본진으로 돌아와 진전에 꿇리고 크게 꾸짖기를,

"국록을 먹고 네 몸이 영귀하여 부족함이 없을 것인데, 도리어 외람한 마음을 먹고 대국을 침범하니 너 같은 대역무도함을 어찌 세상에 두리오."

무사를 명하여 군중軍中에 회시回示[21]하고 원문 밖에 내어 참수했다. 이때 여남해가 맹춘의 죽음을 보고 즉시 축문祝文[22]을 지어 혼백을 위로하고 군중에 전령하기를,

---

20) 청총마상靑驄馬上 : 총이말의 위.
21) 회시回示 : 예전에 죄인을 끌고 다니며 여러 사람들에게 보이던 일.
22) 축문祝文 : 제사 때, 신명께 읽어 고하는 글.

"내 당초에 기병할 때 맹춘을 믿고 대병을 이끌었더니, 이제는 홀로 살아 무엇하리오."

진전에 들어가 원수에게 복지하여 아뢰기를,

"소장이 외람한 마음을 먹고 천자를 능멸히 여겼사오니 죄사무석罪死無惜[23]이로소이다. 원수께서 은전을 베풀어 잔명을 보존하게 하여 주옵소서."

여남해가 천만 가지로 애걸하니, 원수는 오히려 '기특하다.'고 하며 장대에 올려 앉히고 말하기를,

"옛말에 '항자降者는 불살不殺이라.'[24]고 했으니, 살려주겠거니와 차후는 외람한 마음을 먹지 말고 돌아가라."

그리고는 군사를 점고하고 천자께 장계를 올렸다. 이때, 천자께서 장졸을 전장에 보내고 소식을 몰라 주야로 근심하셨는데, 문득 원수의 장계를 보시고 즉시 만조를 모으시고 개탁開坼[25]하셨다.

그 서書에서 이르기를,

"대사마 대장군 정흥철은 돈수재배하옵고 황상 탑하榻下에 이 글을 올리나이다. 행군 삼 삭 만에 산호관에 이르러 한 번 북을 쳐서 맹춘을 파하옵고 여남해를 생금生擒[26]하여 백 가지로

23) 죄사무석罪死無惜 : 죄가 무거워서 죽어도 아깝지 아니함.
24) 항자降者는 불살不殺이라. : '항복한 자는 죽이지 아니한다.'는 뜻임.
25) 개탁開坼 : 봉한 편지나 서류 따위를 뜯어보는 일.
26) 생금生擒 : 사로잡음.

형벌을 가하고, 이렇게 백제성을 안보한 사정을 아뢰나이다."

황제께서 그제야 대희하시고, 정흥철에게 대사마대도독을 봉하시고 좌익장으로 이부시랑을 봉하시고 그 외 제장은 각각 벼슬을 봉하여 조서詔書²⁷⁾를 하송下送하셨다.

각설이라.

임승상이 그 아들 호은과 이별할까 날마다 근심하던 차에, 시운이 불행하여 적장 맹춘에게 잡혀가고 부인은 호은을 데리고 피란길을 떠났다. 중로에서 도적을 만나 어찌 할 줄을 몰라, 그야말로 망지소조罔知所措²⁸⁾했다.

그 중에 한 도적이 말하기를,

"우리 장군이 이미 상처하고 홀로 있으니, 저 부인을 데려다가 후사를 정하리라."

두 사람을 부여잡고 가기를 청했다. 부인과 호은이 서로 붙들고 앙천통곡하니 도적이 말하기를,

"부인을 데려가고자 하면, 저 아이를 죽여야 합니다."

호은을 죽이고 부인을 데려가고자 하니, 부인이 더욱 망극하여 통곡하며 말하기를,

"그 아이를 죽이면 나도 함께 죽을 것이니, 날 데려 가더라도 저 아이를 살려 주옵소서,"

부인이 애걸하니 산천초목이 슬퍼하는 듯했다. 그 도적들이

---

27) 조서詔書 : 임금의 선지宣紙를 일반인에게 널리 알리고자 적은 문서.
28) 망지소조罔知所措 : 너무나 당황하거나 급하여 어찌 할 줄을 모름.

호은을 나무에 동여매고 부인을 데려갔다. 모자가 서로 돌아보며 이별하니, 그 참혹한 정경이야 어찌 측량하겠는가. 호은이 종일토록 통곡하더니 맨 것이 저절로 풀어졌다. 마음에 반갑기는 하나, 모친의 간 곳를 어찌 알겠는가. 어쩔 도리가 없어 집을 찾아 돌아오니, 도적이 벌써 집을 소화燒火한지라 빈터만 남아 있었다. 호은이 앙천통곡하다가 어쩔 도리 없어 천지로 집을 삼고 사방으로 다녔다.

하루는 한 곳에 다다르니 산수는 절승絕勝하고 양류楊柳는 청청靑靑한 가운데 앵무새와 공작새가 쌍쌍이 왕래하고 백초는 작작한데, 봉접蜂蝶29)은 왕래하고 창송취죽蒼松翠竹30)은 제나라의 열녀인 구자 아내의 정절을 본받는 듯하고 벽계수는 골골이 흘러가고 청풍은 그야말로 금성金聲31)이었다.

호은이 탐경探景하여 점점 들어가니, 경개景槪32)가 절승하여 별유천지비인간別有天地非人間이었다. 방황할 즈음, 문득 풍경 소리가 들렸다. 마음에 반가워 수십 보를 들어가니 무수한 경치 가운데 한 노인이 학창의鶴氅衣33)에 백우선白羽扇34)을 쥐고 술상 위에 삼 척 금잔을 놓고 학을 춤추게 하니, 신선의 지취旨趣35)

---

29) 봉접蜂蝶 : 벌과 나비.
30) 청송취죽靑松翠竹 : 푸른 소나무와 대나무.
31) 금성金聲 : 오행五行에서 '가을의 느낌을 자아내는 바람소리'를 일컫는 말.
32) 경개景槪 : '경치'와 동의어.
33) 학창의鶴氅衣 : 지난 날, 지체 높은 사람이 입던 웃옷의 한 가지. 소매가 넓고 뒤 솔기가 갈라진 흰 창의 가를 돌아가며 검은 헝겊으로 넓게 꾸밈.
34) 백우선白羽扇 : 새의 흰 깃으로 만든 부채.

를 가히 알 것 같다.

각설이라.

호은이 노인 앞에 나아가 합장 배례하며 말하기를,

"소동小童은 인간 미천한 아이로서 선경仙境에 투족投足36)했사오니 죄를 용서하옵소서."

노인이 말하기를,

"내 연로하여 귀객을 멀리 나가 맞이하지 못했으니, 섭섭한 말을 어찌 다 측량하리오."

호은이 대답하기를,

"선생께서 도리어 관대하옵시니 죄사무석이로소이다."

도사가 말하기를,

"송국 대원수 임호은이 금일 오시에 올 줄 알고 기다렸더니, 이제야 상봉하니 반갑도다."

그리고는 생을 데리고 수십여 리를 더 들어가니, 층암절벽 사이에 수간數間 초당草堂을 정결하게 짓고 제자 십여 인이 도술을 배우다가 선생 오신다는 말을 듣고 모두 나와 양수장읍兩手長揖37)하고 선생을 맞이했다.

도사가 말하기를,

"너희와 더불어 내가 말하기를 '송국의 임생이 모일 모시에

---

35) 지취旨趣 : 어떤 일에 대한 깊은 맛.

36) 투족投足 : 직장이나 사회 등에 발을 들여놓음.

37) 양수장읍兩手長揖 : 두 손을 마주 잡고 길게 읍揖함.

올 것이라,'고 했더니 금일에야 왔으니 너희는 임생을 청하여 차례로 보고 대접하라."

그 소년들이 각각 성명을 통한 후에 차를 내어 수삼 배를 권하며 말하기를,

"그대와 우리가 십여 년간이나 연분이 있을 것이기에 그대 액운이 불행하여 부모를 십삼 년 이별할 운명이라. 과도하게 서러워하지 말고 선생님 슬하에 있으면서 공부나 착실히 하여 천정을 어기지 말라."

그날부터 학업을 힘써 세월을 보내게 되었다. 이때는 방춘芳春[38) 호시절이었다. 각가지 꽃은 피어 만발하고 슬피 우는 두견새는 사람의 심회를 돕는다. 세월이 흘러, 호은이 입산한 지 수삼 년이 되었다. 부모의 존망存亡을 알지 못해 주야로 수심에 쌓여 세월을 보냈다. 선생이 제자 가운데서 호은을 가장 사랑하여 날마다 권학했다. 하나를 들으면 백을 통하니, 공부가 일취월장하여 상통천문相通天文하고 하달지리下達地理하여 무불통지無不通知였다. 문장은 이백李白을 압도하고 겸하여 검술이 사마양저司馬穰苴[39)라도 미치지 못할 정도였다.

---

38) 방춘芳春 : 꽃이 한창 핀 봄.

39) 사마양저司馬穰苴 : 중국 춘추시대 제나라의 장군으로, 성은 규嬀이고, 씨는 전田이고, 이름은 양저穰苴임. 재상 안영晏嬰의 추천으로 등용된 후 제나라의 번영에 공적을 올리자 경공景公이 대사마로 임명했음. 이때부터 세인들이 사마司馬를 씨로 칭하고 사마양저로 불렀음. 사마씨를 칭하기 전의 씨인 전田을 붙여 전양저로 불리기도 하며, 병법서 『사마법司馬法』〈사마병법〉의 저자이자, 전완田完의 후예임.

각설이라.

호은이 육정육갑六丁六甲[40]과 둔갑장신법遁甲藏身法과 팔문금사진법八門金蛇陣法과 호풍환우지술呼風喚雨之術 등을 익혔다. 특히 팔문금사진법과 음양변화지술陰陽變化之術은 세상에서 무쌍無雙이었다. 하루는 선생이 말하기를,

"이제는 네 재주를 천하에 당할 자가 없고 통운通運이 금년부터 시작될 터이니, 조금도 서운하게 여기지 말고 빨리 인간세상에 나아가 재주를 부려 만수무강하거라."

임생이 이 말을 듣고 결연決然하나 내심에 청춘이 늦어감을 생각하고 일희일비하며 동료들과 작별했다. 선생이 임생을 데리고 동구에 나아가 길을 가르쳐주며 말하기를,

"저리로 가면 자연적으로 구해줄 사람이 있을 것이니, 섭섭하게 여기지 말고 재주를 다하라. 그러면 국가의 주석지신柱石之臣[41]이 되고 부모를 만나 영화를 누릴 것이로다."

호은이 선생 앞에서 재배한 뒤 하직하고 다시 일어나서 고하기를,

"금일 슬하를 떠나오면 어느 때나 다시 뵈오리까?"

---

40) 육정육갑六丁六甲 : 도교 신의 이름. 육정六丁이란 정묘丁卯 · 정사丁巳 · 정미丁未 · 정유丁酉 · 정해丁亥 · 정축丁丑으로서 음신陰神임. 육갑六甲이란 갑자甲子 · 갑술甲戌 · 갑신甲申 · 갑오甲午 · 갑진甲辰 · 갑인甲寅으로서 양신陽神임. 음신과 양신은 천제天帝의 명을 받아 능히 바람과 천둥을 일으키고 귀신을 다스린다고 함.

41) 주석지신柱石之臣 : 가장 중요한 자리에 있거나 구실을 하는 신하.

선생이 말하기를,

"일후 십 년 만에 다시 만날 것이니, 번거롭게 묻지 말라."

호은이 어쩔 도리 없어 선생께 하직하고 동학과 붕우에게 분수상별分手相別[42]했다. 그로 인해 애연哀然하던 차에, 잠시간에 백운이 일어나며 선생의 종적을 알 수가 없었다.

각설이라.

호은이 그제야 유수선생인 줄 알고 공중을 향해 무수하게 사례하고 북편길로 종일토록 갔다. 인가가 없었다. 생이 이상하게 여기면서 점점 나아갔다. 문득 한 집이 있었는데. 장원牆垣이 퇴락하고 뜰 가운데 풀이 무성하여 인적이 없는 것 같았다. 생이 의심하며 점점 나아갔다. 문에 당도하여 주인의 동정을 살피고는 크게 부르며 말하기를,

"정처 없이 다니는 객客이 하룻밤 쉬어가기를 청하나이다."

아무런 대답이 없었다. 생이 이상하게 여겨 중문 안에 들어가 은근히 청하여 말하기를,

"날은 저물어 갈 곳이 없사오니 잠깐 유하다 가기를 간청하나이다."

이윽하여 안쪽으로부터 한 소저가 창을 반개半開하고 말하기를,

"주인으로서 객을 박대함이 아니오라 이 집이 흉가가 되었습니다. 백여 인이나 되던 식구가 삼 삭도 되지 않아 몰사하고

---

42) 분수상별分手相別 : 헤어져 이별함.

이 몸만 외롭게 살아 모진 악귀와 수삼 일째 싸우고 있습니다. 그러나 끝내 감당하지 못해 오늘밤에는 이 목숨이 끊어질 것 같습니다. 만일 귀객貴客에게 유숙하라고 했다가 귀객의 몸이 상할까 하여 허락하지 못하겠나이다."

생이 눈을 들어 소저를 살펴보니 요요妖妖한 태도와 청수淸秀한 골격이 명월이 흑운에 싸인 듯하고 해당화가 아침 이슬에 젖어 양기를 꺼리는 형상이었다. 만고절염萬古絶艶[43]이요 천하절색天下絶色이었다. 그 거동이 추팔월 단풍 같고 슬픈 회포가 미간에 가득했다. 생이 정신이 황홀하여 말하기를,

"세상에 장부가 되어 저런 미녀를 취해 백년가우百年佳偶[44]를 정하면 어찌 기쁘지 아니하리오."

생이 다시 청하여 말하기를,

"무슨 일로 흉가가 되었습니까? 중당中堂[45]을 빌려주세요. 귀신을 물리칠 계교가 있사오니, 피차 내외를 하지 말고 근본을 자세하게 말해주소서."

그 소저가 생을 한 번 바라보니, 비록 추비醜卑[46]하기는 하나 백옥이 진토塵土[47]에 묻힌 듯하고 만고흥망이 미간에 감추어져

---

43) 만고절염萬古絶艶 : 아주 오랜 세월 동안 견줄 사람이 없을 정도로 뛰어나게 예쁨.
44) 백년가우百年佳偶 : 백 년 동안 함께 살 아름다운 짝.
45) 중당中堂 : 당상堂上에 있는 남북의 중간.
46) 추비醜卑 : 추하고 낮음.
47) 진토塵土 : 티끌과 흙.

있는 듯했다.

소저가 내심에 생각하기를,

'세상에 여자 되어 저런 영웅호걸을 섬겨 후사를 정하면 어찌 아름답지 아니하리오.'

소저가 중당을 소쇄掃灑[48]하고 청했다. 생이 들어가 말하기를,

"생이 종일토록 행보했더니 기갈이 심합니다. 석반夕飯을 청하나이다."

소저가 생의 식량食量[49]을 짐작하고 밥을 많이 지어 올렸다. 생이 매우 굶주렸던지라 그 밥을 다 먹고 말하기를,

"열 사람의 밥을 혼자 다 먹었습니다. 그 은혜가 백골난망이로소이다."

또 묻기를,

"이 집은 누구의 댁이오며 흉가는 무슨 연고로 되었는지를 알고자 하나이다."

소저가 대답하기를,

"이 집은 송국 대승상 장모의 집이옵니다. 나쁜 귀신이 있어, 자칭 소현왕이라고 하옵고 삼경에 와서 작란하다가 계명 때쯤 가인家人 한 명씩 잡아가나이다."

생이 그 말을 듣고 즉시 소저를 병풍 뒤에 감추었다. 생이 홀로 등촉을 돋우고 무슨 부적을 써서 사면 문에 붙이고 오방신

---

48) 소쇄掃灑 : 비로 쓸고 물을 뿌림.
49) 식량食量 : 음식을 먹는 분량.

장五方神將을 불러서 말하기를,

"너희는 이 집 주인과 백여 명이나 되는 인명을 다 살해할 때까지 구원하지 아니하니, 그런 절통한 일이 어디 있느냐?

신장들이 백배사죄하며 말하기를,

"소귀들의 힘으로는 억제할 수가 없어서, 구원치 못했나이다."

또 지신地神을 불러 말하기를,

"너희는 이 집 지신이 되어 이렇게 망하게 될 때까지 구원하지 아니했으니, 이렇게 통분한 일이 어디 있겠는가?"

지신이 배례하며 말하기를,

"온갖 형벌을 가해도 구원하지 못했사오니 죄사무석이로소이다."

생이 말하기를,

"금야에 귀신이 와서 문을 열어달라고 하더라도 열어주지 마세요."

그리고는 정신을 가다듬어 병서를 외웠다. 삼경쯤 되자 문득 방포일성에 뇌고함성雷鼓喊聲[50]이 천지진동했다. 생이 소저에게 묻기를,

"저것이 흉귀입니까?"

소저 대답하기를,

---

50) 뇌고함성雷鼓喊聲 : 우레소리와 북소리와 같은 큰 외침.

"그렇습니다."

이윽고 화광이 충천하며 금고함성金鼓喊聲[51]이 진동하더니, 대문 밖에 와서 진을 치고 군례軍禮[52]를 받으며 지신을 불러서 말하기를,

"너희는 우리가 온 줄을 알면서도 즉시 문을 열지 아니하니, 그렇게 거만한 짓이 어디 있으랴!"

지신을 꾸짖어 물리치고 장졸을 호령하여

"소저를 나입拿入[53]하라."

귀신이 이처럼 분발憤發하자 지신이 무릎을 꿇어 고하기를,

"금야에 송국 대원수 좌정하여 계십니다."

귀장이 이 말을 듣고 대로하여 아장亞將을 불러 말하기를,

"너희는 잠깐 들어가 살펴보고 고하라."

아장이 영을 듣고 들어가 생을 보고 도로 나와 고하여 말하기를,

"과연 송국 대원수 대승상 호은이 좌정하여 계십니다."

귀장이 대로하여 말하기를,

"나는 이미 대원수 직職을 맡았고 저 놈은 차후에 대원수를 할 사람이라. 바삐 들어가 그 놈을 치우고 장소저를 나입하라."

---

51) 금고함성金鼓喊聲 : 전쟁터에서 징소리, 북소리와 군사들이 지르는 고함 소리.
52) 군례軍禮 : 군대에서의 예절.
53) 나입拿入 : 죄인을 잡아들임.

호령이 추상 같았다.

각설이라.

생이 귀장의 말을 듣고 냉소하며 앉았다. 또 아장이 들어와 이윽히 생을 보니 위엄이 늠름하여 감히 접전하지 못하고 황송한 듯이 돌아서 나가 귀장에게 여쭈기를,

"소장의 재주로는 못 잡아 드리겠나이다."

귀장이 대로하여 신졸을 거느리고 들어가 호령하기를,

"어떤 놈이기에 장소저를 구하려 하고 어른의 행차를 막느냐? 네가 목숨을 아낀다면 빨리 나와 항복하라."

이어서 계속 호령했다. 임생이 병서兵書를 물리치고 대질하기를,

"너희는 어떤 놈이기에 남의 집 백여 명이나 되는 인명을 살해하고 또 소저를 해하려고 하느냐?"

그리고는 살펴보니 수다한 귀장이 족불이지足不離地[54]하고 서 있었다. 또한 황건역사黃巾力士[55]와 삼 사자를 불러 말하기를,

"너희들은 지부에 들어가 내 전령을 십왕전에 드려라."

이어서 분연히 말하기를,

"저 악귀들을 잡아다가 풍도지옥風途地獄[56]에 착가엄수着枷嚴

---

54) 족불이지足不離地 : 발이 땅을 여의지 못함. 즉, 너무나 두려워서 발이 땅에 붙어 있다는 뜻.

55) 황건역사黃巾力士 : 힘에 세다고 하는 신장神將의 이름.

56) 풍도지옥風途地獄 : 불교에서 말하는 여러 지옥 가운데 하나. 살을 에는 광풍이 부는 지옥으로서, 사음하거나 성범죄를 일으킨 자가 간다고 함.

囚[57]하여 평생에 용납지 못하게 하라."

이와 같이 발령하니, 이때 그 귀신들이 생의 거동을 보고 다 도망가 버렸다. 오방신장과 지신 등이 그 거동을 보고 임생 앞에 복지사례하며 말하기를,

"앞으로 소귀들도 평안한 귀신이 되겠습니다. 용서해 주시면 그 은혜 백골난망이로소이다."

귀신들이 모두 물러갔다.

차설이라.

장소저가 그 거동을 보고 생각하기를,

'귀신도 물리치고 지부에 명령하는 양을 보니, 이런 사람은 천하에 무쌍이로다. 일 삭 전에만 이 사람이 왔더라면 우리 부모님과 동생과 가솔을 다 살려낼 수 있었을 터인데. 애닯도다! 절통하도다!'

내심에 감복하며 또한 슬퍼했다. 이때, 생이 소저를 청하여 말하기를,

"이만한 귀신을 물리치지 못하고 백여 명이 해를 당했을 뿐 아니라 소저 또한 욕을 보았나이까?"

이날 밤을 은근하게 지낸 후 평명平明[58]에 떠나려 하니, 소저 가 나지막하게 말하기를,

"상공은 어디 계시며 존성대명尊姓大名을 무엇이라 하시나이까?"

---

57) 착가엄수着枷嚴囚 : 죄인의 목에 칼을 씌우고 엄중하게 가둠.
58) 평명平明 : 해가 뜨는 시각.

생이 대답하기를,

"나는 남양 설학동에 살았습니다. 오 세에 난리를 만나 부모를 이별하고 주유천하하여 사방으로 다니다가, 천행으로 유수 선생을 만나 십여 년 동안 공부했습니다. 그러나 부모의 사생을 모르고 불분천지不分天地하고 청춘이 늦어 가니, 근심으로 지내다가 우연히 이 댁에 와서 귀신을 물리치게 되었습니다. 이제 이별할 때이오니, 소저는 부모의 신체를 거두어 안장하고 귀체를 보중하옵소서."

소저가 대답하기를,

"이 몸의 명도命途59)가 기박하여 부모의 원수를 못 갚을까 했더니 천우신조天佑神助로 상공을 만나 부모님과 동생의 원수를 갚아 주셨습니다. 은혜가 난망이옵니다. 금방 죽어가는 목숨을 살려주셨으니, 일후 지하에 돌아간다고 하더라도 결초보은結草報恩하겠나이다."

다시 무릎을 꿇으면서 여쭈기를,

"수일 더 체류하다가 가시기를 바라나이다."

생이 대답하기를,

"간밤은 갈 곳이 없어서 이 택에 유留했거니와 도리어 주인 없는 집에 두류逗留60)하기가 부끄럽소이다."

소저가 다시 묻기를,

---

59) 명도命途 : '운명과 재수'를 한꺼번에 이르는 말.
60) 두류逗留 : '체류'와 동의어.

"상공의 존호는 무엇이며 연세는 얼마나 되었나이까?"

생이 대답하기를,

"성명은 임호은이오, 연광年光[61]은 신사생이로소이다."

소저가 말하기를,

"부모의 존호는 무엇이입니까?"

생이 대답하기를,

"어려서 이별했기 때문에 부모님의 존호는 모르나이다."

소저가 말하기를,

"첩도 신사생이로소이다. 상공의 사주는 무엇입니까?"

생이 대답하기를,

"신사월 신사시로소이다."

소저가 대답하기를,

"첩도 신사월 신사시로소이다. 하물며 천지간에 이런 비상한 일이 어디 있사오리까? 복원伏願 상공은 이 몸을 잊지 마시고 다시 찾기를 바라나이다."

생이 대답하기를,

"내가 공명을 이루고 부모님을 상봉하면 다시 그대를 찾으려 니와 그렇지 않으면 차세此世에는 그대와 못 만날까 하나이다."

소저가 아미蛾眉를 숙이고 여쭈기를,

"공명을 이룬 후에 찾지 아니 하오면 이 몸이 마칠지언정

---

61) 연광年光 : 세월 혹은 나이.

오직 상공의 뒤만을 좇을까 하옵나이다."

소저가 주찬酒饌[62]을 내어 권했다. 생이 받아먹은 후에 지필을 내어 거주와 성명과 사주와 팔자를 기록하여 주면서 말하기를, "이것으로써 신물을 삼으소서."

생은 소저와 하직하고 북편을 향해 종일토록 갔다. 어디에도 사람 하나 없었다. 한 언덕을 의지하여 밤을 지내고자 했다. 밤은 깊고 월색은 명랑한데, 맑은 바람과 종경鍾磬[63] 소리가 은은히 들렸다. 생이 내심에 생각하기를,

'사찰이 있는가?'

점점 찾아들어가니 과연 절이 있었다. 나아가 바라보니 대웅 전이라는 글자를 황금대자로 써놓았다. 그 절 이름은 '서천 서역 국 황룡사'였다. 사문寺門에 나아가 누각에 앉았다. 이윽고 한 노승이 생을 보고 반겨 말하기를,

"소승이 연로하여 귀객을 멀리까지 나아가 맞아들이지 못하 오니, 죄사무석이로소이다."

생을 청하여 방 안으로 들어가 불전에 분향사배하며 말하기를, "천한 인생이 선경에 투족하니 황공하여이다."

생이 일어나서 공손하게 읍하니, 금불이 생을 보고 반기는 듯했다. 생이 사면을 살펴보니 다른 중은 없고, 다만 노승뿐이 었다. 생이 너그럽게 말하기를,

---

62) 주찬酒饌 : 술과 안주.
63) 종경鍾磬 : 종의 경쇠.

"학생이 주유사방하여 다니다가 우연히 선당에 이르러 존사의 은덕을 입사오니, 죄사무석이로소이다."

노승이 읍하며 말하기를,

"이 절은 인간이 격원隔遠[64]하여 숙객이 임의로 왕래하지 못하는 선경이라."

그리고는 석반을 주었다. 생이 바라보니 인간의 음식과 달랐다. 생이 일어나서 재배하면서 말하기를,

"저로서는 이런 음식은 처음이로소이다."

노승이 말하기를,

"소승이 노둔하여 음식이 정결치 못하오니 허물치 마옵소서."

생이 석반을 다 먹은 후 노승 전에 배사拜謝[65]하며 말하기를,

"저는 낭탁囊橐[66]이 공갈空竭[67]한 사람입니다. 수일 더 머무르고자 하는데, 존사께 수고를 끼칠까 염려로소이다."

노승이 대답하기를,

"상공댁의 금은 수천 량이 이 절에 있사오니 수일은 고사하고 수년이라도 염려 마옵소서."

생이 피석避席[68]하며 대답하기를,

"소생은 본디 빈한한 사람입니다. 어찌 금은이 이 절에 와

---

64) 격원隔遠 : 멀리 떨어짐.
65) 배사拜謝 : 웃어른에게 삼가 사례함.
66) 낭탁囊橐 : 주머니.
67) 공갈空竭 : 텅 비고 마름.
68) 피석避席 : 웃어른에게 공경을 표하기 위해 모시던 자리에서 일어남.

있사오리까?"

노승이 대답하기를,

"상공이 이전사以前事를 어찌 알리이까? 과연 십여 년 전에 불전이 퇴락하여 절을 중수하고자 하여 권선록을 가지고 상공 댁에 가니, 노상공[69]께서 황금 천 량과 백금 삼천 량을 시주하셨 사옵니다. 이 절을 중수하고 그 사연을 부처님께 아뢰고 자식 얻기를 발원했습니다. 그러자 자연스럽게 상공이 그 댁에서 귀공자로 태어나게 되었습니다. 소승과 동거할 연분이 있고 부처님이 인도하여 이 곳까지 오게 하셨으니, 무슨 염려 있겠사 옵니까?"

생이 이 사연을 듣고, 못내 탄복했다. 생이 그날부터 노승과 같이 불경도 의논하고 진언도 상론하며 세월을 보냈다. 이로부터 피차 정이 골육 같아서 몸은 평안하나 초목과 같이 늙어감을 한탄 했다. 생이 하루는 슬퍼하는 빛이 무궁하니 노승이 말하기를,

"상공은 무슨 연고로 그다지 슬퍼하시나이까?"

생이 대답하기를,

"위로 부모의 사생을 모르옵고 청춘이 지나가니, 그로 인해 염려합니다."

노승이 말하기를,

"상공은 과도하게 슬퍼하지 마옵소서."

---

69) 노상공 : 임호은의 부친인 '임춘'을 가리킴.

생이 노승의 말을 이기지 못해 허송세월하니, 영락없는 산중 유발승有髮僧[70]이었다.

각설이라.

양부인이 호은을 이별하고 도적에게 잡혀 적진에 들어갔지만, 독한 기질이 있어서 몸을 허치 아니했다. 그 뒤에 도적이 대패하여 동서로 도주하여 달아났다. 그 적진에는 임처사도 있었다. 도적이 파진破陣하자, 밤중에 도망하여 오다가 노중에서 도망하는 부인을 만나 서로 붙들고 통곡하며 호은의 자취를 물었다. 도적 잔당들이 임처사의 부인인 줄 알고 데려가고자 했다. 처사와 부인이 놓아주기를 처연하게 애걸했다. 도적들 가운데서 늙은 도적이 말하기를,

"난리 중에 자식 잃고 죽으려 하는 인생을 데려다가 무엇하겠는가."

그리고는 모두 도망가 버렸다. 처사와 부인이 다시 정신을 차려서 묻기를,

"호은은 어디 있으며, 상공께서는 무슨 일로 이 곳에 와 계시나이까?

부인이 말하기를,

"가군을 이별하고 피란했다가 노중에서 도적을 만나 첩은 데려가고 호은을 죽이려 했습니다. 갖가지 방법으로 빌어도

---

70) 유발승有髮僧 : 머리카락을 깎지 않은 중. 곧, 승려도 아니고 시정인도 아닌 어정쩡한 상태의 사람.

도적들은 듣지 아니했습니다. 사차불피死且不避[71]라고 다짐하고 자결코자 하나, 호은을 죽일까 하여 첩은 도적에게 핍박당하고 호은은 나무에 얽어매이는 양을 보고 왔사오니, 이 몸이 죽은 바나 다를 게 뭐 있겠습니까?"

처사가 말하기를,

"호은아! 죽었느냐, 살았느냐?"

슬피 통곡했다. 산천초목이 다 슬퍼하는 듯했다. 부인이 처사를 데리고 호은이 잡혀서 매였던 나무를 찾아가보니, 그 나무는 그대로 있고 호은은 간 데가 없었다. 처사와 부인이 하늘을 부르며 통곡하니 보는 사람이 뉘 아니 슬퍼하겠는가. 종일 서로 붙들고 통곡하다가 사방으로 다니며 찾았지만, 끝내 종적을 알 수 없었다. 밤이면 북두칠성에게 발원하고 낮이면 일월성신께 축수했다. 일천 간장이 구비 구비 썩는 듯하여 사방으로 다니면서 호은의 종적을 탐지했다.

차설이라.

장소저가 임생을 이별하고 부모님과 동생의 신체를 거두어 선산에 안장하고 주야로 임생이 오기만 원했다. 하루는 어떤 남녀 노인이 들어와 하룻밤 쉬었다가 가기를 청했다. 소저가 허락했다. 두 노인이 집을 살펴보니 집은 아주 크지만 처녀 홀로 있었다. 부인이 묻기를,

---

71) 사차불피死且不避 : 죽는 한이 있어도 피하지 않겠다는 뜻.

"낭자는 어찌하여 이런 큰 집에 홀로 있나이까?"

소저가 대답하기를,

"이 집은 흉가라 가인이 다 죽고 첩이 홀로 살아 있나이다."

두 노인께 배읍拜揖[72]하며 말하기를,

"노인 두 분은 어디에 계시며, 어찌하여 이 곳에 이르렀나이까? 괴로이 다니지 마옵시고 소녀와 같이 동거하면서 세월을 보내심이 어떻겠습니까?"

노인 부부가 말하기를,

"우리는 죄악이 지중하여 천지로 집을 삼고 다니는 사람이라."

소저가 말하기를,

"그렇다고 하더라도 여기저기 곤곤困困히[73] 다니시지 마옵고 이 곳에서 소녀를 교훈하여 주시옵소서."

두 노인이 사례하면서 말하기를,

"이렇듯 누추한 사람을 더럽다고 아니하고 동거하자고 하시니, 어찌 사양하오리까?"

이 달부터 장소저의 집에 있었다. 의식衣食은 평안하나 어느 날인들 아들 호은을 잊으리오. 하루는 소저가 묻기를,

"노인 부부께서 무슨 일로 사방으로 다니십니까? 소녀의 집이 누추하오나 의식 염려가 없삽고 기후가 온후하거늘, 희색이 없으시고 주야 수심으로 지내고 계십니다. 그 연고를 알고자

---

72) 배읍拜揖 : 절하고 읍함.

73) 곤곤困困히 : 어렵게 어렵게.

하나이다."

　노인 부부가 대답하기를,

　"어찌 진정을 말하지 않으리오. 이 노인의 성명은 임춘이요, 사는 곳은 남양 설학동이옵더니, 말년에 얻은 자식을 난리 중에 잃고 주야로 다니며 찾았으나 종적을 알지 못해 매일 자식 생각이 나서 서러워하나이다."

　소저가 임생으로부터 들은 바가 있는지라, 의구심이 생겨 다시 묻기를,

　"자식의 이름이 무엇이며 몇 살에 잃어버리셨는지 자세하게 알고자 하나이다."

　양부인이 말하기를,

　"이름은 호은이요, 나이는 신사생이로소이다."

　소저가 이 말을 듣고 일희일비하여 다시 재배하며 말하기를,

　"이 놈도 송국 대승상의 여식이옵더니 우연히 임생이 저의 집에 와서 흉귀를 소멸하옵고 소녀와 피차 언약을 정하옵고 갔사옵니다. 일구월심日久月深[74]에 잊지 못하여 세월만 보내옵더니, 천우신조하여 노인 양위께서 이 곳에 오시기는 천지신명이 지시하심이로소이다."

　그리고는 임생이 적어준 필적과 신물을 함 속에서 내어놓았다. 상공 부부가 보고 흉중이 쇄락하여 자식을 만난 듯했다.

---

74) 일구월심日久月深 : 날이 오래고 달이 깊어 간다는 뜻으로, 날이 갈수록 바라는 마음이 더욱 간절해짐을 이르는 말.

이날부터 소저가 고부지례姑婦之禮[75]로 섬기며 세월을 보냈다.

각설이라.

임호은이 황룡사에서 세월을 보냈는데, 하루는 노승이 생에게 이르기를,

"상공은 수일만 후원 별당에 들어가 유하소서."

생이 묻기를,

"무슨 연고입니까?"

노승이 말하기를,

"황성 이승상댁에서 무자無子하여 망월에 그 부인과 그 딸 소저와 더불어 불공하러 오나이다. 그런 고로 상공은 남자인지라 내외 있을 듯하오니 후원 별당에 잠시만 유하옵소서."

임생이 허락하고 후원에 가서 유했다.

차설이라.

이부인이 소저와 더불어 황룡사에 이르렀다. 생이 몸을 은신하여 보니, 부인이 절에 들어와 사처를 정하고 유했다. 그 날 밤에 소저가 일몽을 얻었다. 그 꿈에 부처님이 소저를 청하니, 소저가 황망하게 불전에 들어가니 부처님이 한 동자를 앞에 앉히고 "예하라!"고 했다. 소저가 부끄러움을 머금고 아미를 숙이고 예필 후에 앉자 부처님이 분부하시기를,

"내가 너희들이 백년동락百年同樂하도록 정하노라. 서로 술을

---

75) 고부지례姑婦之禮 : 시어미와 며느리 사이의 예절.

부어 교배交拜76)하는 예를 행하라."

소저가 술을 부어 공자에게 전하니, 공자가 받아 마셨다. 이번에는 공자가 술을 부어 소저에게 드리니, 소저가 부끄러워 잔을 받아들고 몸을 움츠릴 때 머리에 꽂았던 봉채가 빠져 땅에 떨어졌다. 공자가 말하기를,

"낭자께서 부끄러워 술을 아니 먹으니, 봉채를 가지고 있다가 후일 언약을 정하리다."

공자가 봉채를 가지고 나갔다. 소저가 놀라 깨달으니 일장춘몽이라. 즉시 머리를 만져보니 봉채가 없어졌다. 소저가 즉시 부인께 몽사를 고하려 하다가 생각하기를,

'일장춘몽인데, 무슨 상관이 있으리오?'

날이 밝으니 불전에 들어가 분향사배焚香四拜하고 나왔다. 이때, 임생이 소저의 자색姿色77)을 구경코자 하여 법당 문 밖에 와서 문틈으로 엿보았다. 마침 소저가 사배하고 있었다. 바라보니 운빈홍안雲鬢紅顏78)이 마치 춘충명월春風明月이 운중雲中으로 나오는 듯하고, 벽도화碧桃花가 일진춘풍一陣春風을 희롱하는 듯하니, 진실로 절대가인이었다. 내심에 생각하기를,

'장소저가 천하절색인가 여겼더니, 이소저야말로 과연 세상

---

76) 교배交拜 : 혼인할 때, 신랑과 신부가 서로 절을 하는 예.
77) 자색姿色 : 여자의 고운 얼굴.
78) 운빈홍안雲鬢紅顏 : '운빈'은 여자의 귀밑으로 드리워진 탐스러운 머리털을 가리키고, '홍안'은 여자의 붉은 얼굴을 가리킴.

에서 무쌍이로다.'

생이 대각하여 말하기를,

"세상에 장부가 되어 저런 소저를 취해 백년동락을 정하면 어찌 아니 기쁘리오."

못내 탄복했다. 소저가 우연히 밖으로 나왔다가 문득 살펴보니 어떤 공자가 서 있었다. 소저가 깜짝 놀라 도로 들어가려고 할 즈음, 머리에 꽂았던 봉채가 빠져 땅에 떨어졌다. 그 공자가 불문곡직하고 즉시 거두어들이는 것이 아닌가. 그 소저가 이 상황을 부인께 고하려고 하다가 몽사를 생각하고 도로 들어가 불공을 마친 후 황성으로 돌아갔다.

이때, 노승이 그 부인 일행을 이별하고 후원에 들어가 공자를 데리고 학업을 힘썼다. 생이 이날부터 오매불망寤寐不忘하여 봉채는 가졌으나 소저를 다시 못 볼까 의려疑慮79)하여 수문병搜聞病80)이 골수에 맺히고 말았다. 하루는 노승이 묻기를,

"상공은 무슨 일로 수심이 만면하나이까?"

생이 대답하기를,

"우연히 든 병으로 인해 정신이 암암暗暗하고 음식의 맛이 없어, 아마도 죽을 것 같으니, 존사는 부디 살려주옵소서."

노승이 말하기를,

---

79) 의려疑慮 : 의심하고 염려함.

80) 수문병搜聞病 : 세상에 떠도는 소문을 두루 살피는 데 집착하는 현상. 문맥으로 보아, '상사병'이 되어야 함. 즉, '상사병'을 '수문병'으로 잘못 표기했음.

"병의 근원을 자세하게 말하소서."

생이 대답하기를,

"존사께서 이렇듯 하문하시니 어찌 추호라도 속이리오. 과연 향자向者[81]에 이소저를 구경코자 하여, 법당 문 밖에 와서 문을 열어보았습니다. 소저가 불전에 사배하고 나오다가 생을 보고 피해 도로 들어갈 때 소저의 머리에 꽂았던 봉채가 빠져 땅에 떨어졌습니다. 생이 거두어 숨겨 두었삽더니, 그 후부터 공명에 뜻이 없고 자연적으로 병이 되었나이다."

그리고는 생이 어떤 말에도 대답하지 않았다. 노승이 말하기를,

"아무리 그렇다고 하나 앙망불급仰望不及[82]이라. 죽기는 쉽거니와 그 소저 보기는 난제難題로소이다."

생이 더욱 병이 복발復發[83]하여 점점 위중해졌다. 노승이 이윽히 생각하다가 말하기를,

"오늘 이후의 일은 어찌 됐든 간에 내가 감당할 것이니, 상공은 정신을 차려 의전衣纏[84]에 나가 여복女服 한 벌을 사 오소서."

돈 일백 량을 주면서 말하기를,

"급히 돌아오소서."

생이 의전에 나가 여복 한 벌을 사 왔다. 노승이 말하기를,

81) 향자向者 : 지난 지 얼마 되지 않은 과거의 그때.
82) 앙망불급仰望不及 : 우러러 보아도 미치지 못한다는 뜻으로, 능력의 차이가 크고 뚜렷함을 이르는 말.
83) 복발復發 : 병이나 설움·근심이 다시 일어남.
84) 의전衣纏 : 옷가게.

"상공은 남복을 벗고 여복을 입으소서. 이승상댁에 가서 그대를 팔 것이니, 상공의 재주로 그 댁의 소저를 보소서. 주야로 오매불망하던 회포를 풀 것인지 말 것인지는 상공의 수완에 달렸사오니 자량위지自量爲之[85]하라."

노승이 추포장삼麤布長衫에 육환장을 걸떠짚고 황성으로 향해 이승상댁에 가서 합장배례合掌拜禮[86]하니 승상이 말하기를,

"선사는 무슨 일로 내림하시나이까?"

노승이 말하기를,

"소승이 소상부모小喪父母[87]하옵고 외가에 가서 살다가 질려서 삭발위승削髮爲僧했삽더니, 이제 외조부모께서 기세하셨으나, 돈이 없어서 장사할 수 없습니다. 근심으로 지내지만, 어쩔 도리가 없습니다. 다만 여종 한 명만 남았습니다. 여종을 팔아 엄토掩土[88]하고자 하오니, 상공은 그 여종을 사 주시어 남의 불효를 면케 하옵소서."

승상이 허락하고 노복을 불러 여종을 데려오라고 하자, 비복들이 영을 듣고 황룡사애 가서 종을 데리고 왔다. 승상이 보니, 운빈홍안이 여중군자요 절대가인이라.

승상이 말하기를,

---

85) 자량위지自量爲之 : 스스로 헤아려서 처리하다.
86) 합장배례合掌拜禮 : 두 손 바닥을 마주 대고 절을 하는 예의.
87) 소상부모小喪父母 : 어려서 부모 상을 당함.
88) 엄토掩土 : 흙이나 덮어서 간신히 장사를 지냄.

"네 나이는 얼마나 되었느냐?"

호은이 대답하기를,

"십육 세로소이다."

승상이 말하기를,

"이름은 무엇이냐?"

호은이 대답하기를,

"채봉이로소이다."

승상이 노승을 불러 전문錢文[89] 오백 량을 주니, 노승이 받아 가지고 사례하고 갔다. 채봉이 노승을 이별했다. 승상이 이날부터 채봉을 사환 일을 하게 하니 현철함과 영리함이 사람의 심간 心肝[90]을 놀라게 했다. 생이 이날부터 승상의 몸종이 되어 세월을 보내며 일구월심으로 소저를 못 보아 한탄했다. 차일, 승상이 궐내로 들어간 후에 소저가 모부인에게 여쭈기를,

"요즈음 듣자오니 채봉이라 하는 종을 사서 외당에 두었다고 합니다. 인물이 천하절색이요 행실과 법도가 장하다고 하오니, 한번 불러내어 구경코자 하나이다."

부인이 시비를 명해 채봉을 청하니, 채봉이 단장을 바르게 하고 중당에 들어가 부인께 뵈옵고 또 소저께 뵈었다. 소저가 채봉을 한 번 보니, 요요한 태도와 운빈홍안이 인중호걸이요 여중절색이라. 채봉이 아미를 들어 소저를 바라보니, 서왕모가

---

89) 전문錢文 : 돈.
90) 심간心肝 : 심장과 간장. 즉, 깊은 마음속.

요지연에 반도를 진상하는 듯하고 해당화가 봉접을 만난 듯하니, 정신이 황홀하여 다시 보기 어려웠다. 소저가 채봉에게 묻기를,

"너의 나이가 몇이며, 고서古書를 보았느냐?"

채봉이 대답하기를,

"소비의 나이는 십육 세요 글은 풍월귀나 하옵나이다."

소저가 즉시 풍월 일수를 작作하니 채봉이 받아보고 화답했다. 글 뜻이 옛날 이태백과 두목지보다 더 나으니, 진정으로 남의 종노릇하기 아까웠다. 소저가 모친께 여쭈기를,

"부친은 어찌하여 저런 종을 밖에 두고 사환 노릇이나 시키시옵나이까? 금일부터 저의 몸종과 바꾸어 사환을 시키고자 하나이다."

소저가 말하던 중에 승상이 들어왔다. 소저가 승상께 문안드린 후 여쭈기를,

"채봉을 소녀의 몸종과 바꾸어 사환 노릇을 시키면 좋을까 바라나이다."

승상이 내심에 생각하기를,

'채봉은 비록 종이나 백사에 모르는 것이 없고, 겸하여 열절烈節이 고금에 드물도다. 저 애에게 주어 세상의 모든 일을 알게 함이 옳다.'

승상이 허락했다. 채봉이 내심에 반가워 소저를 모시고 후원으로 들어갔다. 정중庭中에 연못을 파고 일엽소선一葉小船을 띄

웠으니, 봉접은 날아들고 원앙새는 쌍쌍이 춤을 추고 연화가
만발하여 미인을 사랑하는 듯했다. 만발화초滿發花草를 곳곳에
심었으니, 사람의 정신을 놀라게 한다. 배를 타고 연당의 들어
가자 백옥주추白玉柱礎며 산호연을 걸었는데, 광채가 찬란했다.
벽서를 써놓았는데,

　　"왕모王母는 조금정調金鼎이요, 천비天妃는 봉옥반捧玉盤이라."[91]

　　별유천지비인간이 여기로구나. 채봉이 그 활달함을 칭찬했
다. 소저가 채봉과 더불어 형제 같이 사랑하니, 정이 골육이나
다를 바가 없었다. 하루는 월색에 만정하고 청풍은 소슬하여
장부의 마음을 돕는다. 채봉이 내심에 생각하기를,

　　'오늘밤은 소저를 취하고 공명을 세울 마음이 심중에 가득하
여 잠을 이루지 못했다. 소저가 잠을 깊이 들었는지라 채봉이
일어나 앉으며 소저를 깨워 말하기를,

　　"꿈이 이상하여이다."

　　소저가 말하기를,

　　"어떤 꿈이냐?"

　　채봉이 대답하기를,

　　"몽중에 소저와 더불어 황룡사에 갔더니, 부처님이 소저의

---

91) 왕모王母는 조금정調金鼎이요, 천비天妃는 봉옥반捧玉盤이라. : '서왕모
　　는 금 솥에서 음식을 만들고, 천비는 옥쟁반을 받드노라.'의 뜻임. 고전서
　　사에서 '별유천지비인간의 선경'을 형상화할 때 관용적으로 활용하는 경향
　　이 있음. 무가 〈한양선거리 황제풀이〉에도 나오고 전등신화 〈수궁경회
　　록〉에도 나오고 토끼전 이본인 〈산수토별록〉에도 나옴.

봉채를 소비에게 주며 말씀하기를, '후일 도로 주거라.'고 하시니 어떤 몽사이온지 알지 못하겠나이다."

소저가 모부인을 모시고 황룡사에서 수일 동안 치성致誠[92]할 때 봉채 잃은 것을 생각하고 의심하여 말하기를,

"너는 내일부터 외당에 나아가 사환하라."

채봉이 생각하기를,

'명일 쫓겨 나가면 소저를 언제 다시 만나리오. 오늘밤에는 결단코 성사하리라.'

소저의 손을 이끌고 말하기를,

"봉채 잃은 일도 생각하지 못하옵고 사람도 알아보지 못하나이까?"

또한,

"봉채를 가져왔으니 보시오."

그리고는 품에서 봉채를 내어 놓았다. 소저가 대경하여 벽상에 걸린 장검長劍을 빼어 자문自刎[93]하려 하니, 생이 붙들고 말하기를,

"소저는 이다지 고집을 부리나이까? 하늘이 연분을 정하시고 황룡사 부처님이 지시하셨사오니, 달리 생각하지 마옵고 천정天定을 어기지 마옵소서."

소저가 침음양구沈吟良久에 전후사를 생각하고 다시 임생의

---

92) 치성致誠 : 신이나 부처에게 지성으로 빎.
93) 자문自刎 : 스스로 자기의 목을 찌름.

기상을 살펴보았다. 천지조화와 만고흥망을 품었으니, 사람의 정신을 놀라게 하는 듯했다. 소저가 어찌 벗어나리오? 목소리를 나직이 하여 말하기를,

"손을 놓고 물러나 앉으소서. 이 지경이 되었사오니 물어보사이다. 상공의 성명은 무엇이며, 사시는 고향은 어디이며, 부모님은 뉘시니이까?"

생이 말하기를,

"살기는 남양 설학동이고, 성명은 임호은입니다. 부모는 어려서 이별했기 때문에 모릅니다."

소저가 말하기를,

"하늘이 연분을 정하신 바요 부처님이 지시하신 바라, 인력으로는 어기지 못합니다. 이미 지니신 봉채는 계속 가졌다가 후일에 신표로 삼으시고 부디 천정을 어기지 마옵소서."

소저가 문 밖에 나와 천문을 바라보았다. 제직성에 맑은 별이 덮으며 희롱했다. 매우 이상하게 여겨 방으로 들어와『주역』과 『천기대요天機大要』94)와 원천강袁天綱95)을 내어보니 금일이 전안奠雁96)하는 데 합당하다고 한다. 이러니 어찌하겠는가. 원앙

---

94)『천기대요天機大要』』: 조선 후기 관·민에 걸쳐 널리 사용되었던 방서方書. 2권 1책이고 활자본임. 음양오행설에 의거하여 관혼상제를 비롯하여 일상생활의 길흉을 가리는 방법을 기술한 책임.
95) 원천강袁天綱 : 일이 확실하고 의심이 없음을 이르는 말. 중국 당나라 때에 있었던 점쟁이의 이름에서 유래되었음.
96) 전안奠雁 : 혼인 때, 신랑이 기러기를 갖고 신부 집에 가서 상 위에 놓고 절하는 예.

금침을 펼쳐놓고 동숙同宿[97]하니, 견권지정繾綣之情[98]이 비할 데 없었다. 이때 계명성이 돋아났다. 소저가 임생을 깨워 말하기를,

"금번 과거에 부친님이 시관試官으로 들어가오니, 부디 공명을 현달하옵소서."

피차 언약을 정했다. 소저가 은자 오십 량을 주면서 말하기를,

"과거에 보태 쓰시옵소서."

그리고는 담장 밑에 나와 전송하고 들어와 섭섭히 여기며 앉아 생의 앞날을 축수했다. 이날 밤에 승상이 일몽을 얻었다. 소저의 방에 청룡이 내려와 소저를 희롱하니, 놀라서 깨달으니 침상일몽이었다. 즉시 부인을 청하여 말하기를,

"금번 과거에 장원급제 한 자로서 여식의 배필을 삼으리라."

이때, 소저가 문안하고 여쭈기를,

"간밤에 채봉이 도망했나이다."

승상이 말하기를,

"가져간 것이 없느냐?"

소저가 말하기를,

"제 몸만 도망했나이다."

승상이 대로하여 즉시 비복을 불러 말하기를,

"황룡사에 가서 노승을 잡아 오라."

---

97) 동숙同宿 : 한 방에서 같이 잠.
98) 견권지정繾綣之情 : 마음속에 굳게 맺혀 잊을 수 없는 정.

비복들이 영을 듣고 황룡사에 가서 노승을 잡아 왔다. 계하에 꿇리고 분부하기를,

"채봉이 그날 밤에 도망했으니, 급히 찾아 올리시오."

노승이 여쭈기를,

"그 아이가 의식衣食이 싫어 도망했사오니, 어디 가서 찾겠습니까? 다른 변통이 없사오니, 그 값을 도로 바치겠나이다."

즉시 은자 오십 량을 바치고 절에 돌아오니, 생이 벌써 와 있었다. 노승이 대희하여 묻기를,

"어찌 시험했나이까?"

생이 대답하기를,

"여차여차 하고 봉채로 후일에 신표를 삼고 돌아왔나이다."

노승이 기뻐하면 말하기를,

"이 곳은 사람이 왕래하는 곳이라서 두렵습니다. 남쪽으로 수십 리를 가면 자연히 구할 사람이 있사오니, 그리로 가소서."

생이 옳게 여겨 노승을 작별하고 남쪽의 황성으로 향했다. 홀연 풍류성風流聲이 은은하게 들렸다. 점점 찾아가니 층암절벽 사이에 수간초당數間草堂이 있었는데, 공자와 왕손과 풍류호걸들이 오음육률五音六律[99]을 희롱하며 노래를 부르고 있었다. 생이 당상에 올라가 예필 좌정 후에 말하기를,

"소생은 주유천하로 다니다가 우연히 이 곳에 왔습니다. 좌석

---

[99] 오음육률五音六律 : 옛 중국 음악의 다섯 가지 소리와 여섯 가지 율조.

의 끝에나마 참여하기를 바라나이다."

모든 사람들이 허락했다. 생이 눈을 들어 살펴보니, 그 중에 미애라고 하는 기생이 있었다. 연광이 십육 세였다. 제 눈에 드는 사람이 없어서 규중에서 늙을까 염려하여, 풍류당을 지어 놓고 사람을 택하려고 했다. 바로 이런 때에 생이 당도했던 것이다. 임생이 눈을 들어 다시 보니, 칠보단장에 홍상紅裳이 아주 묘했다. 생이 내심에 '장소저가 이 곳에 왔는가.'라고 여기고, 마음이 산란하여 바로 문답하지 못할 정도였다. 미애가 눈을 들어 살펴보니 말석에 앉은 공자가 비록 추비하기는 하나 흥망조화와 산천정기를 미간에 은은하게 품고 있었다. 미애가 내심에 생각하기를,

'내 몸이 비록 천하나 저런 영웅을 얻어 백년동락함이 이 아니 좋을쏜가?'

희색이 만면滿面에 번졌다. 임생이 탄복하며 말하기를,

"세상에 장부가 되어 저런 미녀를 취해 백년 기약을 정하면, 이 아니 경慶일쏜가!"

이때, 생이 미애에게 말하기를,

"학생을 누추하다고 아니 하시고 술을 온공溫恭100)하게 부어 주시니 감사하나이다."

생이 한 순배를 더 청했다. 미애가 대답하기를,

---

100) 온공溫恭 : 따뜻하고 공손함.

"남에게 가는 술을 그만 대접하기도 과만過慢[101]한 바인데, 어찌 더 청하시나이까? 술이 부족하시다면 행화촌으로 가옵소서."

그리고는 반소반오半笑半惡[102]했다. 생이 대답하기를,

"그러하나 풍류성에 떠날 마음이 전혀 없사오니 한 잔 더 청하나이다."

미애가 술을 부어들고 노래하기를,

"이 술 한 잔 잡으시면 소원성취 하리이다. 이 술이 술이 아니오라 한무제 승로반承露盤[103]에 이슬 받은 천일주千日酒[104]이오니 쓰나 다나 잡으시오."

이렇게 한창 놀 적에 동자가 들어와 아뢰기를,

"낙양의 호걸이 왔나이다."

좌중이 황황遑遑[105]하여 계하에 내려가서 맞이하자, 생이 묻기를,

"어떤 사람이기에 이다지도 겁을 내나이까?"

좌중에서 대답하기를,

"이 사람의 이름은 협대요, 기운이 넘쳐 맹호를 임의로 죽이

---

101) 과만過慢 : 지나치게 거만함.
102) 반소반오半笑半惡 : 반은 웃고 반은 싫어함.
103) 승로반承露盤 : 한무제漢武帝가 이슬을 받아먹고 장수하기 위해 건장궁建章宮에 설치한 구리 쟁반.
104) 천일주千日酒 : 빚어 담근 지 천 일 만에 마시는 술.
105) 황황遑遑 : 허둥거림.

기에, 모두 두려워하나이다."

호은이 말하기를,

"그렇다면 저 놈의 막하에 잡혀 복심 노릇만 할 것인가요? 중인衆人이 합력하면 나도 그 뒤를 따르리다."

좌중이 대답하기를,

"그런 외람한 말을 내지 말라."

그리고는 멀리 나가서 맞이했다. 호은이 눈을 들어 살펴보니, 신장이 구 척이요 사람은 삼국 시절의 장익덕張翼德[106] 같고 두 눈은 횃불 같고 위풍이 진실로 호걸이라. 호은이 모르는 체하고 난간을 의지하여 앉아 있었다. 협대가 눈을 들어 사면을 살펴보니, 한 소년이 난간에 의지하여 좌이부동坐而不動[107]하고 앉아 있으니, 협대가 대로하여 묻기를,

"저 놈이 어떤 놈이기에 어른이 들어오시는데 영접하지 아니하고 당돌히 앉아 있느뇨?"

좌우를 호령하기를,

"저 놈을 나입하라."

좌우에서 영을 듣고 일시에 달려드니, 호은이 대로했다. 한 주먹으로 수십 명을 감당하자 협대가 대로하여 철퇴로써 호은을 치니 호은이 육성육갑으로 진언을 염하여 혼백을 지키고

---

106) 장익덕張翼德 : 『삼국지연의三國志演義』에 등장하는 촉한蜀漢의 장비張飛. '익덕翼德'은 장비의 자字.
107) 좌이부동坐而不動 : 앉아서 움직이지 아니함.

거짓 등신으로 거꾸러지게 했다. 협대가 호령하기를,

"그 놈의 시신을 강중에 던져라."

여러 사람들이 애연히 여기면서도 호령이 추상 같은지라, 어쩔 도리 없어 신체를 들고 갔다. 미애가 그 거동을 보고 크게 낙심했다. 이때, 신체는 간 곳 없고 호은이 들어와 크게 웃으면서 말하기를,

"너는 사람 죽이기를 좋아하는 놈이로구나. 네 힘이 많거든 나를 대적해보라."

협대가 이윽히 보다가 계하에 내려가 복지하여 아뢰기를,

"소장이 연소하여 장군을 몰라보고 장령將令[108]을 어겼사오니 죄사무석이로소이다. 잔명을 살려주시면 일후에는 아장亞將이 되어 견마지로犬馬之勞[109]하여 은혜를 갚겠나이다."

협대가 애걸하니, 호은이 반소하며 말하기를,

"너를 응당 죽일 것이로되, 옛말에 '항자降者를 불살不殺이라.'고 하니 용서하노라. 차후에는 그런 행실을 고쳐라."

당상에 청해 지필을 내어 일후의 아장 직첩職牒을 써주고 종일 미애와 더불어 즐겼다 파연곡罷宴曲을 연주하자 제인들은 각각 헤어졌다. 호은은 주점으로 돌아와 석반을 물리고 화류촌을 찾아갔다. 이때, 미애가 집에 돌아와 동자를 불러

---

108) 장령將令 : 장군의 명령.
109) 견마지로犬馬之勞 : 윗사람에게 바치는 자기의 노력을 겸손하게 이르는 말. '견마犬馬'는 하찮은 신분을 가리킴.

말하기를,

　"금일 생이 내 집으로 올 것이니 청해 모셔라."

　그리고는 방중을 소쇄했다.

　차설이라.

　동자가 영을 듣고 문에 나와 기다렸다. 마침 임생이 당도하는
지라, 동자가 묻기를,

　"임상공이시니이까?"

　생이 대답하기를,

　"어찌 나를 아느뇨?"

　동자가 대답하기를,

　"우리 주모님께서 가르치신 바입니다."

　그리고는 정성껏 인도했다. 생이 동자를 따라 들어가니 미애
가 계하에 내려와 맞이하여 방중으로 들어갔다. ㅁㅁ사창에
이태백李太白과 두자미杜子美[110]의 풍월시를 붙여 놓았는데, 그
정결하기가 측량하기 어려웠다. 미애가 주찬을 내어 대접하며
말씀을 나직이 하기를,

　"첩이 아름답지 못하오나 상공은 더럽다고 마옵시고, 첩의
일신을 거두어 주옵소서."

　이처럼 애걸하니, 생이 허락했다. 서로 정표한 후에 금침을

---

110) 두자미杜子美 : '자미子美'는 두보杜甫의 字. 두보는 당나라 시대의 시인,
　　정치가. '시성詩聖'이라고 불리는 중국 최고의 시인. 장편 고체시를 확립
　　했으며, 그의 시 대부분이 당시의 사회상을 비판하여 '시로 쓴 역사'라는
　　의미의 '시사詩史'라고 불림.

펼쳐놓고 동침하니, 견권지정이 비할 데 없었다. 그날부터 날마다 화류각에 올라 연일 즐기니, 그 즐거움이 비할 데 없었다.

이러구러 수삭이 지났다. 이때는 국태민안하고 가급인족家給人足[111]이라. 황제께서 태평과를 보이시니, 천하의 선비가 구름 모이듯 했다.

각설이라.

호은이 과거 기별을 듣고 행장을 차려 과장科場에 들어갔다. 이때, 이승상이 시관으로 들어왔다. 호은이 내심에 반가웠지만, 승상이야 어찌 알겠는가. 이윽고 시관이 글제를 걸었다. 선제판을 바라보니 평생 익히던 바라. 일필휘지하여 선장에 바치니 시관이 받아보고 대찬대칭하니, 자자이 관주貫珠[112]요 句句이 비점批點[113]이라. 그 글장을 탑전榻前[114]에 올려 말하기를,

"이 글의 뜻이 가장 웅활雄活하오니 도장원都壯元에 휘장揮場[115]하여이다."

비봉祕封[116]을 개탁하니 남양 설학동 임호은이었다. 즉시 예관禮官을 명해 "호은을 찾으라!"고 하니, 예관이 영을 듣고 충당

---

111) 가급인족家給人足 : 집집마다 먹고 입기에 부족함이 없이 생활이 풍족함.
112) 관주貫珠 : 예전에, 글이나 시문을 끊어서 잘 된 곳에 치던 동그라미.
113) 비점批點 : 예전에 시관試官이 시가나 문장 등을 비평할 때, 아주 잘 된 곳에 찍던 둥근 점.
114) 탑전榻前 : 임금의 자리 앞.
115) 휘장揮場 : 옛날에, 과거에 합격했다고 금방金榜을 들고 과장科場을 돌아다니며 외치던 일.
116) 비봉祕封 : 남이 보지 못하게 단단히 봉함.

대에 나와 호명했다. 이때, 호은이 미애 집으로 와서 쉬고 있다가, 호명하는 소리를 들었다. 의관을 정제하고 궐내에 들어가 황상께 사은숙배하니, 상께서 호은을 보시고 칭찬하시기를,

"십오 년 전에 북두칠성이 북방에 떨어져서 영웅이 태어나리라고 하더니, 과연 이 사람이 태어났도다."

어주 삼배에 어마 일필을 사급賜給117)하시고 청홍개靑紅蓋118)와 어전 풍악을 사급하셨다. 임급제가 청홍개를 앞세우고 어전 풍악을 울리며 청사관대에 어사화를 꽂고 장안 대도상으로 천천히 나아오니, 그 광경을 보는 뭇사람들이 뉘 아니 칭찬하겠는가. 바로 미애 집으로 돌아오니 미애가 그 거동을 보고 반가움이 측량하기 어려웠다. 호은이 몸은 영귀하나 부모의 사생존망을 몰라 눈물을 흘렸다. 그 눈물이 나삼을 적셨다.

각설이라.

이승상이 금번 장원으로 소저의 배필을 삼을까 하다가, 하방下方 천인賤人이 장원을 하자 일변 분하여 집으로 돌아오다가 중로에서 사승상을 만나 말하기를,

"그대의 아들이 금번 장원을 할까 했더니 삼장원이 되었으니 분하도다."

울분을 토하며 말하기를 주저했다. 사승상이 말하기를,

---

117) 사급賜給 : 나라나 관청에서 국민에게 금품이나 물건 따위를 내려 줌.
118) 청홍개靑紅蓋 : '청개靑蓋'와 '홍개紅蓋'의 합성어. 의장 행렬에 동원되던 가마의 두 종류. '청개'는 푸른 비단 천을 두른 가마이고, '홍개'는 붉은 비단 천을 두른 가마임.

"내 자식이 삼장원했사옵니다. 들자오니 그대의 여식이 열녀지절烈女之節이 장하다고 하오니 청혼하나이다."

승상이 말하기를,

"내일 자제를 데리고 내 집으로 와서 남녀가 서로 차등差等119)을 보게 합시다."

집에 돌아와서 부인에게 말하기를,

"금번 장원급제는 하방 사람이 했기에 오다가 사승상을 만나 그 아들과 정혼하려고 하나이다."

부인이 대답하기를,

"사승상의 아들을 친히 보았나이까?"

승상이 말하기를,

"명일 내 집으로 오면 남녀 서로 차등를 보리라."

그러던 차에 소저가 내당으로부터 임호은이 장원급제했다는 말을 듣고 반가워서 부친전에 고하려고 나아오다 중헌中軒에서 들으니, 사승상이 구혼한다는 말을 듣고 마음이 불안하여 부친전에 문안하면서 말하기를,

"부친님은 금번 장원한 자를 보았나이까?"

승상이 대답하기를,

"사승상의 아들이 천하의 기남자奇男子라, 너와 배필을 정하고자 하노라."

---

119) 차등差等 : 등급의 차이. 가문, 인품, 학식 등을 견주어봄.

소저가 변색하면서 대답하기를,

"사승상의 아들은 아장원급제를 하지 않았나이까?"

승상이 말하기를,

"장원한 자는 하방 사람이다. 이 사람은 삼장원이라."

소저가 얼굴빛을 고치고 말하기를,

"부친께서 전일에 말씀하시기를 '금번 장원한 자와 정혼하겠노라.'고 하셨는데, 지금에 와서 실언하시니 부모의 도리가 아니로소이다."

승상이 대책하기를,

"국중 처자가 혼담에 참여할 바가 아니다."

소저가 다시 여쭈기를,

"소녀의 말이 그르다고 해도 전왕 폐동왕이 여식에게 말할 때 '네가 자라면 너를 도한에게 주겠노라.'고 했다가 그 처자가 장성하자 부원군댁에서 구혼했습니다. 그 여자가 여쭈기를 '전일 부왕께옵서 말씀하시기를 도한에게 청혼하겠노라고 하셔놓고 지금에 와서 이와 같이 하시니 소녀는 죽사와도 도한에게 출가하겠나이다.'라고 했답니다. 그 여자의 절개가 태산 같아서 지금까지도 유전하는 열녀전列女傳에 담겨 있고 천추千秋에 전할 것이오니, 여자의 정절은 피차 일반이옵니다."

눈물을 머금고 자기 방으로 돌아가서 밤새도록 한탄했다. 승상부부가 여식의 절개에 탄복했다. 이튿날, 큰 잔치를 배설하고 사승상이 오기를 고대했다. 마침 사승상이 아들을 데리고 왔다. 이승상이 신래新來[120]를 두어 번 진퇴하고 당상에 앉히고 담락湛樂[121]할 때 임호은이 미애 집에서 밤을 지내고 그 날 이승상댁에 갔다.

이승상이 말하기를,

"금일은 귀객을 모시기 때문에 접대하지 못하니, 명일 오시오."

그러자 사승상이 임호은에게 신래를 부렸다. 이승상이 사승상과 함께 신래를 진퇴하라고 하니, 사승상은 한 술 더 떠서 백 가지로 신래를 부렸다. 호은의 기운이 소진될 지경이었다. 땀이 흘러 옷을 적셨다. 이때 소저가 임생이 욕본다는 말을 듣고 시비를 거느리고 중문에서 보았다. 마침 진퇴는 마치고 당상에서 좌정했고, 반상飯床이 들어가고 있었다. 소저가 열어 보니, 사승상의 상에는 만단진미를 차렸지만, 임호은의 상에는 허소虛疏하기 이를 데 없었다. 소저가 마음에 분해 눈물을 하염없이 흘렸다. 사승상이 술에 만취하자 내심에 주인 소저를 보고자 하여 이승상에게 말하기를,

"그대의 여식을 보고자 하노라."

---

120) 신래新來 : '신래新來 위'에서 유래했음. 과거시험에 합격한 자는 예복을 갖춰 입고 증서를 타러 나가야 함. 이 때 부르는 구령이 '신래新來 위'임. 흔히 '신래 불리다'라고 하는 이 절차를 밟을 때 선배들이 짓궂은 장난을 했다고 함. 희묵戲墨이라 하여 얼굴에다 먹으로 앙팽이를 그리고 옷가지를 찢으며 '이리 위, 저리 위'하며 앞뒤로 오랬다 가랬다 하면서 몹시 놀려댔음. 선배들은 기강을 세운다는 명분으로 신임례新任禮를 거행하지만, 당사자는 힘겹게 느낄 수 있음.

121) 담락湛樂 : 평화롭고 화락하게 즐김.

이승상이 시비를 명하여 소저를 청하자 임급제가 반색하며 말하기를,

"사승상은 옥당의 사부이고 일국의 재상이라. 남의 규중처자를 외객이 청하는 것이 재상의 도리가 아닌가 하나이다. 재상으로서 이런 행실이 어디 있으리오."

이승상이 대로하여 꾸짖고자 할 즈음, 사승상의 아들이 노복에게 명하기를,

"임급제를 결박하라."

노복이 영을 듣고 임급제에게 달려들었다. 임급제가 대로하여 한 손으로 수십 명의 노복을 물리치고 대매하기를,

"너도 네 아비의 행실을 본받아 후인後人을 더럽게 하는구나. 나는 하방 천토지인賤土之人[122]이지만, 명천이 감동하시어 국은이 막중하여 몸이 영귀하거니와 너의 개 같은 놈들과 동좌하겠는가."

위엄이 늠름했다. 좌중이 산란하여 어찌 할 줄을 모를 즈음, 임급제가 하인을 명하여 좌마坐馬[123]를 내어타고 인사 없이 미애 집으로 돌아왔다.

차설이라.

소저가 중문에서 임급제가 하는 거동을 보고 내심에 상쾌히 여겼다. 시비가 들어와 소저에게 여쭈기를,

---

122) 천토지인賤土之人 : 풍속이 지저분한 시골의 사람.
123) 좌마坐馬 : 벼슬아치가 타던 관아의 말.

"승상이 청하나이다."

소저가 회답하기를,

"외인外人으로서 기필코 저와 상면하고자 하니, 중직重職에 맡은 사람의 행실이 아니요 규중처자에 대한 범절이 아니옵니다. 급히 돌아가십시오. 시간이 늦어지지 않기를 바랍니다."

사승상이 무료無聊[124]하여 아들을 데리고 돌아갔다. 소저가 마음을 진정치 못하고 밤이 깊도록 잠을 이루지 못하고 내심에 생각하기를,

'지금 부친전에 전후 사실을 고하고 임급제와 성례함이 옳다고 하고 외당으로 나오리라.'

각설이라.

승상이 부인과 더불어 소저의 혼사를 의논하니, 소저가 들어와 복지하고 말하기를,

"소녀가 부모전에 죽을 죄를 지었사오니 죽기를 청하나이다."

승상과 부인이 놀라서 묻기를,

"무슨 연고냐?"

소저가 여쭈기를,

"부친님은 금번 장원급제 임호은을 아시나이까?"

승상이 말하기를,

"내가 어찌 알리오?"

---

124) 무료無聊 : 조금 부끄러운 생각이 있음.

소저가 대답하기를,

"전후 사실을 자세하게 아뢰겠나이다. 제가 모친을 모시고 거월망일去月望日[125]에 황룡사에 가서 치성하고 홀연히 몽사를 얻었습니다. 꿈에서 부처님이 저를 불렀습니다. 한 공자를 제 앞에 앉히고 예를 갖추게 하고 술을 부어 주라고 하시기에 한 잔을 부어 주었는데, 그 공자는 곧장 받아 마셨습니다. 저는 부끄러워 술을 아니 먹었습니다. 부처님이 '네가 천정天定을 거역하려느냐?'라고 하며 대책하시기에, 소녀가 따르고자 할 즈음에 머리에 꽂았던 봉채가 땅에 떨어졌습니다. 그러자 부처님께서 그 공자에게 '저 봉채를 가져갔다가 후일 신물로 삼으라!'고 말씀하셨습니다. 그 공자는 부처님의 말씀을 따라 봉채를 가지고 밖으로 나갔습니다. 소녀가 놀라 깨달아보니 일몽이었습니다. 이상하게 여기면서 새벽에 불전에 사배하고 나오려고 하는데, 뜻밖에도 문 밖에 한 공자가 서 있었습니다. 공자는 피하려 하지 않았습니다. 소녀가 도리어 피신하여 돌아설 때 머리에 꽂았던 봉채가 저절로 빠져 땅에 떨어지고 말았습니다. 그러자 거기에 서 있던 공자가 거두어 갔습니다. 너무나 참괴하여 이 사실을 모친께 고하지 못했습니다. 그 공자란 다름 아닌 채봉이었습니다. 그 채봉이와 앞으로 혼인하겠다고 봉채로써 언약까지 정하고 갔사오니, 제가 어찌 살기를 바라겠습니까?"

---

125) 거월망일去月望日 : 지난 달 음력 보름.

승상이 말하기를,

"그런 문제라면 네가 예전에 나에게 말했어야 옳거늘, 왜 이제야 말하는가? 그러나 저러나 무슨 면목으로 입급제를 대면하겠는가. 명일 조회에 들어가 황상께 주달하여 결정하리라."

부인에게

"혼인 제구를 준비하시오."

익일 입궐하여 황상께 이 연유를 주달하니, 상이 반기시며 쾌히 허락하셨다.

차설이라.

임급제가 미애 집에 돌아와 분을 참지 못했다. 잠을 이루지 못하고 평명에 궐내에 들어가 복지하니, 상이 친견하시고 벼슬을 돋우어 한림학사 겸 이부시랑을 제수하셨다. 만조백관을 모으고 말씀하시기를,

"짐에게 한 여식이 있도다. 임호은을 부마로 삼고자 하나니, 승상 여식은 황룡사 부처님이 정혼한 바이니, 먼저 성례시킨 다음 공주를 제2처로 정하리라."

이승상이 황송하게 여기며 퇴조했다.

각설이라.

상께서 승상 여식을 선취하게 하고 공주를 그 다음으로 취하게 한 다음, "전안奠雁을 빨리 하라!"고 재촉하셨다. 이때, 호은이 일어나서 사배하고 말하기를,

"신이 하방 천생으로 몸이 영귀했사오나 공주는 만승지옥엽

萬乘之玉葉이오니 만만 황공하여이다."

황상께서 말씀하시기를,

"경이 비록 하방 천생이라고 하나, 왕후장상이 어찌 씨가 있으리오. 경은 고민하지 말라."

각설이라.

임시랑이 이승상 소저와 더불어 육례六禮126)를 마치고 이날 밤에 동침하니 견권지정이 전일보다 십 배나 더 했다. 임시랑이 지난 일을 생각하며 일희일비하니, 부모 생각이 간절했다. 이튿날 승상 양위전에 문안하니, 승상부부의 즐거워함이 측량할 수 없었다. 그리고는 궐내에 들어가 황상전에 복지하니, 상께서 반기시며 어주御酒를 사급하시고 못내 칭찬하셨다.

차설이라.

시랑이 이승상 집에 돌아와 길복吉服127)을 갖추고 궐내에 들어가 공주와 더불어 전안지례奠雁之禮를 마치고 동좌하니, 그 위의와 거동이 엄숙했다. 일락서산日落西山하고 월출동령月出東嶺하자 시비가 시랑을 인도하여 내전에 들었다. 공주가 일어나서 맞이했다. 시랑이 촉燭을 물리고 공주와 더불어 동침하니 원앙이 녹수에 노는 듯했다. 이튿날 시랑이 황상께 숙배肅拜128)

---

126) 육례六禮 : 혼인의 여섯 가지 예법. 곧, 납채納采 · 문명問名 · 납길納吉 · 납징納徵 · 청기請期 · 친영親迎을 말함.
127) 길복吉服 : 혼인 때 신랑과 신부가 입는 옷.
128) 숙배肅拜 : 왕이나 왕족에게 하던 절.

하니 상께서 즐거워하시며 희색을 만면에 머금으셨다. 그리고
는 별궁을 짓고 공주는 백화당에 거처하게 하여 시녀 삼백 명으
로 모시게 하고, 이소저는 변춘당에 거처하게 하여 시녀 삼백
명으로 시위하게 하고, 시랑은 만월정에 거처하게 하여 미애로
하여금 뫼시라고 하고, 노비 전답과 금은 채단을 무수하게 사급
하셨다.

각설이라.

사승상이 절통하고 분하여 임호은을 해칠 뜻을 품고 날마다
꾀를 생각했다. 이때는 황제 즉위 오 년이었다. 시절이 연흉連
凶[129]하고 관심觀心[130]이 고약하여 백성이 도탄 중에 빠졌다.
게다가 북방까지 요란했다. 황상께서 근심하시고 만조백관을
모으시고 말씀하시기를,

"북방 안찰사가 되어 백성을 안돈하고 국가의 근심을 덜 자가
뉘 있으리오?"

임호은이 출반하여 아뢰기를,

"소신이 하방 천생이오나 국은을 만분지일이나 갚고 또한
부모의 사생을 알고 백성을 안정시키겠나이다."

상께서 대희하시고 임호은에게 순무안찰사巡撫按察使를 제수
하시고 빨리 회환回還하라고 하셨다.

차설이라.

---

129) 연흉連凶 : 여러 해 계속해서 드는 흉년.
130) 관심觀心 : 마음의 본성을 살피는 일.

임시랑이 즉일 발행發行하고자 했다. 이승상 양위께 하직하고 두 부인께 이별하고 또 미애를 불러 말하기를,

"그대는 두 부인과 여러 부모를 모시고 무양無恙131)하라."

바로 궐내에 들어가 천자께서 하직하고 발행하여 수일 만에 하동에 다다랐다. 열읍의 수령들이 대령하고 있었다.

각설이라.

장소저가 임처사 양위를 모시고 임생의 소식을 몰라서 주야로 근심했다. 하루는 소저가 일몽을 얻었는데, 그 꿈속에서 임생의 모습이 보였다. 청룡을 타고 천상으로 올라가는 것이 아닌가! 소저가 몽사를 처사 양위께 말씀하니, 처사 부부가 내심에 생각하기를,

'분명 죽었도다.'

지레짐작하고 앙천통곡했다. 소저가 애연히 발상하고 통곡하니 산천이 슬퍼했다. 처사부부 소저의 경상을 보고 어찌 할 줄을 몰랐다. 장소저가 이날부터 신위를 배설하고 조석朝夕의 상식上食132)을 받들며 세월을 보내고 있었다.

각설이라.

안찰사 임호은이 하동읍에 들어가서 전령하기를,

"이 땅의 북촌에 장승상의 여식이 재덕이 겸전하다고 하니, 그 댁에 마패를 보내어 혼사를 정하라."

---

131) 무양無恙 : 몸에 병이나 탈이 없도록 함.
132) 상식上食 : 상가에서 아침과 저녁으로 영좌靈座에 올리는 음식.

본관이 영을 듣고 좌수를 보내면서 말하기를,

"장승상댁을 찾으라!"

좌수가 재빨리 마패를 가지고 장승상댁에 가서 문안하면서 묻기를,

"이 댁이 장승상댁입니까?"

처사가 말하기를,

"그러하오이다. 존객은 어디 계시는 뉘십니까?"

좌수가 대답하기를,

"북방 안찰사의 영을 받들어 왔사옵니다. 댁의 소저가 재덕이 겸전하다고 하여 생으로 하여금 마패를 가지고 가서 청혼하라고 하옵기에 왔나이다."

처사가 말하기를,

"존객은 그릇 듣고 왔나이다. 이 댁에 여자가 있사오나 선비 임생과 백년 언약을 정하고 간 후 수년이 지나도록 소식도 묘연하고 몽조도 불길하여 지금 신위를 배설하고 조석 향화香火[133]를 받드나이다."

예관이 말하기를,

"봉령하고 왔다가 소득 없이 가오면 체모가 서지 아니하니, 귀댁이나 구경할까 하나이다."

처사가 허락하고 인도하여 내정에 들어가 후원에 다다르니,

---

133) 향화香火 : 신불神佛에 올리는 향이나 초.

한 여자가 피발被髮[134]하고 상청에서 통곡하고 있었다. 그 모습이 너무나 애연하여 산천초목까지도 다 슬퍼할 정도였다. 예관이 살펴보니 비록 거상居喪 중이지만 그 체모가 왕후의 배필로서 합당했다. 이윽히 주저하던 차에 소저의 안광에 들키고 말았다. 소저가 시비를 불러 대책하기를,

"외인이 어찌 후원에 당도했느냐? 빨리 물리치라."

호령이 추상같았다. 관인이 황공하여 외당으로 나와 처사께 하직하고 돌아가 어사에게 전후수말을 고했다. 어사가 이 말을 듣고 내심에 탄복하여 말하기를,

"산천은 변하기 쉽거니와 장소저의 마음이야 변하지 않는구나. 내가 죽은 줄 알고 발상했도다."

즉시 하령하기를,

"장승상댁으로 사처私處[135]를 정하라."

하인이 영을 듣고 장승상댁에 가서 외당을 소쇄하니, 장소저가 생각하기를,

'행여 부친의 아는 재상이 오는가.'

차설이라.

안찰사가 하인을 영솔領率[136]하여 왔다. 이때 처사부부가 중헌에서 행차를 구경하다가 마음이 자연적으로 비감하여 말하기를,

---

134) 피발被髮 : 머리를 풀어헤침.
135) 사처私處 : 개인이 사사롭게 거처하는 곳.
136) 영솔領率 : 부하, 식구, 제자 따위를 거느림.

"우리 자식도 살았다면 저렇듯이 영화를 볼 것인데, 죽었는지 살았는지 모르겠구나."

처사부부가 눈물을 흘렸다. 이때, 어사가 외당에 정좌하고 지필을 내어 서찰을 닦았다. 만단 사정을 기록하여 시비에게 보냈다. 시비가 받아 가지고 들어가 소저에게 드렸다. 이때 처사부부가 구경하고 내당에 돌아와 소저와 더불어 편지를 개간했다. 그 편지에 쓰여 있기를,

"한림학사 이부시랑 겸 북방 안찰사 임호은은 두어 글자를 올립니다. 이 몸의 명도命途가 기박하여 오 세에 부모를 이별하고 혈혈단신이 되어 사해를 집으로 삼아 다니다가 천행으로 유수선생을 만나 공부하여 이 몸이 영귀하게 되었습니다. 그러나 위로 부모의 사생을 모르고 아래로 그대의 사생을 몰라 주야로 알고자 소원했습니다. 천우신조하사 북방 안찰사에 임명되어 본읍에 들어와 백성을 안돈하고 소저의 소식을 알고자 하여 예관을 보내어 탐지했습니다. 그로 인해 천금 같은 귀체가 평안한 줄 알게 되어 만행萬幸[137]입니다. 들사오니 나를 죽은 줄 알고 초토에 계시다고 하니, 내가 만일 죽었다면 모르거니와 국은이 망극하여 영화롭게 왔사오니, 소저는 우려하지 말고 보기를 청하나이다."

처사부부와 소저가 편지를 보고 어찌 할 줄을 몰라 주저했다.

---

137) 만행萬幸 : 매우 다행임.

중당에 나와보니, 과연 호은의 기상이라. 어찌 모르겠는가! 호은의 손을 잡고 통곡 기절하니, 어사가 무슨 연고인 줄 몰라 황황하든 차에 모든 사람들이 처사부부가 바로 임처사의 부모라고 알려주었다. 어사가 자세히 살펴보니, 과연 부모의 형용이었다. 즉시 계하에 내려 복지하고 통곡하며 말하기를,

"불초자 호은이 왔나이다."

호은이 슬피 울었다. 처사부도 정신을 차려 호은을 붙들고 십 년이나 기리던 정회를 베풀며 말하기를,

"너를 찾아다니다가 장소저를 만나 동거하게 되었노라."

이런 말을 설화하며 소저를 청했다. 소저가 소복을 벗고 채의彩衣[138]를 갖추고 들어와 안찰사를 대하니, 그 반가움을 어찌 다 측량하겠는가! 비컨대 호접이 연화蓮花를 만난 듯했다. 어사가 부모를 모시고 고생하던 설화를 여러 가지로 했다. 유수선생을 만나 십 년 공부하고 세상으로 나올 때 우연히 이 집에 와서 장소저를 만난 사연과 소저를 이별하고 황룡사에 가 있다가 부처님이 지시하여 이소저를 만난 사연과 황성으로 가다가 미애를 만난 사연과 이소저가 준 은자 오십 량을 받고 과거 시험에서 장원급제한 사연과 천자의 사랑을 받아 부마가 된 사연과 이집에 와서 흉귀를 소멸한 사연을 낱낱이 설화하며 십년지정十年之情을 꽃피웠다. 해가 지자 본부에 전령하여 큰 잔치를 배설하

---

138) 채의彩衣 : 울긋불긋한 무늬가 있는 옷.

고 즐겼다. 잔지를 파한 후, 이 사연을 황상께 장문狀聞[139]했다. 이때, 처사부부와 장소저가 천은을 축수했다. 임어사가 장소저와 더불어 칠팔 년 그리던 정을 말하며 일희일비했다.

각설이라.

천자께서 어사를 북방에 보내시고 소식을 몰라 주야로 고대하던 차에, 마침 어사의 장문이 올라왔다. 개탁하니, 난중에 잃었던 부모를 만나고 장소저를 만난 사연을 낱낱이 적혀 있었다. 천자께서 만조백관을 모으시고 말씀하시기를,

"이런 일은 예로부터 없던 일이로다. 임처사로 대승상 교지를 내리시고 장소저로 정렬부인 직첩을 내리시고 사관을 하동으로 보내셨다.

차설이라.

사관이 하동에 득달하여 장승상댁에서 임어사를 뵈옵고 교지를 올렸다. 어사가 향안香案을 배설하고 교지를 떼어보았다. 부친을 승상에 봉하시고 모친을 공렬부인에 봉하시고 장소저를 정렬부인에 봉하신다고 하셨다. 처사부부와 장소저가 국은을 축수했다. 수일 후에 사관을 전송하고 부모 양위와 소저를 이별한 후 북방 이백여 주를 암행으로 다니며 민심을 살폈다. 혹 백성을 탈취하는 관원을 장파狀罷[140]도 하며 혹 귀양도 보내니,

---

139) 장문狀聞 : 임금께 상계하여 아룀. 또는 그 글.
140) 장파狀罷 : 죄를 지은 원員을 그 도의 감사가 임금에게 장계하여 파면시키던 일.

수삭이 채 되지 않아 민심이 화평했다. 면면촌촌에서는 어사의 비를 세워 송덕했다.

각설이라.

사승상의 장질長姪 사익춘이 그 지역의 감사로 있었다. 북방 안찰사가 내려온다는 말을 듣고, 하방 출신이라 하여 업신여기며 백성들의 재물을 탐냈다. 어사가 이 말을 듣고 대로하여 추종騶從[141]을 호령하기를,

"관찰사를 나입하라."

무사가 영을 듣고 관찰사를 나입하여 계하에 꿇렸다. 어사가 대질하기를,

"네 한 지역의 토관土官이 되어 백성을 안무해야 마땅할 것이거늘, 도리어 국은을 배반하고 백성을 잔학하게 다스리니, 너 같은 놈은 베어서 국법을 세우리라."

무사를 명해 관찰사의 목을 쳐 버렸다. 북방 백성들이 만세를 부르며 송덕했다.

차설이라.

어사가 북방 이백여 읍을 진무鎭撫하고 하동으로 돌아와 부모와 장소저를 모시고 황성으로 올라와서 계啓를 닦아 천자께 주달했다. 상이 대희하시며 임어사의 벼슬을 돋우어 대사마 대장군을 봉하시고 부모와 장소저와의 재회를 치하하셨다. 임

---

141) 추종騶從 : 상전을 따라다니는 종.

도독이 국은을 축수하고 물러나와 이승상 양위와 두 부인을 대하니, 그 반가움이야 이루 측량할 길 없었다. 그로 인해 두 부인과 미애와 더불어 장소저와 서로 보게 하고 성례했다.

각설이라.

이때 모든 백성들과 만조백관이 치하했지만, 유독 사승상이 장질 죽음을 함혐슴嫌[142]하여 임도독을 해칠 뜻을 생각하고 있었다.

차설이라.

사승상의 여식은 황후였으니, 사승상의 형세는 칼날과 같았다. 사소저는 행실이 부정하여 충신과 열사를 꾀어내어 혹 처참했지만, 조정 백관들은 사승상이 두려워서 말을 하지 못했다. 하루는 사승상이 황후을 청해 말하기를,

"임호은이 하방 천인으로서 옥당 사부를 능멸히 여기니, 이 놈을 모해하여 내 마음을 편케 하리라."

또 황후에게 아첨하여 말하기를,

"너는 내 자식이라. 삼가 누설하지 말고 금일 임호은을 청하여 술을 취토록 먹인 다음 내궁에 눕게 하면 제 놈이 반드시 취해 눈을 한번 떠보고는 잠이 들 것이다. 그 후에 네가 그 놈 곁에 함께 누웠다가 여차여차 하라."

각설이라.

---

142) 함혐슴嫌 : 싫어하거나 미워하는 마음을 품음.

황후께서 임도독을 청하니, 어찌 거역하리오. 간계를 알지 못하고 내궁에 들어가니 사승상과 양처사가 앉아 있었다. 예필 좌정하고 사승상이 말하기를,

"그대 만리타도萬里他道에 무사하게 회환하고 이별했던 부모를 만나 돌아왔지요. 국사가 호번浩繁[143]하고 벼슬이 사번事煩[144]하여 한 번도 위문을 못했으니, 심히 부끄럽소이다. 금일 청한 것은 일배주로 위로하고자 함이니, 사양치 말라."

술을 권하여 수십 배에 이르렀다. 정신이 아득하여 피신하고자 하니, 사승상이 만류하여 내궁에 눕혔다. 어찌 될 것인지 하회下回[145]를 분석하라.

신축년 이월 회일晦日[146] 직중[147] 서. 상마동.

---

143) 호번浩繁 : 거대하고 많음.
144) 사번事煩 : 할 일이 많음.
145) 하회下回 : 다음 차례.
146) 회일晦日 : 그믐날.
147) 직중 : 필사자의 이름. 필사자의 이름이 직중밖에 없으므로, 필사자는 한 명임.

각설이라.

사승상이 대희하여 황후를 청하여 한 베개에 누이고 나와 숨어 있었다. 임호은이 술이 깨어 일어나 앉아 살펴보니, 한 처자가 누워 있었다. 자세히 보니 황후였다.

대경하여 묻기를,

이것이 어찌 된 연고이오니까?"

황후가 말하기를,

"이 몸을 도독이 흠모하여 나를 취중에 놓지 아니하기로 마지 못하고 이렇게 있나이다. 앞으로 어찌하리오?"

도독이 정신이 아득하여 칼을 빼어 자문코자 했다. 이때 사승 상과 양처사가 인기척 소리를 듣고 문을 열고 들어오다가 거짓 놀란 체하고 무사를 호령하기를,

"도독을 결박하라!"

도독이 대로하여 말하기를,

"나는 무죄한 사람이라."

무사를 물리치고 별궁으로 돌아와 이 사연을 여러 부인에게 말하기를,

"필경 모해가 있을 것이라."

분기를 이기지 못했다. 날이 밝자 사승상과 양처사가 이 사연을 황상께 주달하니, 황제께서 대로하여 도독 임호은을 결박하

여 계하에 꿇리고 대질하시기를,

"짐이 경을 애휼愛恤[1]한 것은 그 충성을 아꼈기 때문이니, 충심이 변하여 범람한 죄를 지었느냐? 너같은 놈을 베어 후인을 경계하리라."

일변 삭탈관직削奪官職하여 전옥典獄[2]에 가두시고, 임승상도 체옥滯獄[3]하셨다.

각설이라.

공주가 도독이 수욕하는 것을 알고 부친인 천자께 애매함을 주달하니, 천자가 더욱 분노하시어 별궁을 퇴가退家하시고 여러 부인을 옥에 가두시니, 만성인민이 뉘 아니 슬퍼하지 않겠는가! 그러나 만조백관이 사승상을 꺼려 하나도 간諫치 못했다.

천자께서 분기 대발하며 침석불안寢席不安하셨다. 삼경이 되어 천자가 일몽을 얻었다. 몽중에 그윽한 산천고향에 올라가시니, 무수한 계집들이 검무하고 노는지라 황상이 그 자리에 참여했다. 난 데 없이 백호가 들어와 계집들을 물어가거늘 놀라 깨달으니, 침상일몽이었다. 즉시 만조백관을 모으시고 말씀하시기를,

"해몽하라!"

사승상이 출반出班하여 아뢰기를,

---

1) 애휼愛恤 : 불쌍히 여겨 은혜를 베풂.
2) 전옥典獄 : 죄인을 가두던 감옥.
3) 체옥滯獄 : 감옥에 오랫동안 갇혀 있음.

"계집들은 요물이라. 범 앞에 죽었사오니 국가에 경사 있을 듯합니다."

상께서 옳게 여기시는데, 관표라고 하는 신하가 출반하여 아뢰기를,

"신의 해몽하기로는, 상산고함上山高喊은 타국지변이 분명하옵니다. 계집들은 패군지장이옵니다. 황상께서 동좌했사오니 그때는 적국의 형세가 당당하다가 범 같은 장수가 폐하를 구할 징조이옵니다. 범은 명장입니다. 불구에 적국이 반하여 대국을 항복받고 잔치를 배설하여 황상을 모시고 놀다가 검무를 추어 폐하의 옥체를 해치려고 할 것입니다 바로 그때, 범 같은 장수가 나타나 폐하를 구할 듯합니다. 그로 인해 염려가 아닐 수 없습니다."

사승상이 아뢰기를,

"지금 국가 태평하옵고 가급인족家給人足하온데, 방자하게 요언妖言으로 옥체를 놀라게 하오니, 관표의 죄상이 만만滿滿하여이다."

황제께서 들으시고 대로하시어 외치기를,

"즉시 처참하라."

관표가 다시 아뢰기를,

"신은 죽사와도 만세에 유전하오려니와, 복원 황상은 범 같은 장군을 살해하지 마옵소서."

즉시 자문이사自刎而死[4)]했다. 황상께서 관표의 죽음을 보시고 그 말에 의혹하시고 진지하게 생각하시기를,

'호은의 죄상이 사죄死罪이기는 하나 아직 죽일 수는 없다. 목숨만은 살리되 원찬하여, 조정에 출입하지 못하게 하리라.'

익일에 조서詔書5)하셨다. 그리고는 임호은을 나입하여 계하에 꿇리고 수죄數罪하며 말씀하시기를,

"네 죄는 마땅히 죽을 만하지만, 십분 용서하여 강릉 절도에 정배를 보내노라."

또 공주는 하동에 정배하고 장부인은 장사에 정배하고 이부인은 광주부에 정배하고 미애는 요동읍에 정속定屬6)하시고 즉일 발행하게 하셨다.

차설이라.

임호은이 천은天恩을 사례하고 여러 부인과 작별하며 말하기를,

"이 또한 팔자로다. 수원수구誰怨誰咎하리오. 부디 천금귀체를 보중하소서."

부모 양친은 이승상 집에 유하게 하시고 발행했다. 서로 붙들고 통곡하며 이별했다. 적소가 각기 다르니, 발행도 각기 했다. 임호은이 창두蒼頭7) 맹진통을 데리고 강릉 절도에 가서 창검 쓰기와 병서를 외우면서 세월을 보냈다.

---

4) 자문이사自刎而死 : 스스로 자기의 목을 찔러 죽음.
5) 조서詔書 : 임금의 선지宣旨를 일반인에게 널리 알리고자 적은 문서.
6) 정속定屬 : 죄인을 종으로 삼던 일.
7) 창두蒼頭 : 예전에, 사내 종을 이르는 말.

각설이라.

이때, 국운이 크게 불행했다. 호국이 강성하여 남만과 서융과 더불어 기병하여 중원 칠십여 성을 쳐서 함락시켰다. 도적이 사면으로 쳐들어와 백제성에 당도했다. 이때 백제성 중군이 대경하여 주문奏文을 올렸다. 천자께서 크게 놀라셨다. 주문을 떼어보니,

"남만과 서융과 호국이 반하여 중원 칠십여 성을 항복받았습니다. 이제 백제성이 위태로우니, 복원 황상은 굽어 살피소서."

상께서 만조백관을 모으시고 말씀하시기를,

"지금 중원이 위태하여 종묘사직을 보전치 못하게 되었으니, 뉘가 선봉이 되어 도적을 물리치고 짐의 근심을 덜리오?"

말이 채 마치지 않아 마흥이 출반하여 아뢰기를,

"신이 비록 무지하오나 한 번 전장에 나아가 도적을 쓸어버리고 황상의 근심을 덜까 하나이다."

시선을 모아보니, 추밀사 정흥철이었다. 천자께서 대희大喜하셨다. 정흥철로 선봉을 삼고 양철보로 우익장을 삼고 마흥으로 기마장을 정하시고, 천자께서 친히 중군장이 되어 대병 오십만 명과 맹장 수백 명을 거느렸다. 즉일 발행하면서 승상 사이원에게 도성을 지키게 하셨다. 행군하여 여러 날 만에 백제성에 다다르니, 금고함성은 천지를 진동시키고 기치창검은 일월을 희롱했다.

차설이라.

천자께서 장대에 높이 앉아 군사를 점고하고 격서를 써서 적진으로 보내셨다. 이때 호왕이 격서를 보고 분노하여 말하기를,

"내일 누가 선봉이 되어 송진宋陣을 파하고 송제宋帝를 사로잡으리오?"

달서통이 출반하여 아뢰기를,

"소장이 무재無才하오나 송제를 파하리이다."

호왕이 대희하여 달서통을 선봉으로 삼고 장운간을 좌익장으로 삼고 기돌통을 우익장으로 삼고 호협을 중군장으로 삼아 각각 군사를 조발하여 송진 치기를 의논했다.

각설이라.

송진 중에서 방포일성에 진문을 크게 열고 이훈철이 백포은 갑에 순금투구를 쓰고 마상에 높이 앉아 좌수左手에 장창을 들고 크게 외치기를,

"호왕은 자세하게 들으라. 너희가 천시를 모르고 강포만 믿어 외람되게 대국을 침범하니 천자께서 근심하사 나로 하여금 너의 개 같은 무리를 쓸어버리고 호왕을 사로잡아 천자의 근심을 덜게 하겠노라."

호진에서 일성포향一聲砲響8)에 한 장수가 팔각 투구에 청운갑을 입고 장창과 대검을 높이 들고 나왔다. 바라보니 기돌통이었다. 크게 외치기를,

---

8) 일성포향一聲砲響 : 대포를 쏠 때 울리는 하나의 음향.

"우리 벌써 중원을 십분十分의 구九나 항복받았다. 이제 송제를 사로잡아 천하를 평정하리라."

맞이하여 싸우기를 수십여 합에 기돌통이 칼을 들어 운철을 치니, 운철의 머리 마하에 내려졌다. 그 머리를 창 끝에 꿰어들고 좌우충돌했다. 이때, 양철보가 운철 죽음을 보고 분기가 대발하여 황룡과 기린이 그려진 투구를 쓰고 엄신갑掩身甲을 입고 방천극을 들고 말을 내몰아 외치기를,

"돌통은 내 칼을 받으라."

그리고는 달려드니 돌통이 대매大罵하기를,

"너의 선봉이 내 칼에 죽었다. 너는 무섭지 아니하냐? 이다지도 어른을 모욕하다니!"

맞서 싸워 십여 합에 돌통이 창으로 철보를 치니, 철보가 몸을 솟구쳐 피하다가 창든 팔이 그만 맞고 말았다. 아주 위태했다. 이때, 정흥철이 상황이 급함을 보고 내달아 철보를 구해 본진으로 보내고, 기돌통과 맞서 싸우기를 팔십여 합이나 했지만, 승부를 내지 못했다. 일락서산하고 월출동령하자 양진에서 쟁을 쳤다. 두 장수는 각기 본진으로 돌아갔다.

차설이라.

흥철이 적장에게 말하기를,

"금일은 날이 어두워져서 너를 살려 보내지만, 명일은 너를 용서치 않겠다."

각기 본진으로 돌아왔다. 호왕이 돌통을 불러 말하기를,

"명일은 내가 나가 송진을 파하리라."

호왕이 분기를 참지 못했다. 돌통이 아뢰기를,

"소장이 비록 재주 없사오나 송진을 쓸어버리고 올 것이오니, 왕은 너무 근심하지 마옵소서."

익일, 돌통이 일성방포에 휘검출마揮劍出馬9)하여 말하기를,

"홍철은 빨리 나와 어제 가리지 못한 승부를 가리자."

홍철이 내달아 싸웠다. 십여 합이나 싸웠지만, 승부를 가리지 못했다. 또 정신을 가다듬어 십여 합 싸우다가 홍철이 방천극方天戟을 들어 돌통의 가슴을 치니, 돌통이 말에서 떨어졌다. 홍철이 그 머리를 베어 칼끝에 꿰어들고 재주를 비양飛揚10)했다. 호왕이 돌통의 죽음을 보고 분기 대발하여 나오고자 했다. 양운간이 아뢰기를,

"대왕은 물러나옵소서. 소장이 나가 기돌통의 원수를 갚겠나이다."

양운간이 송진을 향해 크게 꾸짖으며 말하기를,

"돌통을 죽인 장수는 빨리 나와서 내 칼을 받아라."

홍철이 대로하여 내달아 접전하기를 십여 합이나 했다. 문득, 운간의 칼이 번뜩 하며 홍철이 탄 말을 찌르니, 홍철이 그만 말에서 떨어지고 말았다. 운간이 군사를 호령하여 홍철을 결박하여 본진으로 돌아와 진전에 꿇리고 항복하라고 호령하기를,

---

9) 휘검출마揮劍出馬 : 칼을 휘두르며 말을 타고 나타남.
10) 비양飛揚 : 잘난 체하고 거드럭거림.

"중원이 십분十分의 구九나 얻었으니 항복하여 잔명을 보전하거라."

흥철이 두 눈을 부릅뜨고 꾸짖어 크게 외치기를,

"하늘이 나를 돕지 아니하시어 내가 네 손에 잡혔으나, 어찌 개 같은 너희 놈들에게 항복하리오. 빨리 나를 죽여 송나라 혼백이 되게 하라."

무수하게 질욕하니, 호왕이 대로하여 원문 밖에서 참했다. 차설이라.

송 천자께서 흥철의 전사 소식을 듣고 즉시 허위虛位를 배설하여 혼백을 위로하고 대성통곡하셨다. 그러자 맹춘이 아뢰기를,

"폐하께서는 옥체를 진정하시옵소서."

응성출마應聲出馬[11]하여 말하기를,

"흥철을 벤 장수는 빨리 나와서 내 칼을 받으라."

호진 중에서 장운간이 응성출마했다. 십여 합에 운간의 칼이 번뜩 하니, 맹춘의 머리가 마하에 굴렀다. 운간이 칼끝에 꿰어 들고 외치기를,

"송 천자는 무죄한 장졸만 보채지 말고 빨리 나와 항복하라."

장수 문화가 그 말을 듣고 분기 대발하여 피갑상마被甲上馬[12]하여 도전했다. 운간이 승승장구하여 송장 팔인을 베고 천자를

---

11) 응성출마應聲出馬 : 소리에 응해 말을 타고 나감.
12) 피갑상마被甲上馬 : 갑옷을 입고 말 위에 탐.

질욕하니, 송국 장졸이 넋을 잃고 한 명도 나서서 대적하고자 하지 않았다. 호장이 종일토록 질욕했다.

차설이라.

송 천자께서 통곡하며 말씀하시기를,

"종묘사직이 나에게 이르러 망할 줄 어찌 알았으리오."

그리고는 통곡하셨다. 춘만이 아뢰기를,

"소장이 한번 나가 팔장八將의 원수를 갚고 황상의 근심을 덜겠나이다."

황금투구에 청총마를 타고 진전에 나서며 크게 외치기를,

"아군 장수를 벤 자는 빨리 나와 네 칼을 받아라."

적진 중에서 운간이 칼을 들고 재주를 비양하며 의기양양하여 말씀하시기를,

"너희 무리가 어른을 모르고 감히 큰 말을 하니 기특하도다."

그리고는 달려들어 팔십 여 합을 겨루었다. 문득 운간의 칼이 빛나며 춘만을 찔러 내리치고 칼을 들어 지쳐 들어가니, 장졸의 머리가 추풍낙엽과 같았다. 천자께서 더욱 망극하여 말씀하시기를,

"국가의 흥망이 조석에 있음에도 불구하고, 낯을 들어 간하는 신하가 하나도 없구나. 이를 장차 어찌하리오?"

좌우를 돌아보면서 말씀하시기를,

"제신들은 묘책을 내어 호진을 대적하라."

이때, 양처사와 사승상이 아뢰기를,

"지금 송진 장졸로는 호진을 당할 수 없사오니, 신의 소견으

로 천하를 반분하여 종묘사직을 안보함이 좋을 듯하나이다.”

천자께서 옳게 여기시어 화친서를 써서 보냈다. 사자가 화친서를 가지고 호진에 가서 건네자, 호왕이 대로하며 말하기를, “송 천자의 머리를 베어 오너라.”

한편으로 친서를 떼어보니, 언사가 온건하고 천하를 반분하여 교린지국으로서 형제 같이 지내자고 하는 사연이었다. 호왕이 이윽히 생각하다가 회서를 써보냈다. 호왕이 제장과 더불어 의논하기를,

“송 천자 필경 잔치를 배설하고 우리를 청할 터이니, 내가 송진에 나아가 송진장졸의 수가 어느 정도인지를 탐지하고 나서, 또 우리가 잔치를 배설하고 송 천자를 청해 보도록 하자. 저쪽에서 오면 그때 성대한 잔치를 배설하고 잡으리라.”

장졸들이 그 묘계가 좋다고 찬탄했다.

각설이라.

송 천자께서 어쩔 도리 없어 홍문연鴻門宴[13]을 배설하고 호왕을 청하시니, 호왕이 군사를 거느리고 송진으로 나아갔다. 송 천자께서 계하에 내려가 호왕을 맞이해 당상에 올라 예필 좌정했다. 천자께서 눈을 들어 호왕을 살펴보니, 신장이 구 척이오 위풍이 늠름하여 바로 보기가 어려웠다. 천자께서 친히 잔을 들어 호왕에게 권하니, 호왕이 사양치 아니하고 순순히 마셨다.

---

13) 홍문연鴻門宴 : ‘항우가 유방을 해칠 목적으로 배푼 연회’를 가리킴. 그 이후, ‘초청객을 모해할 목적으로 차린 주연’의 의미로 통용됨.

종일토록 놀다가 일락서산하고 월출동령했다.

호왕이 말하기를,

"양국이 화친했으니 장수의 재주를 구경코자 하나이다."

천자께서 허락하시고 양국 장수가 서로 재주를 겨루었다. 호국장수 측에서는 만 근 드는 장수가 오십여 명이요 송국 장수 측에서는 만 근 드는 장수가 불과 한두 명뿐이었다. 호왕이 내심에 반기며

'명일 우리 진에 잔치를 배설하고 계교를 마치리라.'

그리고는 천자에게 말하기를,

"명일은 우리 진중에서 잔치를 할 터이오니 왕림하셔서 교린지의交隣之義를 저버리지 마옵소서."

그리고는 하직하고 본진에 들어와 제장을 청하여 말하기를,

"금일 송국 장수의 용맹을 보니 구상유취口尙乳臭라. 어찌 근심하리오. 명일 홍문연을 꾸며 맹장 십여 명으로 장창대검을 들고 좌우에 서고, 달서통은 서편에서 검무하고, 장운간은 동편에서 검무하다가 내가 술잔 던지는 때를 타서 송 천자를 베라."

동서 무장을 불러서 말하기를,

명일 송 천자가 오거든 송장 오 명만 들이고 그 이외에는 들이지 말라."

이처럼 약속을 정했다. 날이 밝아지자 잔치를 배설하고 송 천자 오기를 고대했다.

차설이라.

정홍익이 천자께 여쭈기를,

"작일 호왕이 우리 장수의 용맹을 보고 갔으니, 무슨 간사한 계교가 있을까 하나이다."

천자께서 말씀하시기를,

"무슨 계교가 있겠는가?"

홍익이 대답하기를,

"아니 가시는 것이 상책일까 하나이다."

천자께서 말씀하시기를,

"아니 가면 상전相戰할 듯하니, 어쩔 도리가 없노라."

홍문연에 다다르니 홍문연 수문장이 고하기를,

"우리 대왕도 송진에 가실 때 아장 오 명만 호위했사오니, 이제 대왕도 아장 오 명만 데리고 들어가소서."

천자께서 어쩔 도리 없어 아장 오 명만 데리고 호진 중에 들어갔다. 호왕이 계하에 내려와 천자를 영접했다. 당상에 자리를 정한 후에 호왕이 술을 부어 천자에게 권했다. 벌써 수십 잔에 이르렀다. 달서통과 장운간 양장이 아뢰기를,

"양국이 화친하여 크게 즐겁사오니, 소장들이 검무를 하여 분위기를 더 즐겁게 하고자 하나이다."

호왕이 대희하여 허락하니, 천자의 존망이 어찌 될 것인가?

각설이라.

임호은이 강릉 절도에서 주야로 창검 쓰기를 공부했다. 하루는 일몽을 얻었다. 꿈속에서 유수선생이 와서 이르기를,

"작별한 지 사오 년에 인간 재미가 어떤가?"

호은이 선생을 뵈옵고 읍주揖奏[14]하기를,

"그 사이에 청운에 올라 충성을 다해 나라를 섬길까 했더니, 조물주가 시기하여 절도에 정배되었사옵니다. 위로는 황상의 은혜를 만분지일도 못 갚고, 아래로는 부모님의 감지甘旨[15]를 모르옵고 지내오니, 어찌 인간이라 칭하오리까? 복원 선생님은 내두지사來頭之事[16]를 자세하게 이르옵소서."

도사가 말하기를,

"이 또한 천수이니, 천기를 어찌 누설하겠는가! 그러나 호국이 반하여 중원이 요란할 뿐 아니라 천자가 지금 적진에 둘러싸여 국가의 존망이 경각에 있으니, 충성을 다해 이름을 기린각에 빛나게 하라."

말하고는 온 데 간 데 없었다. 깜짝 놀라 깨어나니, 침상일몽이었다. 즉시 천문을 살펴보니 익성翼星[17]이 좌座를 떠나 자미성紫微星[18]을 침노하고 있었다. 눈을 씻고 재삼 살펴보니, 익성은 유광有光하고 자미성은 무광無光했다. 창두 맹진통을 불러서 말하기를,

---

14) 읍주揖奏 ·읍하고 이룀.
15) 감지甘旨 : 달콤한 맛.
16) 내두지사來頭之事 : 다가올 앞날의 일.
17) 익성翼星 : 이십팔수의 스물일곱째 별자리.
18) 자미성紫微星 : 자미원紫微垣에 있는 별 이름. 북두칠성의 동북쪽에 있는 열다섯 개 별 중의 하나로서, 천제天帝의 운명과 관련된다고 함.

"시방 난세를 당해 천자께서 친전하시다 대패하셨도다. 종묘와 사직을 뉘가 보전하겠는가! 중국에서 호왕을 당할 장수가 없고, 사이원 같은 간신이 어찌 나라를 도으리오. 이제 나아가 중국 강산을 건지고저 하나, 내 몸에 날개 없고 또 만리 밖에 있고 적수단신이라 어찌하리오."

호은이 하늘을 우러러 탄식했다. 진통이 말하기를,

"황성이 난세가 될 줄을 어찌 아셨나이까?"

호은이 말하기를,

"이 밤에 천문을 보니, 천자의 주성이 좌를 떠나시고 선생께서 현몽하여 이르셨으므로 아노라. 시방 백설은 가득하고 얼음은 반빙이요 장강長江[19]에 어선이 없으니 이를 장차 어찌하리오."

분기 대발하여 강변에 나와 하늘을 우러러 축수하는데, 우연히 강상江上으로부터 일엽소선이 나는 듯이 오며 옥저소리가 났다. 호은이 반가워서 외치기를,

"거기 가는 배! 강변에 길 막힌 행객을 구하소서."

동자가 머리에 벽력화霹靂花를 꽂고 몸에 화의를 입은 동자가 단정하게 앉아 풍운을 희롱하다가 답하기를,

"이 배는 송국 대장 임원수를 태우러 가오니, 속객은 청하지 마소서."

---

19) 장강長江 : 양자강을 가리킴.

호은이 대답하기를,

"학생이 비록 추비하오나 송국 임호은이오니, 배를 급히 강변에 대소서."

동자가 반소하고 배를 강변에 붙이고 말하기를,

"상공은 어디 계시며, 어느 곳으로 가시나이까?"

호은이 대답하기를,

"생은 미천한 임호은이오나 선동은 뉘시오니까?"

동자가 대답하기를,

"나의 선생은 유수선생이요, 사는 곳은 팔천 리 밖이로소이다. 상공이 인간 세상에 착마着馬하여 지낸 일은 다 잊었나이까?"

호은이 말하기를,

"인간 적소가 풍파 중입니다. 제가 이같이 고생하고 있는 차에 선경의 일을 어떻게 기록하오리까? 세상 만사를 다 잊어버리고 선생 계신 곳을 다시 가서 제자 되기를 원하나이다."

동자가 들은 체도 아니하고 급히 배에 오르기를 재촉했다. 호은이 배에 오르자, 동자는 선두에 앉아 적笛만 불었다. 그 배 흐르는 별 같아서 순식간에 배를 강변 언덕에 대고 내리라고 했다.

호은이 말하기를,

"이제 어디로 가나이까?"

동자가 말하기를,

"나를 따라오시오."

그리고는 수리數里를 가더니, 한 곳에 다다랐다. 층암절벽상에는 수간초옥이 있었다. 당상堂上에 올라가 살펴보니, 백발노인이 갈건야복으로 서안書案에 기대어 있으니 춘몽春夢이 바야흐로 일어난다.

동자가 여쭈기를,

"송국 임호은이 대령했나이다."

도사가 흔연히 기침하여 생을 보고 반겨 말하기를,

"이별한 지 십여 년에 인간 고락이 어떠한가? 저렇듯 장성했으니 즐겁도다."

생이 재배하며 말하기를,

"선생님을 배별拜別20)한 후 존체尊體 안강安康하옵시니, 하정下情21)에 만만 축수로소이다."

도사가 동자를 명하여,

"차를 부어 주라!"

또 명하기를,

"옥함을 가져오라!"

갑주와 보검을 내어 주며 말하기를,

"우리 사제지정을 생각하여 그대에게 주나니, 공명을 이루라."

---

20) 배별拜別 : 절하고 작별한다는 뜻으로서, 존경하는 사람과의 작별을 높여 이르는 말.

21) 하정下情 : '자기의 심정'의 겸칭.

생이 황공 재배하며 말하기를,

"무가지보無價之寶[22]를 주시니 황공하오나 갑주 이름은 무엇이오며 보검 이름은 무엇이니까? 알고자 하나이다."

도사가 말하기를,

"갑주 이름은 보신갑이요, 보검 이름은 벽력도霹靂刀라. 수화水火와 창검槍劍이 들지 못하느니라."

또 말하기를,

"지금 시절이 요란하여 천자가 위태하니 바삐 나가 풍운조화를 부려 국가를 도와 중원을 회복하고 천자를 모시고 종묘사직을 안보케 하라. 그리고 부모와 처자를 만나 백세 무양無恙[23]토록 하라."

호은이 연연하여 떠나기를 슬퍼했다. 도사가 말하기를,

"국가흥망이 모두 그대 손에 달렸으니, 지체하지 말라."

호은이 배별하며 말하기를,

"갑주와 보검은 선생님의 하해 같은 은덕으로 얻었거니와 말이 없으니, 어찌 급히 가오리까?"

도사가 말하기를,

"동해 용왕이 그대를 위하여 인간에 나온 지 오래 되었도다. 내일 오시午時가 되면 말을 얻을 것이니 바삐 행하라."

그리고는 재촉했다. 호은이 선생전에 하직하자 도사가 동자

---

22) 무가지보無價之寶 : 값을 매길 수 없을 만큼 귀한 보배.
23) 무양無恙 : 몸에 병이나 탈이 없음.

에게 명하기를,

"빨리 가게 하라!"

차설이라.

동자가 임호은을 배에 싣고 순식간에 강릉 절도에 왔다. 동자가 호은을 내려놓고 하직하기를,

"부디 충성을 다해 천자를 구하라."

문득 간 데 없었다. 생이 공중을 향해 무수하게 사례하고 창두 맹진통으로 하여금 황성으로 향해 수십 리나 갔다. 길가에 한 노인이 말을 이끌고 가고 있었다. 한 번씩 뒤처져 수십 보씩 갔다. 호은이 그 말을 자세히 보니, 모색은 청총마요 두 눈은 금방울 같거늘, 호은이 그 말을 자세하게 듣고 노인께 여쭈기를,

"학생이 갈길이 만 리오니 저 말을 주옵시면 후일 무겁게 값을 쳐 드리오리이다."

노인이 말하기를,

"그 말을 아무라도 그저 가져가는 사람이 있으면, 내가 도리어 값을 쳐 주겠다."

생이 대답하기를,

"어찌하여 그러하시나이까?"

노인이 말하기를,

"그 말이 사나워서 인명을 해칠까 하노라. 그대가 가지고 싶거든 가지고 가라."

노인이 호은에게 말을 주었다. 호은이 노인께 무수히 사례하

며 말하기를,

"말을 무가無價로 주시니 감축하나이다."

노인이 말하기를,

"용총마가 임자를 만났으니, 바삐 천자를 구하라."

돌아서자마자 간 데가 없었다. 호은이 그제야 용왕인 줄 알고 공중을 향해 무수하게 사례했다. 호은이 말에 오르니, 맑은 날인데도 불구하고 무광無光했다. 호은이 채를 들어 치니, 백운을 헤치고 나오는 듯이 했다. 만리 강산이 눈앞에 벌어져 있었다. 순식간에 강주땅에 다다르니, 공중에서 외치기를,

"지금 천자가 위급하여 경각에 달렸으니, 바삐 가서 구하라."

호은이 하늘에 축수하고 말을 채쳐 백제성에 당도했다. 이때, 시각이 초혼初昏24)이었다. 정신을 가다듬어 송진 성문에 이르러 진문을 두드려 수문장을 불러 말하기를,

"문을 열어라!"

수문장이 살펴보니 강릉 절도에 귀양 간 임호은이었다. 유성장이 양처사에게 고하니, 양처사가 대로하여 말하기를,

"호은을 결박하여 나입하라!"

군사가 영을 듣고 호은을 결박했다. 호은이 내심에 생각하기를,

'해배의 영 없이 왔다고 하여 천자께서 진노하셨구나.'

---

24) 초혼初昏 : 해가 지고 어두워지기 시작할 무렵.

호은이 잡혀서 계하에 꿇렸다. 그리고는 부복하여 천자의 호령을 기다렸다. 이윽고 대상에서 호령이 났다. 자세하게 들으니, 천자의 호령은 아니었다. 호은이 눈을 들어 살펴보니, 천자는 아니시고 양처사였다. 호은이 대매大罵하기를,

"뉘가 나를 결박하라고 하더뇨?"

무사가 대답하기를,

"유성장의 분부로소이다."

호은이 대로하여 말하기를,

"네 감히 천자의 조서 없이 군중에 작란하기가 이처럼 심하니, 네가 죽는다고 해서 한하지 말라."

벽력도를 빼어 베려고 생각하다가 말하기를,

"이 칼로 천하를 평정하고자 하는 칼이라. 어찌 너 같은 소인을 먼저 베겠는가!"

한 손으로 두 다리를 잡아 던지니, 수십 보 밖에 나가 떨어져 죽었다. 호은이 칼을 빼어들고 아장에게 묻기를,

"황상께서 어디 계시는가?"

군사들이 여쭈기를,

"지금 호왕과 화친하여 지금 바로 홍문연에 가셨사옵니다."

호은이 전후수말을 자세하게 듣고 분기 대발하여 말에 올라 홍문연에 다다르니, 어느덧 밤이 삼경이었다. 송국 병사가 성 밖에 진을 치고 있었다. 호은이 묻기를,

"황상이 어디 계시냐?"

군사가 대답하기를,

"호진 성중에 들어가신 지 오래 되었나이다. 지금까지 소식이 없삽고 풍악소리만 급히 나오니 염려로소이다."

호은이 말에서 내려 갑옷을 벗어 옆에 끼고 육정육갑을 부려 육신을 지키는 한편 혼백에 둔갑장신법遁甲藏身法[25]을 구사하여 호진에 들어갔다. 호진 중에서 호은이 들어온 줄 어찌 알겠는가! 호은이 눈을 들어 살펴보니 천자께서 연석에 계셨다. 호은이 대희했다. 천자의 뒤에 시위하니, 송국 장령인 홍익이 말하기를,

"어떤 장수이기에 그처럼 서 계시십니까?"

장수가 대답하기를

"나는 강릉 절도에 정배 간 임호은이오니, 그대는 염려하지 마옵소서."

송장들이 몸을 떨고 앉아 있지 못했다. 호은이 흐르는 눈물을 금치 못하고 좌우를 돌아보니, 호왕의 기세는 살기충천하고 천자의 기상에는 수심이 가득했다.

호왕이 말하기를,

"이 장수의 풍류는 진천振天[26]하고 검무는 번개 같으니, 술을 부어 전사께 올려라."

호장들이 잇달아 술을 부어 천자께 수십 배를 권했다. 호왕이

---

25) 둔갑장신법遁甲藏身法 : 남에게 보이지 않게 둔갑술로 몸을 숨기는 방법.
26) 진천振天 : 이름을 천하에 떨침.

잔을 들어 주저하다가 잔을 던지니 호장 달서통과 장운간 등이 각자 날랜 칼을 들고 천자에게로 달려들었다. 호은이 썩 나서며 대호하기를,

"개 같은 호왕은 나의 임금을 해치 말라."

벽력도를 높이 들어 달서통과 장운간 양장을 베었다. 두 줄기 무지개가 일어나며 두 장수의 머리가 연석에 떨어졌다. 이어서 한 칼로 팔장八將을 베고 호령하기를,

"반적 호왕을 벨 것이로되 내 임군과 동좌同座에 있었으니, 동좌 군왕을 베기가 불가하도다. 오늘은 돌아가거니와 명일은 당장 네 머리를 베겠노라."

아장 오 명을 데리고 성문을 열고 나와 천자를 말에 모시고 군사를 거느려 돌아 와 백제성에 들었다. 만조신민이 만세를 불렀다. 호은이 천자를 당상에 모시고 복지하여 아뢰기를,

"신이 죄인으로서 어명 없이 왔사오니 죄사무석이로소이다."

천자께서 그제야 정신을 차리시고 말씀하시기를,

"내 몸이 호진에 있느냐, 백제성에 있느냐?"

호은이 또 여쭈기를,

"소신이 무상하여 어명 없이 군중에 임의로 왔사오니 청죄하나이다."

천자께서 그제야 호은인 줄 알고 "당상에 오르라!"고 하시며 낙루하시며 말씀하시기를,

"짐이 불명하여 경과 같은 충신을 멀리 보내고 이렇게 되었으

니 참괴하도다."

그리고는 통곡하셨다.

호은이 여쭈기를,

"용루낙지龍淚落地하오면 고한삼년枯旱三年이오니27) 옥체를 진정하옵소서."

천자께서 눈물을 거두고 말씀하시기를,

"짐의 죽어가는 목숨을 경이 와서 살려주었으니, 은혜가 난망이로다. 천하를 평정한 후 강산을 반분하리라."

호은이 읍주揖奏하기를,

"신이 후세에 용납되지 못할 죄를 짓게 되오니, 성려聖慮28)를 과도하게 하지 마옵소서."

천자께서 장대에 높이 앉아 술을 부어 권하셨다. 그리고는 임호은을 송국 대원수에 봉하시고 인검引劍29)을 주시면서 말씀하시기를,

"군중 대소사를 경의 뜻대로 처결하라."

차설이라.

임호은이 천은을 축수하고 장대에 높이 앉아 군례를 받았다.

---

27) 용루낙시龍淚落地하오면 고한삼년枯旱三年이오니 : 직역하면, '임금의 눈물이 땅에 떨어지면 삼 년 동안 가뭄이 들어 식물이 말라 죽을 터이니'가 됨. 절대로 임금이 눈물을 흘리는 일이 없어야 한다는 의미.

28) 성려聖慮 : '임금의 염려'를 높여서 이르는 말.

29) 인검引劍 : 예전에, 임금이 병마兵馬를 통솔하는 장수에게 주는 칼. 이 칼을 지니면 임금에게 보고하지 않고도 죽일 수 있는 권한을 지님.

제장이 열복悦服[30]하지 아니하는 자가 없었다.

각설이라.

호왕이 송 천자를 베고자 하다가 난 데 없는 일원대장이 들어와 호장 십여 명을 한 칼로 무찌르고 무수히 질욕하다가 천자를 업고 나가는 형상을 보고 연석에 거꾸러졌다가 겨우 정신을 차리고 말하기를,

"송국 장수를 보았느냐?"

좌우에서 대답하기를,

"그 장수 칼 쓰는 법은 천신 같았고 용맹은 항우 같았습니다. 천자를 업고 나갔나이다."

호왕이 탄식하면서 말하기를,

"이 일을 장차 어찌하리오?"

차설이라.

이때, 오동에 정배 간 미애는 머리를 빗지 아니하고 의복을 갈아입지 아니하고 만단수심으로 세월을 보냈다. 오직 임시랑을 다시 만날 뜻으로 매일 하늘에 축수했다. 그 고을에는 태수 직책에 있는 자가 미애를 기도처祈禱處[31]에서 한 번 보고 마음에 흠모했다. 수청을 들라고 해도 미애가 듣지 아니하니, 태수는 이로 인해 골수까지 상사병이 들었다. 하루는 태수 부인이 그 형상을 보고 묻기를,

---

30) 열복悦服 : 기쁜 마음으로 복종함.
31) 기도처祈禱處 : 신명에게 비는 곳.

"무슨 근심이 있나이까?"

태수가 대답하기를,

"이 고을에 정속한 미애는 천하절색이라. 마음에 간절하여 수청 들라고 했지만, 미애가 종시 듣지 아니하는군요. 그래서 병이 되었나이다."

부인이 말하기를,

"그러하오면 금야에 미애를 청해 좋은 음식과 술을 많이 권하고 만단으로 달랜다면 응당 들을 듯하옵니다. 그때를 타서 들어와 재주대로 해보옵소서."

피차 언약을 정하고 부인이 시비를 명해 "미애를 청하라!"고 하고 태수 부인이 전갈하기를,

"우리 서로 생각하면 같이 낙양 사람이요 동기와도 같으니 내림來臨32)하옵소서."

시비를 달래어 말하기를,

"우리 사또 부인이 청하나이다."

미애가 듣고 시비를 따라 내당에 들어갔다. 이때는 정히 삼경이라. 부인이 미애를 맞이하여 좌정한 후에 말하기를,

"그대는 조정 대신의 부인으로 이렇게 되었으니, 이찌 고생이 아니리오. 그런 고로 한번 설화코자 했지만, 민정이 분분하여 금일에서야 청했사오니 괘념掛念33)치 마시고 회포나 푸사이다."

---

32) 내림來臨 : 다른 사람이 자기 있는 곳으로 찾아옴을 높여 이르는 말.
33) 괘념掛念 : 마음에 걸려 잊지 아니함.

그리고는 술을 권했다.

미애가 대답하기를,

"이 몸에 국은이 망극하여 지금까지 살기는 했지만, 죽으나 사나 무엇이 다르겠습니까? 위로 시부모 계시고 시랑의 사생을 모르옵고 지내오니, 어찌 인류의 비하겠나이까? 망명하온 죄인을 이같이 관대하게 대해 주시오니, 황공 감사할 따름이옵니다."

잔을 들어 다시 치사했다.

부인이 말하기를,

"왜 그대는 옥 같은 몸에 추의醜衣를 입고 단장을 아니 하십니까? 지금 시랑이 다시 살아오기란 꿈과 같은 것이겠지요. 어찌 살아서 돌아오지 못할 사람을 기다리며, 청춘을 마냥 허송하겠는가! 어진 낭군을 만나 일생을 편케 하는 것이 어떻겠습니까?"

미애가 변색하며 말하기를,

"내 머리를 곱게 하고 채의를 입고자 하나 없어서 못 입는 것이 아닙니다. 낭군이 죄인 상태에 있기 때문에 이 몸도 죄인이어서 단장을 폐한 것입니다. 낭군을 얻어 산다고 할 때, 두 낭군을 섬기지 않는 것이 여성의 올바른 행실입니다. 만약 부인께서는 태수께서 불행하오시면 새롭게 낭군을 얻으시렵니까? 이 몸은 생전에 시랑을 못 보면 사후 황천지하黃泉地下34)에서라

---

34) 황천지하黃泉地下 : '황천'이라는 지하세계.

도 뒤를 좇을까 하나이다."

이처럼 미애는 부인을 책망했다.

각설이라.

태수가 들어와 접문接吻하고자 했다. 미애가 분노하여 말하기를,

"내 아무리 죄인이라고 하더라도 대신의 후실이요 직첩이 정렬이로다. 너 같은 놈에게 감히 내 손을 주리오?"

두 주먹으로 태수의 가슴을 치며 내달아 돌아갔다. 태수와 부인이 무료하여 서로 참괴해 했다. 태수가 한편으로 분기충천하여 잠을 이루지 못했다. 날이 새자 관속에게 분부하여 금일 죄인을 점고點考35)할 터이니 대령하도록 하라!"

차설이라.

이때, 미애도 정속 죄인인지라 점고에 참례했다. 태수가 좌기坐起36)를 차리고 점고하면서 기생들을 불러 말하기를,

"미애에게 금일부터 수청하라고 전하라!"

기생들이 영을 듣고 미애에게 영을 전하니, 미애가 분한 나머지,

"어떤 놈이 나에게 수청하라고 하더냐? 임시랑이 와서 청한다면 가려니와 그 이외의 남정네에게는 갈 수 없다. 이런 더러운 말로 내 귀를 씻게 하지 말라."

미애의 호령이 추상 같았다. 기생들이 어쩔 도리 없어 들은

---

35) 점고點考 : 장부에 점을 찍어가며 하나하나 수효를 헤아림.

36) 좌기坐起 : 관아의 우두머리가 일을 보기 위해 채비를 차림.

대로 고했다. 태수가 대로하여 "미애를 나입하라."고 하니 사령이 영을 듣고 미애를 잡아들여 계하에 꿇렸다. 태수가 대질하기를,

"끝내 수청을 아니 거행할쏘냐?"

미애가 반소하고 대답하지 아니했다. 태수가 분노하여 말하기를,

"네 년의 죄상은 만사유경萬死猶輕37)이라. 네가 만일 듣지 아니하면 이 고을에서 어마 삼백 필을 맡아서 살 찌게 잘 먹어라."

마관馬官을 불러서 말하기를,

"급수군汲水軍38) 삼백 명을 파하고 미애로 하여금 말 먹이는 소임을 부여하라. 만일 일 필이라도 살이 아니 찐다면 쳐서 죽이리라."

미애 조금도 의심치 아니하고 말을 인도하여 나왔다. 관속들이 서로 이르기를,

"어마 삼백 필을 사람 삼백 명이라도 감당하치 못할 터인데, 어찌 홀로 감당하겠는가."

모두 다 가련하게 여겼다. 미애가 동이를 옆에 끼고 물을 길러러 갔다. 이때 한 노인이 미애를 청해 자세하게 보고, 여동소년女童少年39)임을 알아 차렸다. 노인이 말하기를,

---

37) 만사유경萬死猶輕 : 만 번을 죽는다고 해도 시원찮을 만큼 죄가 무거움을 일컫는 말.
38) 급수군汲水軍 : 물을 공급하는 군사.

노인이 말하기를,

"임시랑 부인이 어찌 말 먹이는 일을 감당하나이까? 명천이 감동하사 나로 하여금 부인을 구하라고 하기로 왔사오니 부인은 나를 따라 오소서."

부인이 노인을 따라갔다. 노인이 말하기를,

"이 물은 해양 곡수라. 이 물을 사람이 먹어도 족히 살이 찔 것이니 파 보시오."

땅에 선을 그어 가르쳤다. 미애가 하인에게 명해 수삼 척을 파게 했다. 과연 큰 못이 나왔고, 샘물이 솟듯하여 물이 많았다. 노인이 말 가운데서 큰 놈을 이끌고 말귀에 입을 대고 무슨 말을 했다. 그 말 삼백 필이 차례로 물을 먹고 일제히 들어갔다. 노인이 미애에게 이르기를,

"오늘 이후에도 큰 말 한 필을 이끌고 채를 치며 나아가가만 하면, 말들이 나와 물을 먹고 차례로 가오리다."

미애가 돈수재배하며 말하기를,

"노인은 어느 곳에 계시기에 이런 인생을 구제하시나이까?"

노인이 대답하기를,

"나는 하동 사람으로서 지나가다가 부인의 사연을 듣고 말을 인도하게 되었습니다. 이제 가오니 일향―向40) 만강하옵소서."

노인이 어디로 갔는지 알기가 어려웠다. 미애가 그제야 선인

---

39) 여동소년女童少年 : '남장여인'을 가리키는 말.
40) 일향―向 : 언제나 한결같이. 꾸준히.

인 줄 알고 공중을 향해 무수하게 사례했다. 이날부터 노인이 가르치던 대로 말을 먹이니, 오히려 말이 전보다 살이 더 찌고 빛이 찬란했다.

차설이라.

태수가 마관을 불러 묻기를,

"그동안 미애는 말을 잘 먹이던가?"

마관이 전후 사정을 고하니, 태수가 듣고 미애를 또 나입하여 말하기를,

"너는 종시 수청을 아니 들쏘냐?"

미애가 고성으로 대질하기를,

"난 천한 인생이지만 옛글에서 '충신은 불사이군이요 열녀는 불경이부라.'고 했으니 옛글을 읽지 아니하고 무엇을 배웠느냐? 지금 시절이 불행하여 나라가 망하기라도 한다면 너 같은 놈은 본국을 배반하고 도적놈에게 무릎을 꿇고 살기만 도모할 터이다. 불충불의한 놈에게 어찌 나의 순결을 더럽히리오. 빨리 죽여 임시랑의 뒤를 쫓게 하라."

무수하게 질욕했다. 태수가 대로하여 말하기를,

"그년의 입을 찢으라!"

무사들이 영을 듣고 무수하게 난타하니, 미애의 일신에 유혈이 낭자했다. 그 형상을 차마 보지 못할 지경이었다. 그리고는 큰 칼을 씌워 하옥했다. 미애가 하늘을 우러러 통곡하다가 칼을 빼어 자문自刎[41]하니, 어찌 가련치 아니하리오. 옥졸들이 신체

를 감장監葬[42]코자 했으나 신체가 움직이지 않았다. 민망하여 신체를 옥중에 그저 두었다.

각설이라.

미애의 혼백이 지부에 들어가니, 염왕이 분부하기를,

"한명限命[43] 이전에 죽은 혼백은 지부에서 알 바가 아니라 서왕모에게로 가라."

미애가 자세하게 살펴보니, 시왕十王이 좌정해 있었다. 무수하게 사례하고 서왕모를 찾아갔다.

차설이라.

이 곳에는 아황娥黃·여영女英[44]과 충신과에 백이伯夷·숙제叔齊[45]와 열부·충효지신이 전부 다 모여 있었다. 이때, 아황·여영이 말하기를,

---

41) 자문自刎 : 스스로 자기 목을 찌름.

42) 감장監葬 : 장사를 지냄.

43) 한명限命 : 하늘이 정한 목숨.

44) 아황娥黃·여영女英 : 아황과 여영은 전설 속 요堯 임금의 두 딸임. 요가 순舜의 재능과 덕을 높이 평가하여 두 딸을 그에게 시집보냈음. 아황은 왕후가 되고 여영은 왕비가 되었음. 훗날 순이 남쪽으로 순수를 나갔다가 창오蒼梧에서 세상을 뜨자 두 사람도 그 곳으로 달려가 모두 소상瀟湘 사이에서 몸을 던져 죽었음. 전하기로는 아황은 상군이 되고 여영은 상부인이 되었다고 함. 호남성 악양시 서남 동정호 내에 있는 군산君山 동쪽에 두 사람의 무덤인 '이비묘'가 전하는데, 두 비가 순의 죽음에 비통한 눈물을 흘리자 그 눈물 때문에 대나무에 얼룩이 졌다고 함. 이 대나무를 사람들은 반죽斑竹이라 불렀음.

45) 백이伯夷·숙제叔齊 : 중국 주周나라 때의 백이와 숙제를 아울러 이르는 말. 비유적으로, 마음이 맑고 곧은 사람을 뜻하기도 함.

"그대는 임시랑의 배필로서 세상 인연을 마치지 못하고 애연하게 죽어 원혼이 되었으니, 옥황께 이 연유을 주달하여 환생케 하노라."

이때, 태수 부인이 미애 죽은 후에 실성하여 시정市井으로 다니며 행인을 붙들고 낭군이라 하며 입도 맞추고 아래를 감추지 못했다. 백성들이 미안하여 서로 피해 다녔다. 태수도 그 모양을 보고 괴한愧汗[46]하여 식음을 전폐하고 공사까지 폐했다.

차설이라.

이때, 임시랑의 창두 맹진통이 시랑을 전장에 보내고 뒤를 좇아오다가 생각하기를,

'오동에서 정속한 미애의 사생을 알고 돌아가 시랑께 고하리라.'

오동읍에 당도하니, 어떤 미친 부인이 달려들며 "정든 낭군을 만났도다."라고 하며 힐난했다. 맹진통이 실성한 계집인 줄 알고 피해 갔다. 길가에 사람들이 서 있다가 보고 대소하며 말하기를,

"저 양반도 태수 부인을 피해서 오는가 보다."

진통이 대답하기를,

"저 부인은 어찌해서 실성하였나이까?"

그 사람들이 대답하기를,

"우리 태수께서 강릉 절도에 정배 간 임시랑의 부인 미애를

---

46) 괴한愧汗 : 부끄러워서 땀을 흘림.

좋아했습니다. 미애가 수청 아니 든다고 하여 옥에 가두어 날마다 형장을 가하니, 불승형장不勝刑杖하여 자문이사自刎而死했답니다. 그날부터 태수 부인이 실성하여 저렇듯이 발광한다고 합니다."

진통이 이 말을 듣고 실성하고 통곡하면서 말하기를,

"우리 부인을 어디 가서 다시 만나 보리오."

그 사람들이 묻기를,

"임시랑의 부인이 죽었는데, 어찌 그다지도 슬퍼하나이까?"

진통이 대답하기를,

"나는 곧 임시랑댁의 종이라. 시랑은 전장에 나아가시고 나는 그 뒤를 따라 오는 길에 부인의 사생존망을 알고자 하여 왔다가 이 말을 들었습니다. 노주지간奴主之間에 어찌 슬프지 아니하겠습니까?"

내심에 생각하기를,

'남의 종이 되었다가 상전의 원수를 갚는 것이 떳떳하니라.'

관문關門에 나가 하인을 불러 말하기를,

"내가 바로 의술을 배웠노라. 너의 태수 부인이 실성했다는 말을 듣고 진맥하고자 왔으니 너의 관장에게 여쭈어라."

하인들이 기뻐하여 태수께 고하니, 태수가 "바삐 청하라"고 했다. 진통이 들어가 예필 좌정한 후 발병 출처를 묻고 진맥하고자 했다. 태수가 의심하지 않고 침석에 누웠다. 진통이 갑자기 태수의 두 손을 잡고 배에 올라앉으며 크게 호통치며 말하기를,

"나는 임시랑의 종 맹진통이라. 상전의 원수를 갚고자 하나니, 죽는다고 해서 슬퍼하지 말라."

그리고는 칼을 빼어 배를 갈라 간을 내어 손에 들고 또 한 손에는 칼을 들었다. 뉘 능히 대적하겠는가! 발섭도도跋涉道途[47]하여 바로 옥중에 들어가니 부인 미애가 잠든 듯이 누워 있었다. 진통이 간을 곁에 놓고 혼백을 위로하고 대성통곡하니, 보는 사람이라면 누군들 서러워하지 않겠는가!

이때, 미애의 혼백이 서왕모에게 하직하고 사자를 따라 나오다가 보니, 어떤 사람을 결박하여 사자가 인도하여 오고 있었다. 미애가 크게 놀라서 묻기를,

"저 어떤 사람이기에 저렇게 되어서 오나이까?"

사자가 대답하기를,

"그 놈은 오동태수라. 임시랑 종 맹진통이 그 놈의 배를 가르고 간을 내어 원수를 갚았답니다. 이제 그 혼백이 지부로 잡혀가나이다."

미애의 혼백이 한편으로 상쾌히 여겼다. 사자가 길을 재촉하여 오동 옥중에 들어가 미애의 혼백을 그 신체에 붙이니, 미애가 정신을 차리고 눈을 떴다. 세상에 환생했던 것이다. 좌우를 살펴보니 맹진통이 태수의 간을 곁에 놓고 통곡하고 있었다. 미애가 묻기를,

---

47) 발섭도도跋涉道途 : 먼 산길과 물길을 넘어서 찾아옴.

"그대는 어찌 알고 왔느뇨?"

진통이 눈을 들어 보니, 부인이 과연 환생했다. 진통이 전후 사연을 낱낱이 고하니, 미애가 듣고 일희일비했다. 진통이 부인을 모시고 주인댁을 나왔다. 부인에게 하직하면서 말하기를,

"소인은 전장으로 가오니 부인은 무양하옵소서."

각설이라.

임원수가 장대에 높이 좌기坐起하고 제장을 불러 모아 분부하기를,

"천자께서 나로 하여금 중임을 맡기시고 인검을 주셨으니, 위령자違令者[48]는 참하리라."

제장이 각기 영을 듣고 임소로 돌아갔다.

차설이라.

척탐刺探[49]이 보고하기를,

"어떤 사람이 와서 문을 열라고 하옵기에 성명을 물었더니, 어협대라고 하옵니다."

원수가 대희하여 문을 열어 청하라고 했다. 어협대가 들어와 군례로 뵙고, 전후수말을 물은 후 원수께 치하했다. 원수가 살펴보니, 협대가 피갑상마했으니, 가히 맹호지장이었다. 원수가 묻기를,

---

48) 위령자違令者 : 명령을 어기는 자.
49) 척탐刺探 : 상황을 살피는 군사.

"그대는 어떻게 알고 왔는가?"

협대가 대답하기를,

"낙양에 있었사온대, 듣자오니 장군이 이리로 오신다고 하기로 불원천리하고 왔나이다."

원수가 이 말을 듣고 기뻐하기가 측량할 수 없었다. 원수가 즉시 천자께 이 사연을 주달했다. 천자께서 대희하여 하조下詔하시기를,

"협대에게 벼슬을 주어 기쁘게 하라."

원수가 물러나와 군중에 하령하기를,

"호왕이 전일 제 장수 십 명을 잃었으니, 반드시 원수를 갚고자 하는 마음이 철골鐵骨에 맺혔을 것이다. 그대들은 네 영을 어기지 말고 자세하게 들어라."

협대를 불러 말하기를,

"그대는 철기 삼천을 거느리고 동문 밖으로 수리數里를 가면 대강大江이 있을 것이니, 그 물을 등지고 복병했다가 명일 오시에 호왕이 그리로 가거든, 길을 막고 강을 건너지 못하게 하라."

또 정한을 불러 말하기를,

"그대는 철기 오천을 거느려 서문 밖으로 수리를 가면 호남동이 있을 것이니, 그 골짜기 속에 진을 쳤다가 명일 미시에 호왕이 그리로 가거든, 여차여차 하라."

또 성진을 불러 말하기를,

"그대는 정병 이만을 거느려 우림동 수풀 속에 매복했다가

여차여차 하라."

또 맹철을 불러 말하기를,

"그대는 보군 일천을 거느려 호로곡 어귀에 둔취屯聚[50]했다가 호왕이 그리로 지나가거든 여차여차 하라."

또 장촉환을 불러 말하기를,

"그대는 철기 삼천을 거느려 목립동에 매복했다가 호로곡에서 방포소리가 나거든 뇌고함성雷鼓喊聲[51]하고 호진을 막고 여차여차 하라. 나는 천자를 모시고 대림동에 매복했다가 호왕을 잡으리라."

제장이 각각 청령하고 물러났다. 원수가 하령하기를,

"군중은 사정私情[52]이 없나니 위령자는 참하리라."

원수가 이날밤에 목욕재계沐浴齋戒하고 장대에 높이 앉아 부적을 써서 공중에 던지니 무수한 신장이 내려와 옹위했다.

원수가 호령하기를,

"너희들은 귀병鬼兵을 거느려 성중에 웅거했다가 내일 삼경에 호왕이 성중에 돌입하거든, 그때 성문을 굳게 닫고 뇌고함성하여 호왕을 사로잡으라.

신장들이 황공청령惶恐聽令하고 물러갔다.

차설이라.

---

50) 둔취屯聚 : 여러 사람이 한 곳에 모여 있음.
51) 뇌고함성雷鼓喊聲 : 우레 같은 북소리와 여럿이서 내는 고함소리.
52) 사정私情 : 개인의 사사로운 정.

원수가 대상에서 자명고自鳴鼓를 만들어 높이 걸고 천자를 모시고 이 밤에 대림동으로 들어갔다.

각설이라.

호왕이 자기 명장 십여 명의 죽음을 통입골수痛入骨髓[53]하여 장대에 높이 앉아 제장을 불러 당부하기를,

"내 여러 장수의 원수를 갚으려면, 임호은을 잡아 그 간을 내어 씹어 먹어야 한다."

굴돌통을 불러서 말하기를,

"그대는 정병 십만을 거느려 백제성 동문을 접응하라."

또 주란을 불러 말하기를,

"그대는 정병 오만을 거느려 백제성 서문을 접응하라. 그 남은 장수는 각각 신칙申飭[54]을 지켜 그름이 없게 하라."

호왕이 말하기를,

"나는 후군을 거느려 백제성을 치리라."

초경에 밥을 먹고 이경에 떠나 백제성에 다다랐다. 이때, 정히 삼경이었다. 송진을 살펴보니 고요했다. 호왕이 대희하여 바로 돌입하여 뇌고함성하니 성동천지聲動天地[55]였다. 호왕이 짓쳐 들어가니 흑운이 송진을 덮어 지척을 분별할 수 없었다. 호병이 정신이 아득하여 어찌할 줄 몰랐다. 호왕이 대경하여

---

53) 통입골수痛入骨髓 : 아픔이 뼛속까지 파고들어감.
54) 신칙申飭 : 단단히 타일러서 조심함.
55) 성동천지聲動天地 : 소리가 천지를 진동시킴.

살펴보니, 송국 병사는 일인도 없고 난 데 없는 신병이 나타나 호왕을 엄살했다. 호왕이 대로하여 진언을 염하며 부적을 공중에 짓치니, 무수한 신병이 흩어졌다. 호왕이 그제야 속은 줄 알고 분노하여 성중을 엄살하고자 했지만, 성중이 이미 비어 있었기 때문에 뜻을 이룰 수 없었다. 어쩔 도리가 없어 행군하여 본진으로 돌아오고자 했다. 몽임동에 다다랐다. 문득 함성이 일어나며 일지군이 내달아 엄살했다. 호왕이 전군을 머무르고 살펴보니, 송국 아장 장촉한이었다. 호왕이 대경하여 바로 가지 못하고 동편으로 향하여 그림령을 넘어갔다. 홀연 일성포향一聲砲響56)에 송국의 으뜸 장수 어협대가 내달아 물밀듯 짓쳐 들어왔다. 호왕이 내달아 좌우충돌했다. 협대가 칼을 높이 들고 크게 외치기를,

"개 같은 호왕은 내 칼을 받으라."

동서로 치빙馳騁57)하니 호병의 머리가 추풍낙엽이었다. 호왕이 대겁하여 물러나서 진을 치고 평명平明에 군사를 점고했다. 아장 삼십여 명이 죽고 군사의 주검이 태산과 같았다. 호왕이 하늘을 우러러 탄식하기를,

"나로 말미암아 억조창생을 죽게 만들었으니, 어찌 슬프지 아니하리오."

그리고는 축문을 지어 전망장졸戰亡將卒58)의 혼백을 위로했다.

---

56) 일성포향一聲砲響 : 하나의 대포소리.
57) 치빙馳騁 : 말을 타고 돌아다님.

차설이라.

호왕은 순금투구에 백포은갑을 입고 팔십 근 장창을 들고 천리대왕마千里大王馬를 탔다. 일성방포한 뒤 진문을 열고 크게 호통하기를,

"나의 장졸 죽인 자는 빨리 나와 내 칼을 받으라."

임원수가 호왕 나오는 것을 보고 쌍룡 투구에 엄신갑을 입고 청총마를 집어타고 벽력도를 높이 들고 진전에 나와 외치기를,

"반적 호왕은 들으라. 너희 개 같은 놈들이 강포만 믿고 외람되게 대국을 침범하여 천의를 항거코자 하니 어찌 괘심치 아니하리오. 우리 황상이 노하시어 나로 하여금 '너희 개 같은 놈들을 쓸어버리고 너를 잡아 죄를 물으라!'고 하셨기에 왔노라. 바삐 나와 말에서 내려 항복하라."

호왕이 대분하여 맞이하여 싸웠다. 팔십여 합이나 겨루었지만 미결승부였다. 마침 양진에서 명금鳴金59)을 울렸다. 두 장수가 각각 본진에 돌아와 분을 참지 못했다.

각설이라.

임원수가 장대에 높이 앉아 하령하기를,

"금일 호왕의 용맹을 보니, 과히 영웅이로다. 그러나 짖지 못하는 개요, 울지 못하는 닭이라, 어찌 근심하리오. 명일은 단단히 호왕을 잡아 분을 풀겠노라."

---

58) 전망장졸戰亡將卒 : 싸움터에서 죽은 장수와 병졸.
59) 명금鳴金 : 징이나 나鑼나 바라를 쳐서 울림.

치설이라.

호왕이 본진에 돌아가 제장과 더불어 말하기를,

"금일 임호은의 용맹을 보니 과연 영웅이더라. 그러나 어린아이인지라, 어찌 근심하겠는가."

제장이 말하기를,

"그러하오나 호은의 검술과 창법이 가장 기특하고 말이 비룡 같고 두우斗牛[60]의 정기가 띄었으니 천신이 조작하는 듯하더이다."

호왕이 말하기를,

"기특하기는 하나 구상유취口尙乳臭로다. 어찌 근심하리오."

이튿날, 임원수가 피갑상마하여 외치기를,

"호왕아! 어제 미결한 승부를 가려보자!"

호왕이 원수의 어림을 보고 말에 올라 외치기를,

"내 너를 어제 베었을 것이로되 청춘을 아까워 살려 보냈거늘, 감히 생심을 내다니! 어찌 나를 대적코자 하느냐? 가히 청춘이 아깝도다."

그리고는 달려들었다. 원수가 맞이하여 접전했다. 사십여 합이나 겨루었지만, 미결승부였다. 호왕의 재주가 비등飛騰하여 점점 기운이 솟구쳤다. 원수의 아장 어협대가 대분하여 내달아 도왔다. 원수가 승시하여 팔을 잠깐 쉬다가 또 나아와 싸웠

---

60) 두우斗牛 : 북두칠성과 견우성.

다. 수합이 채 못 되어 고각함성이 천지를 진동시켰다.

각설이라.

호왕이 감당하지 못해 동쪽으로 달아났다. 원수가 기를 휘두르며 쫓아갔다. 호왕이 쫓겨 황강땅에 다다랐다. 송장 정한이 매복했다가 길을 막으며 크게 외치기를,

"호왕은 어디로 갈쏘냐?"

호왕이 대로하여 말하기를,

"내 너의 대원수와 협대를 베고 너를 잡으러 왔나니, 어찌 기쁘지 아니하리오."

그리고는 달려들었다. 정한이 이 말을 듣고, 정신이 어질어질하여 싸울 뜻이 없어졌다. 강에 이미 배도 없고 갈길도 없었다. 죽기로써 대적하고자 했다. 마침 후면에 흙먼지가 강하게 일어나며 원수와 협대가 호왕을 쫓아왔다. 정한이 한편으로 기쁘고 한편으로 호왕에게 속았음을 분하게 여겨 대질하기를,

"개 같은 호왕은 목을 늘이고 내 칼을 받으라."

그리고는 엄살하니, 호병의 머리 추풍낙엽이었다. 호왕이 도망하고자 하나, 앞에는 대강이요 뒤에는 빠른 추병追兵[61]이라. 하늘을 우러러 탄식할 뿐이었다. 이때, 임원수가 협대를 불러 말하기를,

"구태어 번거롭게 손으로 죽일 것까지 있겠나!"

---

61) 추병追兵 : 추격하는 병졸.

진언을 염하며 풍백을 부르니, 갑자기 대강수가 빙판이 되었다. 호왕이 대희하여 말하기를,

"하늘이 나를 돕는구나."

군사를 거느려 하늘께 축수하고 건너갔다. 한복판에 이르렀을 때, 얼음이 풀리며 장졸이 몰사했다. 다만 호왕만 남았다. 호왕이 몸을 솟구쳐 물을 건너 도망하니, 원수가 풍백을 불러 강수를 도로 빙판으로 만들고 대병을 거느려 호왕을 추격했다. 호왕이 원수의 요술을 보고 황겁하여 주저했다. 원수가 군사를 호령하여 호왕을 둘러싸고 크게 엄살했다. 호왕으로서는 속수무책이었다. 원수가 호왕을 결박하여 수레에 싣고 백제성으로 돌아오니 삼군의 즐거워하는 소리가 구천에 사무쳤다.

원수가 천자를 모시고 장대에 높이 앉아 좌기하고 제장의 공을 각각 보고받았다. 천자께서 어협대로 대사마 대도독을 봉하시고, 정한으로 부총독을 봉하시고, 장촉한으로 선봉장을 봉하시고, 맹한으로 후군장을 봉하시고, 선현으로 마대장을 봉하시고, 그 나머지 장수는 각각 좋은 벼슬에 승차시키고 삼군三軍을 상사하셨다. 호왕을 나입하여 장하에 꿇리고 대매하시기를,

"네 강포를 믿고 천의를 항거코자 하니, 네 죄는 만사유경萬死猶輕이라. 어찌 세상에 살려줄 수가 있으리오!"

무사를 호령하여

"원문 밖에 내어 참하라!"

이때, 원수가 천자께 여쭈기를

"호왕의 죄는 만사유경이오나 하해 같은 천은天恩을 베풀어 살려 보내시면 제 자식들이라도 천은을 천추에 축원할 터이오니, 엎드려 바라옵건대 황상께서는 호왕을 살려주시기를 천만복망하옵나이다."

천자께서 마지못해 호왕을 꾸짖으시기를,

"응당 군법대로 시행할 것이로되 원수의 낯을 보아 용서하노라. 다시는 외람된 마음을 두지 말라!"

하조下詔하시기를

"군중 대소사는 원수가 임의대로 처리하라."

천자께서 이처럼 모든 것을 원수에게 일임하셨다.

각설이라.

원수가 호왕을 나입하여 계하에 꿇리고 대질하기를,

"너를 마땅히 죽일 것이로되 잔명을 불쌍하게 여겨 살려 주니, 차후는 외람된 뜻을 두지 말라."

호왕이 고두사례叩頭謝禮[62]하기를,

"소왕小王[63]이 죽은들 어찌 목숨을 살려 주신 은혜를 잊겠사옵니까? 후일 황천지하에 돌아가더라도 그 은혜는 백골난망이로소이다."

무수하게 사례했다. 원수가 그때야 저쪽이 항복했음을 알고 무사를 명해 호왕을 해박解縛[64]하여 당상에 올려 앉히고 술을

---

62) 고두사례叩頭謝禮 : 머리를 조아려 감사의 예를 표함.
63) 소왕小王 : 호왕이 자기를 낮추어서 하는 말.

부어 권하며 말하기를,

"앞으로는 다시 외람된 마음을 먹지 말라."

놀란 마음을 풀어 호의로 대접했다. 호왕이 감격하여 술을
마시다가 홀연 얼굴에 슬픈 빛을 띠었다. 원수가 말하기를,

"왕은 무엇 때문에 수심이 생기는가?"

호왕이 공손하게 대답하기를,

"소왕의 아장 호사호에게 정병 일만 명을 주어 '황성을 치라!'
고 하고 보냈사온데, 소왕이 이미 항복하온지라, 호사호가 이
사실을 모르고 만일 황성을 범하기라도 했다면 소왕이 어찌
살기를 바라리이까?"

원수가 대경하여 말하기를,

"어느 날 행군했나이까?"

호왕이 말하기를,

삼사일 되었나이다."

원수가 천자께 주달하니, 천자께서 대답하시기를,

"곤(?) 이외는 장군만 믿나니. 스스로 혜량惠諒[65]하라."

원수가 물러나와 팔괘를 벌려 해득解得[66]해 보았다. 십삼 일
이후에는 도성이 함락될 처지에 있는지라, 즉시 들어가 황상께
이 연유를 주달하기를,

---

64) 해박解縛 : 결박을 풀어냄.
65) 혜량惠諒 : 남이 헤아려 살펴서 이해함.
66) 해득解得 : 뜻을 깨쳐 앎.

"소장이 가고자 하나 아직 호왕의 간계를 모르옵고, 다른 장수를 보내고자 하나 도성은 이 곳에서 너무나 멀리 있습니다. 즉, 황성이 오천 팔백 리나 되오니, 이 일을 장차 어찌 하올지 근심이옵니다."

어협대가 이 말을 듣고 출반하여 아뢰기를,

"소장이 삼일 내로 득달하여 도성을 구원하고 종묘사직을 안보하고 만분지일이나 국은을 갚을까 하옵나이다."

원수가 반소하며 말하기를,

"도독이 정녕 삼일 내로 득달하겠는가?"

협대가 대답하기를

"원수께서 어찌 소장을 용렬하게 아시나이까? 소장이 삼일 내로 득달하지 못한다면 군법대로 시행하옵소서."

이때 호왕이 곁에 있다가 말하기를,

"그대 홀로 가서는 공을 이루지 못할 것이니, 경솔하게 굴지 말라."

협대가 대로하여 말하기를,

"이처럼 천하가 분분해진 까닭이 네 놈에게 있음이라."

칼을 빼어들고 달려들었다. 호왕이 적수단신이어서 어쩔 도리 없어 협대의 칼 든 손을 잡고 요동치 아니하고 서 있었다. 마침 천자께서 그 형상을 보고 호령하시기를,

"짐도 호왕을 용서하고 그대로 두었거늘, 네가 감히 사체事體67)를 모르고 군중軍衆을 요란케 하니, 너 같은 무례한 놈을

베어 후인을 경계하리라."

무사에게 명하시기를,

"원문 밖에 참하라!"

각설이라.

임원수가 대경하여 갑주를 벗고 계하에 내려 복지하여 아뢰기를,

"협대가 분기를 참지 못하여 그리 했사오니, 엎드려 바라옵건대 황상은 자비지심을 내려 협대를 살려 주옵소서."

천자께서 원수의 주달함을 보고 하령하시기를,

"너를 당장 죽여 군법을 경계할 것이로되 원수의 낯을 보아 용서하노라. 앞으로는 다시 무례하게 굴지 말라."

이런 말씀을 하시고는 파조하셨다.

각설이라.

원수가 협대를 불러 상의하며 말하기를,

"호사호의 급하기가 이와 같으니 그대는 군사 오만 명을 거느려 주야로 달려가서 성공하라."

또 금낭金囊 세 개를 주며 말하기를,

"혼자 길을 잡아 가기가 어려울 터이다. 금낭 한 개를 소화燒火[68]한 다음 북으로 칠성을 향해 사배하면 자연히 구해줄 사람이 이를 것이니 여차여차 하고, 또 명일 술시에 급한 일이 있을

---

67) 사체事體 : 사리와 체면. 사태.
68) 소화燒火 : 불에 태우거나 사름.

것이니 또 금낭 한 개를 소화하면 무수한 신병이 도독을 도울 것이니 도독은 성문을 굳게 닫고 있다가 호병이 자멸하거든 길을 정해 빨리 가거라."

각설이라.

호왕은 어협대가 황성 가는 길에 예기치 못한 사단을 맞이할까 염려했지만, 그렇지는 않게 되었다. 원수의 금낭계에 의해 호사호가 전멸할 터이기 때문이다.

차설이라.

어협대가 원수의 금낭을 간수하고 군사를 다그쳐서 황성으로 갔다. 중로에서 군현을 지나가니, 군현의 수장이 모두 항복했다.

각설이라.

적장 호사호에게는 아장 둘이 있었다. 한 명의 성명이 어부요 또 한 명의 성명은 무협귀였다. 이 놈들은 본디 동해 짐승이었다. 천 년씩 묵어 요변妖變[69]과 괴술怪術이 많아 작란이 무수히니, 용왕이 죄를 물어 인간 세상에 내쳤다. 그 짐승이 요술을 부려 사람으로 변한 다음, 작란을 일삼았다. 사람을 만나면 입을 별려 오륙 명씩 한 입으로 잡아먹으니, 뉘 능히 당하겠는가. 옥황상제께서 진노하시어, 그 놈들의 죄를 물어 반야산 옥함골에 가두어두었다. 그 세월이 어언 수백여 년이나 되었다.

호사호가 소년시부터 검술을 배워, 어느덧 무소기탄無所忌

---

69) 요변妖變 : 요사스럽고 변덕스럽게 행동함.

懼70)할 정도였다. 하루는 해변에서 반야산 옥함골에 당도했더니, 어떤 짐승이 입을 벌려 달려들었다. 호사호가 대로하여 칼을 빼어들고, 그 짐승과 더불어 백여 합을 싸웠다. 칼로 내려치니, 문득 창검이 들지 아니했다. 호사호가 대경하여 창검을 버리고 달아나니, 무협귀가 호사호를 쫓아왔다. 호사호가 어쩔 도리 없어 도로 반야산 옥함골로 달아나 굴 속으로 들어갔다. 무협귀가 쫓아와서 굴문을 막고 고함을 쳤다. 그 굴 속에서 한 귀장이 나와 크게 소리치기를,

"무협귀야! 나는 어부다. 너는 인간 세상에서 날마다 포식했지. 나는 이 곳에 있은 지 수백 년 동안 인육을 먹지 못했도다. 그대는 이 인간을 두고 가라!"

입을 벌리고 나왔다. 호사호가 대경하여 자세하게 바라보니, 신장이 구 척이요 온몸에 털이 두 자나 되고 두 눈이 횃불 같았다. 무협귀가 대답하기를,

"네가 간청하니 이 인간을 두고 가노라."

어부가 호사호를 한 번 보았다. 기골이 웅장하여 진실로 천하 영웅이었다. 호사호에게 말하기를,

"네 저런 장골로 어찌 그만한 놈에게 쫓겨왔느뇨?"

호사호가 대답하기를,

"네가 용력이 부족하여 그러함이 아니다. 그대들이 이 곳에

---

70) 무소기탄無所忌憚 : 아무 것도 거리끼는 바가 없음.

있다는 말을 듣고 여기에 와서 너희와 동심합력同心合力하여 세상 풍진을 소청掃淸[71]코자 하노라."

어부가 말하기를,

"무협귀라 하는 놈은 세상없어도 잡지 못할 것이라. 그대를 자세히 보니, 천하 영웅이로다. 나의 보검을 가지고 이 산의 상상봉에 올라가서 백일 동안 기도하면, 우리에게 가해진 천벌이 풀릴 듯하다. 내 말대로 시행하여 달라!"

어부가 애걸하니 호사호가 허락하고 용천검을 들고 해변에 나아가 크게 소리치기를,

"무협귀는 빨리 나와서 내 칼을 받으라."

무협귀가 대로하여 접전하기를 수합이나 했다. 호사호가 용천검을 들어 그 짐승을 치니 그 짐승이 거꾸러지며 항복했다. 호사호가 무협귀를 앞세우고 반야산 옥함골로 와서 굴속으로 들어가 어부를 불러 말하기를,

"어부는 나의 용맹을 보라!"

무협귀를 불러 말하기를,

"너는 이 곳에 있다가 내 분부를 기다려라!"

제물을 정히 차려 가지고 반야산 상상봉에 올라가 백일 동안 기도하고 옥함골로 왔다. 이때, 옥황상제께서 감동하시어 어부의 천벌을 사해 주었다.

---

71) 소청掃淸 : 비로 쓸어서 깨끗하게 함.

각설이라.

어부가 호사호에게 치하하고 무협귀를 데리고 인간 세상에 나와 물정을 살피며 혹 주현州縣도 침노하며 혹 부촌도 공벌攻伐[72]하니, 항복하지 아니하는 자가 없었다. 호사호가 천하를 도모코자 하여 의논하고 군사를 거느려 송국 북산에 올라가서 망기望氣[73]했다. 송국 장졸이 그 정황을 알아차리고 성화 같이 쫓아갔지만, 벌써 어디론가 간 데가 없었다.

각설이라.

호사호가 호왕을 보고 말하기를,

"대왕이 십만의 무리를 거느려 송 천자와 대진하나 지모 있는 자가 없고 홀로 대사를 경영하시니, 소장이 일비지력一臂之力[74]이라도 돕고자 하여 불원천리不遠千里 하고 왔사옵니다. 저를 받아주시겠습니까?"

호왕이 대희하여 상빈례上賓禮[75]로 대접하고 군중사를 의논했다. 이때, 호사호가 호왕에게 말하기를,

"대왕께서는 이 곳에서 송 천자를 항복받으소서. 저는 바로 황성에 득달하여 장안을 소청掃淸하고 대왕을 영접하겠나이다. 어쩌하오리까?"

---

72) 공벌攻伐 : 공격하여 정벌함.
73) 망기望氣 : 나타나 있는 기운을 보고 일의 조짐을 판단함.
74) 일비지력一臂之力 : 한 팔의 힘이라는 뜻으로서, 작은 힘을 이르는 말.
75) 상빈례上賓禮 : 지위가 높은 손님을 모시는 예의.

호왕이 대희하여 군사 이만 명을 주어서 보냈다.

차설이라.

호사호가 주야로 배도하여 황성에 득달하여 "성문을 열어라!"고 하니, 수성장이 말하기를,

"어떤 장수이기에 성문을 임의로 열어라고 하느뇨?"

호사호가 말하기를,

"나는 성주 자사라. 지금 천자께서 위급하시다는 말을 듣고 불원천리하고 왔사오니 의려疑慮하지 마시고 바삐 문을 열어 주소서."

수문장이 이대로 유성장에게 고했다. 유성장 사이원이 이 말을 듣고 성문을 열어 드리라고 했다. 수문장이 성문을 크게 열어젖히니 호사호가 방포일성에 크게 외치기를,

"나는 호국 도원수 호사호라. 태자는 빨리 나와 항복하라!"

창검을 들어 군사를 짓쳐 들어갔다. 이때, 사이원이 어쩔 도리 없어 태자를 모시고 도망갔다.

각설이라.

사이원이 태자를 모시고 성주자사를 맞이하기 위해 동문으로 나와보니, 성주자사가 아니요 어떤 장수가 아군을 엄살하고 있었다. 사이원이 황겁하여 도망코자 하나 호병이 첩첩이 둘러싸고 짓치니, 태자가 하늘을 우러러 탄식하기를,

"종묘사직이 일조에 나에게 와서 망하게 되었으니, 이런 망극한 일이 어디 있겠는가!"

통곡하다가 기절하니, 사이원의 아들 사남이 아뢰기를,

"지금 일이 아주 위급합니다. 다른 변통은 없사오니 달리 하지 마시고 소신이 태자의 의복을 바꾸어 입고 호장에게 항복할 터이오니, 태자를 모시고 부친께서는 빨리 북문으로 나가 석두성으로 피란하옵소서."

태자가 옳게 여기시고 의복을 바꾸어 입고 북문으로 도망갔다. 화설이라.

사남이 태자의 옷을 갈아입고 군사에게 분부하기를,

"'사이지차事已至此[76]했으니 항복하러 온다.'고 호장에게 말하라."

군사가 그 말을 호진에 고했다. 호사호가 이 말을 듣고 대희하여 군사를 점고하고 장대에 높이 앉아 고대했다. 이때, 사남이 항서를 가지고 성에 나와서 올렸다. 호사호가 받아보니, 항서에서 이르기를,

"나는 태자가 아니요, 송국 충신 사남이라. 방금 태자께서 위태하셔서 내가 태자의 복색을 바꾸어 입고 나왔노라. 이 개 같은 놈들아! 나에게 견패見敗[77]의 욕을 보이지 말고 빨리 죽여서 천추에 충성심을 빛나게 해주기를 바란다. 우리 태자께서는 황성에 계신다. 어찌 너희 개 같은 눈에 보이겠는가."

그리고는 이를 북북 갈며 말하기를,

---

76) 사이지차事已至此 : '일이 이미 이 지경에 이르렀다.'의 뜻.
77) 견패見敗 : 남에게 패배를 당함.

"저 놈의 간을 내어 씹지 못하니 한심하도다."

그리고는 자문이사自刎而死했다. 호사호가 보기를 다하고 사남을 보니 엎어져 있었다. 호사호가 대경하여 급히 계하에 내려가 사남을 구하고자 했으나, 벌써 자문하고 난 뒤였다. 호사호가 대찬하기를,

"과연 충신이로다."

축문을 지어 혼백을 위로하고 상례를 갖추어 안장했다.

각설이라.

사이원이 태자를 모시고 석두성에 있었다. 적의 침공을 우려해 성문을 굳게 닫고 지켰다.

차설이라.

호사호가 어부를 불러 말하기를,

"그대는 철기 삼천 명을 거느려 석두성을 둘러싸고 송 태자를 도망치지 못하게 하라."

어부가 영을 듣고 곧 바로 갔다. 호사호와 무협귀가 이 날밤에 석두성 칠 묘책을 의논했다. 이때, 어협대가 장졸을 거느려 주야로 배도하여 종일토록 가니, 불과 삼백 리를 왔다.

"오천 팔백 리를 삼일 내로 득달하리라!"

장전帳前[78]에서 다짐하고 왔지만, 어찌 오천 팔백 리를 삼일 내로 득달하리오? 근심으로 잠을 이루지 못하다가 문득 금낭계

---

78) 장전帳前 : 장막의 앞. '장막'은 장수의 막사를 가리킴.

생각이 났다. 곧 원수의 금낭계에서 한 개를 소화하고 북두칠성을 응해 사배하고 섰다. 한 노인이 수레를 타고 내려와 이르기를,

"송국 도독이 뉘신지요?"

협대가 대답하기를,

"바로 소장이로소이다."

노인이 말하기를,

"그렇다면 급히 수레에 오르소서."

협대가 대답하기를,

"소장은 수레에 오르겠습니다만, 저 수다한 장졸은 어찌 하오리까?"

노인이 말하기를,

"그것은 염려하지 마옵시고, 급히 오르기나 하소서!"

노인이 재촉했다. 협대가 아장을 불러 뒤를 좇아오라고 당부하고, 협대가 노인을 모시고 수레에 올라 사례했다. 노인이 말하기를,

"그대는 잠깐 눈을 감으소서."

협대가 눈을 감고 있다가 잠깐 눈을 떠보니, 노인이 앞에서 풍운을 진작시키니, 천 리 강산이 눈앞에서 번쩍했다. 살펴보니 벌써 동방이 밝았다. 이윽고 노인이 말하기를,

"날이 밝았으니, 도독은 급히 내리소서."

협대가 수레에서 내리니, 노인이 말하기를,

"장군은 빨리 석두성을 구하옵소서."

협대가 말하기를,

"석두성이 얼마나 남았나이까?"

노인이 말하기를,

"이 곳에서 도성이 오백 리오니, 금야에 오기는 사천 팔백 리를 왔나이다."

협대가 배사하며 말하기를,

"노인께서 소장의 급한 길을 인도하여 주옵시니, 은혜가 백골 난망이로소이다."

노인이 말하기를,

"이 수레는 북두칠성이 축지縮地하느라고 서왕모에게 맡겨두었는데, 칠성님의 전령이 왔기에 옥황상제님이 모르시도록 하룻밤만 빌려서 왔나이다."

그리고는 하늘 높이 날아갔다. 어협대가 그제야 임원수의 천신이 하강한 줄 알고 하늘을 우러러 무수하게 사례하고 도성으로 향했다.

각설이라.

이때, 호사호가 어부를 석두성에 보내고 밤을 지냈다. 이날밤에 천문을 살펴보니 어떤 장성이 호왕의 직성을 엄살하니 호왕의 직성이 빛을 잃었다. 호사호가 대경하여 무협귀를 청해 말하기를,

"아까 천문을 보니, 우리 대왕의 주성土星[79]이 희미하게 보이

니, 아마도 대사가 그릇되었는가 하는 의심이 든다. 이 일을 장차 어찌 하리오!"

무협귀가 대답하기를,

"소장도 아까 천문을 본즉, 우리 대왕이 사로잡혔으리라 짐작됩니다. 장군은 내일 석두성을 급히 치고 송 태자를 사로잡아 우리 대왕을 구하오면 좋을까 하나이다."

서로 의논할 즈음, 석두성을 치러간 어부가 당도했다. 호사호가 묻기를,

"장군은 어찌하여 왔느뇨?"

어부가 말하기를,

"장군은 이 밤에 천문을 보았나이까? 소장이 이 밤에 천문을 본즉 어떤 장성이 우리 대왕의 직성直星⁸⁰⁾을 시살하고, 또한 장성은 황성으로 향해 오는 듯싶으니 소장이 나아가 동정을 살피겠나이다."

호사호가 대경하여 바삐 가라고 했다. 어부가 하직하고 오던 중에, 마침 대풍이 일어나 군사가 행보를 차리지 못하고 날이 늦어 정히 황혼이었다.

각설이라.

어협대가 노인을 이별하고 도성으로 향했는데, 어떤 장수가

---

79) 주성主星 : 쌍성雙星 가운데서 가장 밝은 별.
80) 직성星 : 음양도에서, 사람의 나이에 따라 그 운명을 맡아본다고 하는 아홉 개의 별. 수직성, 금직성, 도직성, 일직성, 화직성, 계도직성, 월직성, 목직성, 제웅직성 따위.

길을 막으며 말하기를,

"너는 어떤 사람이며 어디로 가느뇨?"

그리고는 길을 막았다. 그 장수는 어부였다. 협대가 크게 꾸짖기를,

"나는 송국 대사마 대도독이라. 우리 임원수 장령將令[81]을 받아 도성으로 가나니 바삐 길을 열어라."

어부가 외치기를,

"나는 호국 대장이라. 너희 놈들이 이리 올 줄 알고 여기에 와서 기다린 지 오래 되었느니라."

그리고는 분기 대발하여 달려들었다. 협대가 바라보니 정신이 어질어질했다. 접전하여 수합에 거의 죽게 되었다. 문득 원수가 주던 금낭계를 생각하고 금낭을 소화하니, 하늘로부터 한 선관이 내려와 크게 외치기를,

"네가 만일 호국을 위하면 천벌을 주겠노라."

어부가 대경하여 길을 열었다. 협대가 즉시 움직여서 밤새도록 갔다.

차설이라.

어부가 호사호 앞에 와서 고하기를,

"소장이 종신토록 장군을 섬기고자 했더니, 자연적으로 마음에 두려움이 생기면서 마음먹은 것이 변화하고 사그러듭니다.

---

81) 장령將令 : 장수의 명령.

마침내 눈조차 뜰 수가 없나이다."

호사호가 말하기를,

"어찌해서 그런고?"

어부가 말하기를,

"이 밤에 송국 대장을 거의 잡게 되었는데, 천상에서 호령하기를 '네가 만일 호국을 돕는다면 천벌을 주겠노라.'고 하오니, 이 때문인가 하옵니다. 저는 그만 두어야 하겠습니다. 장군은 만세토록 무양無恙하옵소서."

하직하고 가버리니, 호사호가 슬프게 통곡했다. 이때, 무협귀가 위로하기를,

"장군은 염려하지 마소서. 금일 바로 석두성을 쳐서 송 태자를 항복받겠습니다.

그 다음 날, 무협귀가 석두성을 쳤다. 사이원이 태자를 모시고 내성에 들어가려 했다.

차설이라.

어협대가 석두성에 득달하여 제삼낭을 소화하니, 난 데 없이 신병과 신장이 천병을 옹위하여 섰다. 도독이 신장을 거느려 호병을 시살했다. 호사호가 대경하여 살펴보니, 무수한 신병이 성중에 가득하여 호병을 엄살하고 있었다. 호사호가 대경하여 부적을 써서 공중에 던지니, 신병은 스러지고 한 장수가 성중으로 들어왔다. 호사호가 장창을 들고 크게 외치기를,

"너는 어떤 장수이기에 이 곳에 와서 송 태자를 돕느냐?"

그리고는 달려들어 접전했다. 어협대가 대로하여 말하기를,

"나는 송국 대장 어협대라."

그리고는 달려들어 교봉交鋒[82] 일백 팔십여 합에 승부를 가릴 수 없었다. 호사호가 일자장사진一字長蛇陳을 치고 협대를 둘러싸고 외치기를,

"빨리 항복하라!"

그 소리가 천지를 진동시켰다. 협대가 마상에서 칼을 짚고 북두칠성을 향해 사배하니 사라졌던 신병이 다시 모여 의논하기를,

"도독의 목숨이 경각에 있으니, 성중에 들어가 구하리라. 만일 구하지 못하면 우리들이 천벌을 받겠구나."

사면팔방으로 성중에 들어가 고함을 치고 호병을 엄살했다. 호병이 정신이 산란하여 눈을 바로 뜨지 못했다. 이때, 호사호가 협대를 거의 잡게 되었다가 난 데 없는 병마가 성중에 가득하여 시살하고 있었다. 호사호가 대경하여 깃발을 휘두르며 군사를 영솔할 즈음, 협대가 정신을 차려 내성 동문으로 쫓아나오며 크게 외치기를,

"송국 대장 협대가 여기에 있노라."

달려들어 호사호를 치니, 호사호가 급히 군사를 재촉하여 십 리를 물러나서 하체下滯[83]했다.

---

82) 교봉交鋒 : '교전'과 동의어.
83) 하체下滯 : 아래쪽에 머무름.

각설이라.

도독 어협대가 천천히 들어와 말하기를,

"내성 협문夾門[84]을 열어라!"

태자와 사이원이 놀라서 살펴보니, 수기帥旗에 '송국 대사마 대도독 어협대'라고 써 있었다. 대희하여 급히 문을 열고 맞이했다. 협대가 들어가 태자를 뵙고 아뢰기를,

"원수 임호은이 호왕을 항복받고 천자께서 태평하옵시니, 염려하지 마옵소서."

태자가 천자의 문후를 묻고 여기 온 연고를 물었다. 협대가 대답하기를,

"임원수가 호왕으로부터 호사호를 보내 도성을 엄습하라고 명령했다는 말을 들었습니다. 사세가 아주 급박했지요. 원수의 금낭계를 쓰고 삼일 내로 득달하여, 도성을 구하고 태자를 반석같이 보호하라는 영을 들었습니다. 그리하여 주야로 배도하여 왔나이다."

세세히 주달하니, 태자와 만진중滿陣中이 대희하여 성문을 굳게 닫고 임원수가 돌아오기만을 기다렸다.

화설이라.

호사호가 분기 대발하여 무협귀를 불러 말하기를,

"우리가 협대를 거의 잡게 되었는데, 하늘이 신병으로 송국을

---

84) 협문夾門 : 삼문三門의 좌우에 있는 문. 대문이나 정문 옆에 나 있는 작은 문.

도우니 우리 뜻을 이루지 못하겠구나."

그리고는 내심에 두려워했다.

각설이라.

임원수가 여당餘黨[85]을 소청한 후 백성을 안무하고 천자를 모시고 호왕을 함거檻車[86]에 싣고 군사를 휘동하여 개가凱歌[87]를 부르며 장안長安으로 향했다. 십여 일 만에 석두성에 득달하니 협대가 태자에게 여쭈기를,

"임원수가 천자를 모시고 호왕을 수레에 싣고 이르렀나이다."

태자가 반기며 말하기를,

"장군은 빨리 나가서 영접하라."

협대가 응락하고 말에 올라 크게 외치기를,

"반적 호사호는 들으라. 우리 천자께서 너의 왕을 지금 수레에 싣고 성 밖에 이르렀으니, 너는 빨리 나와 항복하라."

협대가 호통하니 호사호가 이 말을 듣고 대로하여 내달아 말하기를,

"우리 대왕은 너희가 잡았지만, 내 너를 생금生擒[88]한 후 우리 왕을 구하리라."

서로 싸워 승부를 가리지 못했다. 호사호가 장창을 들어 협대

---

85) 여당餘黨 : '잔당'과 동의어.
86) 함거檻車 : 죄인을 가두어 두도록 만든 수레.
87) 개가凱歌 : '개선가凱旋歌'와 동의어.
88) 생금生擒 : 사로잡음.

를 찌르고자 하다가 다시 생각하고 말을 찌르니 협대가 말에서 떨어졌다. 호사호가 군사를 호령하여 협대를 결박하여 수레에 싣고, 승전고를 울리며 군중을 시살했다. 이때, 임원수가 성중의 허실을 살피다가, 호사호가 협대를 생금하고 승전고를 울리는 장면을 목격했다. 원수가 대로하여 호왕을 나입하여 말하기를,

"너의 아장 호사호가 우리 협대를 생금하니, 어찌 분치 아니하리오. 너는 네 아장의 죄로 인해 죽어야 하겠구나."

무사를 명해 베라고 하니, 호왕이 복지하여 아뢰기를,

"소왕의 아장은 충신이오니 잔명을 살려 주시면 지금 곧 군사로 하여금 편지를 주어 바로 오게 하오리이다."

간절히 애걸하니, 원수가 받아들였다. 그리고는 호왕에게 서찰을 쓰게 하여 호사호에게로 보냈다.

각설이라.

호사호가 승전하고 술을 마시다가 저의 왕의 서찰을 받았다. 개탁하니 그 글에서,

"박덕한 이 몸이 기병한 이후로 패전하지 않았노라. 그러다가 방장 홍문연 잔치 때 송국 대장 임호은이 들어와 달서통과 장운간을 일 합에 베고, 이 몸이 잡히고 말았다. 죽게 될 처지였지만 임원수의 후덕으로 지금까지 살아 있으니, 장군은 박덕한 과인을 생각하여 바삐 나와 항복하여 잔명을 구하라."

호사호가 견필見畢에 대성통곡하며 말하기를,

"천지망아天地忘我요 비전지죄非戰之罪라."[89]

호사호가 협대의 결박을 풀어헤치며 말하기를,

"장군은 나와 같이 가사이다."

협대가 말하기를,

"나는 패군지장이라. 우리 원수를 무슨 면목으로 뵈오리오. 장군은 혼자 가소서."

호사호가 말하기를,

"장수의 실수는 병가지상사兵家之常事라.[90] 내 이제는 어쩔 도리 없어 항복하러 가노라."

차설이라.

호사호가 갑옷을 벗어 옆에 끼고 송진에 나아가 원수에게 고두청죄叩頭請罪[91]하기를,

"소장이 죽을 죄를 지었사오니, 원수 덕택에 살아 있나이다."

원수가 크게 꾸짖기를,

"네 국왕이 이미 항서를 바쳤거늘, 네 감히 외람한 마음을 먹고 오히려 승전했다고 하니 너 같은 놈을 죽여 후인을 징계懲戒하리라."

무사를 호령하여 원문 밖에 내어 참하라고 하니, 호사호가

---

89) 천지망아天地忘我요 비전지죄非戰之罪라. : 천지가 나를 망하게 한 것이요, 내가 싸움을 못했기 때문이 아니다.

90) 장수의 실수는 병가지상사兵家之常事라. : 장수의 실수는 전쟁터에서 늘 있는 일이다.

91) 고두청죄叩頭請罪 : 머리를 조아리며 죄를 청함.

고두사죄하기를,

"소장이 재주 부족해서가 아니라 우리 대왕의 서찰이 왔기에 항복하려 왔나이다."

원수가 반소하며 말하기를,

"그렇다면 네 용맹을 구경코자 하노라."

호사호가 대답하기를,

"옛말에 사차불피死且不避92)라고 했으니 어찌 사양하오리까."

주먹으로 바위를 치니 바위가 깨졌다. 원수가 말하기를,

"장하다!"

이어서 말하기를,

"다시 치라!"

호사호가 주먹을 높이 들어 바위를 치니, 바위는 깨어지지 아니하고 주먹이 터져 피가 흘렀다. 원수가 말하기를,

"또 무슨 재주가 있는지 보자!"

호사호가 몸을 솟구쳐 해동 청보라매가 되어 수백 장이나 떠서 백운을 무릅쓰고 날아다녔다. 원수가 도술을 부려 천하강산을 대해로 만들고 그 가운데 벽력도를 세웠다. 호사호가 두루 다니다가 해중海中에 석각石角93)을 발견하고, 그 석각에 앉아 쉬었다. 발이 베어 피가 흘렀다. 원수가 공중에서 외치기를

"그대는 어찌하여 남의 칼끝에 앉아 발을 상하게 하느뇨?"

---

92) 사차불피死且不避 : 죽는 한이 있더라도 피하지 않는다.

93) 석각石角 : 돌의 뾰족한 모서리.

호사호가 대경하여 원수의 술법을 보고 백배고두百拜叩頭[94] 하고 항복했다. 원수가 말하기를,

"그대의 용맹이 때를 이루었도다."

호사호가 눈을 들어 원수를 자세하게 살펴보니 천하 영웅이었다. 호사호가 말하기를,

"장군을 자세하게 뵈옵니다. 수십 년 전에 북두칠성이 하강했다고 하더니, 과연 장군이 태어나셨군요."

원수가 대답하기를,

"그런 말은 다시 하지 말라."

무사를 명하여 호왕과 호사호를 당상에 올려 앉히고 술을 부어 권하며 효유曉諭[95]했다. 그 다음날, 원수가 호왕과 호사호를 본국으로 보냈다. 삼일 동안 잔치를 한 후에 예단과 예물을 많이 주어 전송했다. 원수가 당부하기를,

"본국에 돌아가 어진 정사를 베풀고 삼년들이 조공 바치기를 게을리 하지 말고, 부디 잠시라도 대국 인정을 생각하라."

각설이라.

천자께서 제장諸將을 거느려 장대에 높이 앉아 좌기하셨다. 원수가 태자께 숙배하오니 태자께서 못내 치사하시고 천자께 나와 읍주하기를,

"폐하께옵서 친정하옵신 후 도성을 수직守直[96]하여 종묘사직

---

94) 백배고두百拜叩頭 : 백 번 절하고 머리를 조아림.
95) 효유曉諭 : 알아듣게 타이름.

을 받들까 했삽더니, 의외로 적병의 난을 만나 위태하게 되었다가, 임원수의 덕으로 부자父子 군신君臣이 상봉하오니 만만축수萬萬祝手[97]로소이다.”

천자께서 유유자적悠悠自適[98]하셨다. 이때, 만조백관이 다 모였지만, 오직 사이원만 없었다. 원수가 대로하여 창검을 좌우에 세우고 무사를 호령하기를,

“수성장 사이원을 나입하라!”

무사 영을 듣고 사이원을 잡아들여 장전帳前에 꿇렸다. 원수가 크게 꾸짖기를,

“네 죄를 네 아느냐!”

사이원이 살려달라고 애걸했다. 원수가 말하기를,

“내가 너 같은 소인을 죽여 천하를 징계할 것이로되, 첫째는 국운이요 둘째는 나의 신수요 셋째는 네 아들 사남의 충성을 생각하여 용서하나니, 일후는 개심하고 덕을 닦아라!”

그리고는 끌어 내쳤다.

차설이라.

원수가 사남의 충성에 감동하여 천자께 주달하여 시호를 문충으로 내리고, 왕례王禮로 장사지내고 치제한 후 사이원을 청하여 그 아들에 충성을 빛내고 술을 부어 권했다. 사이원이

---

96) 수직守直 : 건물이나 물건 따위를 맡아서 지킴.
97) 만만축수萬萬祝手 : 만세토록 복 받기를 두 손 모아 빎.
98) 유유자적悠悠自適 : 아무 속박 없이 자유롭게 편하게 삶.

황공하여 말하기를,

"전일을 생각지 아니하시고 이렇게 후대하시니, 장군전에 죽기를 바라나이다."

원수가 말하기를,

"승상은 어찌 그런 말씀을 하시나이까? 전사前事를 생각하면 승상은 나의 은인입니다. 이 몸이 줄곧 좋은 벼슬자리에 있었더라면 창검 쓰기와 병서 공부를 어찌 했겠으며, 벽력도와 엄신갑을 어디에 가서 얻어 천하를 태평케 했겠습니까? 이 모두가 승상의 덕이로소이다."

원수와 사이원이 술을 나누면서 즐겼다. 문득 사승상이 일어나 죄를 사해 달라고 했다. 이때, 천자께서 이런 사연을 들으시고 말씀하시기를,

"임원수의 죄는 사이원의 간계라."

환궁하신 후에 논죄코자 하셨다.

화설이라.

"제장군졸이며 장안 만민이 모두 다 말하기를 사이원은 세상에 용납지 못할 소인이라. 그런 부모에게서 사남 같은 충신이 어찌 나올 수 있었으리오. 임원수를 모함하여 죽이려 하다가, 이제 와서는 도리어 원수의 대덕을 입어 백일白日[99]을 보고 술을 받아먹는구나. 소인의 오장五臟임을 가히 알겠도다. 무슨

---

99) 백일白日 : 구름이 끼지 않아 밝게 빛나는 해.

면목이 있어, 대덕을 받아들이는가?"

사이원이 이 말을 듣고 머리를 들지 못하고 자문이사했다. 원수가 이 말을 듣고 예물을 주어 선산에 안장케 했다.

각설이라.

원수가 천자와 태자를 모시고 환궁했다. 만조백관과 만성인민이 태평가를 부르고 천호만세天呼萬歲100)하며 즐거워했다.

천자께서 즉위하신 지 팔 년이었다. 이때는 갑진 추칠월 망간望間101)이었다. 천자께서 하조下詔하시기를,

"짐으로 인해 무죄한 장졸이 원혼이 되었으니, 어찌 비창悲愴102)치 아니하리오. 우양牛羊을 많이 잡아 그 원혼들을 위로하라."

전망戰亡103)한 정홍익에게 광록후라는 시호를 내리시고, 정홍철을 병부상서에 봉하시고, 어협대를 부원수에 봉하셨다. 그이외의 제장은 각각 차례로 봉작하시고 금은채단을 많이 주어 즐겁게 하며, 출전 군졸들에게는 미전米廛과 목포전木布廛104)을 많이 주시어 여러 부모와 처자를 즐겁게 하셨다.

차설이라.

---

100) 천호만세天呼萬歲 : 하늘을 향해 만세를 부름.
101) 망간望間 : 음력 보름께.
102) 비창悲愴 : 마음이 몹시 상하고 슬픔.
103) 전망戰亡 : 싸움터에서 싸우다가 죽음.
104) 미전米廛과 목포전木布廛 : 쌀 파는 가게와 목포 파는 가게. 시전市廛의 한 종류.

임원수가 퇴조하여 이승상대으로 나아오니, 그 부모와 승상 양위가 서로 만나 반기며 천은을 축수했다. 그 다음 날, 이승상 과 원수가 궐내에 들어가 천자께 조회했다. 승상이 아뢰기를,

"폐하의 홍복으로 종묘와 사직을 안보하옵고 천하 태평하오 니 만만 축수하옵니다."

천자께서 하교하시기를,

"금일 서로 만나 태평해진 것이 다 원수의 덕이라. 그 공을 무엇으로 갚으리오!"

조신을 모아 황극전에 전좌하시고 하조하시기를,

"임호은의 공은 천하를 반분해도 다 갚지 못할지라. 초왕에 봉하나니 해방該房은 지실知悉[105]하라!"

임호은이 머리를 조아리며 아뢰기를,

"신이 비록 촌공寸功[106]이 있사오나, 모두가 폐하의 넓으신 덕이옵고 제장의 공이옵니다. 엎드려 바라옵건대 황상은 신의 관직을 거두시어 세상에 용납케 하옵소서!"

상께서 이르시기를,

"홍문연의 일을 생각하면 살을 베어도 다 갚지 못할지라. 경은 안심찰직安心察職[107]하라. 초국 지경이 비록 적기는 하나 왕직은 일반이라. 어진 정사로 백성을 다스려 천추에 유전하라!"

---

105) 해방該房은 지실知悉하라! : 해당부서에서는 잘 알고 있어라!
106) 촌공寸功 : 아주 조그마한 공로.
107) 안심찰직安心察職 : 안심하고 직분을 살핌.

또 하조하시기를,

"오초吳楚는 동남의 험지라. 외국을 잘 방어하라! 해동 십만을 더 붙이나니, 사양하지 말라."

원수가 마지못해 천은을 숙사肅謝[108]하고 다시 아뢰기를,

"신의 처妻의 죄를 용서하여 주옵소서!"

천자께서 놀라 사과하시기를,

"짐이 잊고 있었도다."

그리고는 영관伶官[109]을 보내어 해배解配[110]케 하셨다. 초왕이 천은을 사례하고 집으로 돌아왔다.

화설이라.

사관이 각처에 내려가 조서를 전하고 부인을 모셔 경사京師[111]로 돌아왔다.

각설이라.

초왕이 삼부인을 만나 세상 고락을 말씀하며 천은을 시종 칭송했다. 원수가 탑하에 하직하고 부모와 세 부인을 모시고 발행했다. 천자께서는 백관을 거느려 성외 십 리에 거동하시고 전송하셨다. 또한 각관에 행차하시어 지공支供[112]을 잘 거행케 하시고 환궁하셨다.

---

108) 숙사肅謝 : 정중하게 사례함.
109) 영관伶官 : 사령. 사환.
110) 해배解配 : 귀양을 풀어줌.
111) 경사京師 : 서울.
112) 지공支供 : 필요한 물품 따위를 줌.

각설이라.

초왕이 행한 지 여러 날 만에 광주땅에서 창두 맹진통을 만났다. 맹진통은 전후 수말을 낱낱이 고했다. 왕이 미애의 청직淸直함을 탄복했다.

차설이라.

천자께서 조서를 내리시어 주야로 배조하라고 하셨다. 사관이 주야로 배도하여 중로에서 조서를 드렸다. 초왕이 사관을 맞이하여 북향사배하옵고 조서를 개탁하니, 부친으로 태상왕을 봉하시고 모친으로 도대비都大妃를 봉하시고, 이씨로 공렬왕비를 봉하시고 공주로 광열왕비를 봉하시고 장씨로 숙렬왕비를 봉하시고 미애로 정렬부인을 봉하시고 맹진통으로 광주자사를 봉하시고, 각각 금은채단을 많이 보내시어 충신열절과 효행을 빛내셨다.

차설이라.

초왕이 본국에 돌아와 만조 문무를 거느려 진하陳賀[113]받은 후, 산호천세山呼千歲[114]를 부르고 인의仁義를 베풀어 백성을 다스리니, 국태國泰하여 산무도적하고 야물폐문夜勿閉門[115]하

---

113) 진하陳賀 : 나라에 경사가 있을 때 조신朝臣들이 모여 임금에게 나아가 축하하는 일. 또는 새해나 중국 임금의 생일 등에 중국으로 사신을 보내 축하하는 일.
114) 산호천세山呼千歲 : 나라의 중요 의식에서 신하들이 임금의 만수무강을 축원하여 두 손을 치켜들고 만세를 부르던 일. 중국 한나라 무제가 숭산嵩山에서 제사 지낼 때 신민臣民들이 만세를 삼창한 데서 유래함.
115) 야물폐문夜勿閉門 : 밤에 문을 닫지 아니함. '태평성대'의 의미.

여 격양가로 세월을 보냈다.

차설이라.

초왕이 궁궐을 크게 건설하여 처소를 다 각각 정했다. 태상왕 양위는 자경전에 처하시어 시녀 수백 명으로 모시게 하고, 이씨는 경춘당에 처하여 시녀 삼백 명으로 시위하게 하고, 공주는 경화당에 처하여 시녀 삼백 명으로 시위케 하고, 장씨는 경선당에 처하여 시녀 삼백 명으로 시위케 하고, 미애로 경순당에 처하여 시녀 삼백 명으로 시위케 하고, 왕은 외전外殿에 처하여 제신과 더불어 정사를 다스리니, 우순풍조雨順風調[116]하여 가히 요순세계堯舜世界였다.

여러 부인이 골육과 같은 정의情義로 조금도 투기지심이 없었다. 위로는 효봉구고孝奉舅姑[117]하고 아래로는 왕을 인도로 섬기니, 가내에 화기융융和氣融融[118]했다. 이때, 이부인은 삼자일녀를 낳고 공주는 사자이녀를 두고 장씨는 이자를 두고 미애는 일자일녀를 낳으니, 십자오녀 모두가 부풍모습父豊母習[119]하여 충효겸전했다.

차설이라.

천자께서 초왕 소식이 격조하자, 편치 않게 여기시고 사관을

---

116) 우순풍조雨順風調 : 비가 때맞추어 알맞게 내리고 바람이 고르게 붊. 주로 농사짓기에 알맞게 기후가 순조롭고 좋다는 뜻으로 이르는 말.
117) 효봉구고孝奉舅姑 : 시부모를 효로써 받듦.
118) 화기융융和氣融融 : 따스하고 화창한 기운이 넘쳐흐름.
119) 부풍모습父豊母習 : 모습이나 언행이 아버지나 어머니를 골고루 닮음.

택정하여 보내셨다. 이때, 예관이 초국에 득달하여 조서를 전하니, 초왕이 예관을 맞이하여 북향사배한 후 조서를 개탁했다. 조서에서는 '그간 소식이 격조하고 아름다운 모습을 사모하여 위문한다.'는 내용이 담겨 있었다. 예관을 후하게 대접하고 수일 만에 천자의 자문咨文[120)에 회주回奏[121)했다.

각설이라.

사관이 여러 날 만에 사은하니, 천자께서 초왕을 대한 듯 반갑게 여기셨다. 이때, 초왕의 여러 아들이 소년등과하여 천조天朝[122)에 거하니, 일문이 혁혁했다.

화설이라.

초왕이 천자께 조회하기 위해 발행했다. 태상왕께 하직하고 여러 부인을 이별하고 세자에게 당부하기를,

"대소사를 처리할 때는 모두와 같이 하라!"

장졸을 거느려 여러 날 만에 황성에 득달했다. 천폐天陛[123)에 조회하니, 천자께서 반기시고 태자 또한 반기셨다. 호국 출전 제장과 만조백관이 다시 만나서 반갑다고 하며 그간 그리던 정회를 베풀었다. 천자께서 인견하시고 말씀하시기를,

"짐이 세상에 오래 있지 못할지라. 태자가 장성했으니 전위傳

---

120) 자문咨文 : 조선 시대, 주로 중국의 육부六部와 조회照會, 통보, 교섭 등을 목적으로 왕래하는 문서를 이르던 말.
121) 회주回奏 : 임금에게 회답하여 아뢰던 일.
122) 천조天朝 : 천자의 조정을 제후의 나라에서 일컫는 말.
123) 천폐天陛 : 제왕이 있는 궁궐의 섬돌.

位[124])하고 짐은 태상황이 되어 경과 더불어 여년餘年을 마치고 자 하노라."

천자께서 황극전皇極殿에 전좌轉座하셨다. 태자에게 전위하 시고 태상황이 되시고 태자에게 당부하시기를,

"치국안민하여 종묘사직을 잘 받들라!"

그리고는 파조罷朝하셨다.

각설이라.

신황제 즉위 원년에 과거를 배설하시고 영웅호걸을 뽑고자 하니, 천하 선비가 만수산萬壽山[125]) 구름 모이듯했다.

차설이라.

초왕이 천폐에 하직하고 본국에 돌아왔다. 세자가 만조백관 을 거느리고 성외城外 십 리까지 나와 문후한 후 무사하게 환국 하심을 축수했다. 초왕이 입궐하여 태상왕 양위전에 문안하고 황성 연중 설화를 주달하니, 태상왕이 북향하여 사배축수했다.

이러구러 세월이 여류하여 태상왕 양위 말년에 백 세를 향수 하다가 우연히 득병했다. 초왕이 야불해대夜不解帶[126])하고 시탕 侍湯[127])에 게으르지 않았지만, 천명이어서 어찌하겠는가. 임오 추팔월 십칠일 오시에 졸하니, 시년時年이 구십칠 세였다. 초왕

---

124) 전위傳位 : 왕위를 물려줌.

125) 만수산萬壽山 : 중국 북경의 서북방 교외에 있는 산. 경치가 아름답기로 유명한 산. 개성 송악산松嶽山의 다른 이름.

126) 야불해대夜不解帶 : 밤에도 옷끈을 풀지 않는다.

127) 시탕侍湯 : 부모의 병환에 약시중을 드는 일.

이 발상거애發喪擧哀[128]하여 여산驪山[129]에 봉릉奉陵하고 호읍號泣[130]으로 세월을 보냈다. 훌훌한 세월이 여류하여 삼상三喪[131]을 마친 후 만조백관을 모아 위로하고 초왕이 하교下敎하기를,

"과인이 연로하여 국정을 살필 수 없노라. 세자에게 전위하려 하나니, 만조백관들은 세자를 안보하여 사직종묘를 잘 받들라!"

세자에게 전위하면서 말하기를,

"안덕安德으로 나라를 다스리고 천제께 조공하기를 게을리 하지 말라!"

부탁하고 스스로 태상왕이 되었다.

각설이라.

천자께서 우연히 신음하시고, 정축 팔월 십오일에 붕어崩御[132]하셨다. 춘추가 칠십 구 세였다. 신황제께서 애통해 하심을 마지아니했다. 칠 삭 만에 선릉先陵에 안장했다.

차설이라.

초왕이 황성에 올라와 천자께 조문하옵고 산릉에 나아가 애통해 하니, 능 위로 안개가 일어나 위문하는 듯했다. 초국 태왕이 황제께 하직 인사를 드리니, 황제께서 금은채단을 많이 주시며 말씀하시기를,

---

128) 발상거애發喪擧哀 : 머리를 풀고 슬피 울어 초상 난 것을 알림.
129) 여산驪山 : 지금 섬서성[陝西省] 임동현[臨潼縣] 동남쪽에 있는 산.
130) 호읍號泣 : 목 놓아 큰 소리로 욺.
131) 삼상三喪 : '三年喪'의 준말. 초상, 소상, 대상의 총칭.
132) 붕어崩御 : 제왕이 세상을 떠남.

"짐은 나이 어리고 경은 연로하니, 국가 대사를 뉘가 도우리오?"

초왕이 대답하기를,

"소신의 자식이 십자十子이오니, 무슨 염려가 있사오리까?"

황제께서 기쁘게 여기셨다. 초국 태상왕이 조정에 당부하시기를,

"진충갈력하여 사군하라!"

면면이 부탁하고 난 다음에 떠났다.

화설이라.

초왕이 본국에 돌아와 자녀들을 교훈하여 세월을 보내며 강태공의 병법과 한신의 지략과 오기吳起133)의 용병 법방法方134)을 가르치니, 천하에 무소기탄無所忌憚135)이었다. 하루는 태상왕이 자녀를 거느려 춘월루에 올라 여러 부인과 자녀를 거느려 춘정을 구경했다. 홀연 동쪽으로 흑운이 일어나며 서기瑞氣가 반공半空에 서리더니 우연히 옥저소리가 나며 한 노인이 내려와 왕에게 말하기를,

"인간세상의 재미가 어떠하뇨? 시각이 늦어가니, 빨리 가자!"

---

133) 오기吳起 : 위衛나라 정도현定陶县 사람으로 전국시대 군사가이자 정치가임. 병가兵家의 대표인물로 일생동안 노魯, 위魏, 초楚나라 등지에서 활동했음. 병가兵家, 법가法家, 유가儒家의 사상에 모두 정통했음. 『손자병법』으로 유명한 손무孫武와 더불어 '손오孫吳'로 일컬어짐. 저서로『오자병법吳子兵法』이 있음.

134) 법방法方 : 일정한 방법이나 양식.

135) 무소기탄無所忌憚 : 아무 것도 거리끼는 바가 없음.

왕이 자세히 보니 다른 이가 아니요, 바로 유수선생이었다. 왕이 계하에 내려가 복지伏地하여 문후問候[136]하며 말하기를,

"선생께옵서 누지陋地에 왕림하시니, 일신이 송구하여 아뢸 말씀이 없나이다."

선생이 말하기를,

"그대는 어찌하여 잊었느뇨?"

왕이 대답하기를,

"제자가 진토에 묻혀 전사前事를 잊었나이다."

그리고는 자녀를 불러 유언을 했다. 사부인을 데리고 선생님을 모시고 정중庭中에 내려서니, 흑운이 일어나 서기가 반공에 서렸다. 문득 학의 소리가 나면서 사부인과 왕이 등천했다. 시년時年이 칠십 오 세였다. 자녀들이 어쩔 도리 없어 하늘을 우러러 발상거애發喪擧哀하고 부모의 의대衣帶[137]를 갖추어 선능에 안장하고 삼 년 제사를 지성으로 지냈다. 이러구러 삼 년 초토草土[138]를 마쳤다.

여러 형제 우애가 극진하여 국내에 화기 융성하고, 백자천손百子千孫[139]이 계계승승하여 천만 세를 누렸다. 옛말에 '고생하면 낙이 온다.'고 했으니, 임호은 같은 사람은 화복이 뒤바뀌어

---

136) 문후問候 : 웃어른의 안부를 물음.
137) 의대衣帶 : 옷과 띠라는 뜻으로, 갖추어 입는 옷차림을 일컬음.
138) 초토草土 : 거적자리와 흙베개라는 뜻으로, 상중임을 이르는 말.
139) 백자천손百子千孫 : 많은 자손.

말년에 그칠 것이 없이 되었도다.

　세상 군자들은 고생한다고 서러워하지 말고 천성만 옳게 가지고 지내면 복이 저절로 올 터이니, 부디 마음과 뜻을 바로 먹고 지내면 임호은보다 더 나을 것이다. 부디 군자님네는 잊지 마시기를 천만 바라며 일후 세계 사람들이 본받기를 바란다. 이 책 보시는 첨군자瞻君子는 의자疑字와 낙서落書가 많사오니 눌러서 보시옵소서!

　신축 사월 초이월에 직중이 필사를 마치다.
　상마동 판동장내 이씨와 남이댁140)도 함께.

---

140) 이씨 남이댁 : 상마동 판동장 안쪽에 살고 있는 이씨와 남이댁도 필사했다는 뜻임. 직중이라는 사람과 합하면, 필사자는 모두 세 명이 됨.

Ⅲ. 〈임호은전〉 원문

- 권지일 -

P.1

각셜 디송 말년에 남양 셜학동의 일위 명환이 닛시되 셩은 임이요 명은 츈이요 별호는 쳐ᄉ라 일즉 농업을 힘쪄 가셰 요부ᄒ기로 구름 속의 밧갈기와 월하의 고기 낙그기를 일숨아 셰월을 보ᄂᆡ더라 다만 슬하의 남녀간 자식이 업스믈 한ᄒ더니 일일은 하인이 엿주오ᄃᆡ 문 밧긔 엇더ᄒ 노승이 와 뵈오믈 쳥흔다 ᄒ거늘 쳐ᄉ 노승을 쳥ᄒ야 좌를 젼흔 후에 쳐ᄉ 왈 존사는 어느 곳으로조ᄎ 왕굴ᄒ옵시믄 무슴 연괴잇가 노승이 이러 고쳐 졀ᄒ고 왈 소승은 셔쳔셔역 황용ᄉ의 잇습더니 졀이 퇴락ᄒ여 즁슈코져 ᄒ나 형셰 부족ᄒ와 즁슈

P.2

못ᄒ와 쥬야 근심ᄒ옵더니 둣ᄌᆞ온즉 상공ᄃᆡ에겨 시쥬ᄒ시기를 조아 ᄒ신다 ᄒ옵기로 불원쳔리ᄒ옵고 왓ᄉ오니 상공은 션심ᄒ옵소셔 ᄒ고 권션을 ᄂᆡ여 상공젼에 드리거늘 쳐ᄉ 이윽히 보다가 왈 나ᄂᆞ 가셰요부ᄒ여 셰상에 글릴 것이 업스되 다만 슬하에 ᄌ식 업스믈 쥬야 한탄이러니 즁슈에 시쥬ᄒ올 거시니 ᄌ식 보기를 츅슈ᄒ여 쥬옵소셔 ᄒ고 인ᄒ야 황금 이쳔 냥과 빅금 삼쳔 냥을 쥬며 왈 이것 비록 젹ᄉ오나 즁슈에 보틱옵고

신건ㅎ신 후에 부쳐님게 발원ㅎ여 병신 ㅈ식이라도 졈지ㅎ여
쥬옵소셔 ㅎ고 양협에 흐르난 눈물이 비흐(르)듯 ㅎ거날 노승이
그 모양을 보고 비창이 여겨 왈 셰상에 금은을 쥬고 ㅈ식을
ㅅ자 ㅎ오면 엇지 셰상에 무ㅈㅎ리 잇스리요 그러나 지셩이면
감쳔

P.3
이라 ㅎ여스오니 졀을 즁슈ㅎ온 후에 부쳐님게 발원ㅎ여 보리
이다 ㅎ고 권션을 거두어 가지고 계하에 나려 두어 거름에 간
바를 모를너라 쳐ㅅ 그졔야 부쳐임이 ㅎ강흔 쥴 알고 공즁을
향ㅎ여 무슈이 ㅅ례ㅎ고 부인 양시로 더부러 한탄ㅎ믈 마지
아니터니 슈삭이 지닌 후 부인이 일몽을 어드니 텬상으로셔
흔 쌍 션녀 흔 동ㅈ을 다리고 나려와 부인 앏(앒)헤 안지며
왈 이 아희는 쳔상 두우셩이옵더니 셔왕모 요지연에 황히 션녀
로 더부러 흐롱흔 죄로 샹계계옵셔 노ㅎㅅ 인간에 닉치라 ㅎ옵
시민 갈 바를 아지 못ㅎ와 방황ㅎ옵더니 셔쳔 향

P.4
용ㅅ 부쳐 이곳으로 지시ㅎ옵기로 왓스오니 귀히 길너 텬명을
어긔지 마옵쇼셔 ㅎ고 동자을 부인 알헤 더지거늘 부인이 놀나
씨다르니 일장츈몽이라 직시 상공을 쳥ㅎ여 몽ㅅ을 이르고 셔
로 깃거ㅎ여 혹 귀ㅈ을 나흘가 바라더니 과연 그날부터 틱긔
잇셔 십삭에 이르러더니 일일은 오ㅅ 치운이 집을 두루고 원근

에 향뇌 진동ᄒ며 부인이 정신이 혼미ᄒ여 침셕에 누어더니 이윽고 일쌍 션녜 드러와 부인을 구ᄒ며 왈 부인은 쉬이 순산ᄒ옵셔 ᄒ고 인ᄒ여 희산ᄒᄆᆡ 옥동 갓튼 남ᄌᆡ러라 시녀 직시 향슈에 아희를 씻겨 누이ᄆᆡ 부

인이 정신을 자려 션녀의게 치하ᄒ고져 ᄒ더니 문득 션녜 간 ᄃᆡ 업더라 즉시 노비를 명ᄒ야 외당에 통ᄒ거늘 상공이 드러와 부인게 치하ᄒ며 아희를 살펴보니 비록 강보에 쓰여스나 소ᄅᆡ 웅장ᄒ여 북을 울림 갓고 싀쌜가튼 눈을 쩌 상공을 보니 안ᄎᆡ 영농ᄒ여 바로보기 어렵더라 상공이 그 슉셩ᄒᄆᆞᆯ 보고 ᄒᆡᆼ혀 단슈할 염녀터니 일일은 상공이 아희를 안고 후원 화초를 구경할ᄉᆡ 이ᄯᆡ에 마침 황용ᄉᆞ 노승이 갈포장숨의 뉵한장을 걸쳐집고 한가이 오다가 상공을 보고 빅례 왈 소승이 쥬류쳔하ᄒ야 구경ᄒ옵다가 우연이 상공을 만나 공ᄌᆞ를 구경ᄒ오

니 산림에 든 범의 상이오니 일홈을 호은이라 ᄒ옵소셔 상공 왈 말연의 션ᄉᆞ의 은덕으로 ᄌᆞ식을 어더스오나 ᄒᆡᆼ혀 단슈할가 염녀오니 존ᄉᆞ은 길흉화복과 ᄉᆞ쥬 팔ᄌᆞ를 자셔이 가르쳐 쥬옵쇼셔 ᄒ고 간청ᄒ니 노승이 허락ᄒ고 왈 이 아희 ᄉᆞ쥬가 무엇신이이가 상공이 왈 이 아희 ᄉᆞ쥬는 신ᄉᆞ연 신ᄉᆞ월 신ᄉᆞ일 신ᄉᆞ시로쇼이다 노승이 니윽히 싱각하다가 왈 이 아희 ᄉᆞ쥬를 보오니

오 셰에 부모를 이별ᄒ고 이십에 부모을 맛나 만죵록을 누일
ᄉ쥬오니 염녀 마옵고 오 셰 되옵거든 셔텬셔역 유슈션싱을
차ᄌ 졔ᄌ로 쥬옵쇼셔 하고 믄득 간 듸 업더

라 쳐시 공즁을 향ᄒ여 무슈이 ᄉ례ᄒ고 집에 도라와 부인을
쳥ᄒ여 왈 금일 도승을 맛나 아ᄌ의 관상과 사쥬을 뵈온 말슴을
일너 왈 오 셰에 부ᄌ 셔로 이별ᄒ리라 ᄒ오니 우리 늣게야
ᄌ식을 나어 원앙이 유슈의 논인는 양을 볼가 ᄒ여더니 이런
이원ᄒ 일이 어듸 잇사올리가 부인이 왈 진실노 그러하올진듸
상공이 ᄌ셔이 드러계신이가 상공이 왈 ᄌ셔이 들러나이다 유
슈션싱을 ᄎᄌ 졔ᄌ로 준다 ᄒ여도 이별이나 다르리잇가 부인
이 듯기를 다ᄒᄆ 심신이 황홀ᄒ여 엇지 할 쥴을 모르더라 셰월
이 여류ᄒ여 호은의 나히 오 셰 되ᄆ 상공 부뷔 ᄆ일 실허ᄒ더니
차시 익쥬ᄌ사

딩츈이 반ᄒ여 남양틱슈로 더부러 듸병 십만을 거나려 변방
즁디 칠십여 셩을 항복밧고 즁원 산동관 지경을 범ᄒ거늘 관
직ᄒ 장쉬 듸경ᄒ여 즉시 황톄게 장계을 올녀거늘 황뎨 쥬문을
보시고 듸경ᄒ사 만됴빅관을 모으시고 왈 딩츈이 반ᄒ여 변디
를 요란케 ᄒ다 ᄒ니 뉘 션봉이 되어 반젹을 쇼멸ᄒ고 죵묘사직
을 틱평케 할고 말이 맛지 못ᄒ여 한 신히 츌반 쥰(주)왈 쇼신이

무릉무지ᄒ오나 일지병을 빌니시면 젼쟝에 나아가 ᄒ 번 북을
쳐도 젹을 파ᄒ옵고 도라와 황상의 너부신 덕을 만분지일이나
갑사올가 ᄒ나이다 ᄒ거늘 모다보니 이는 니부시랑

뎡홍쳘이라 즉시 군수 십만과 쟝슈 십여 원을 졍ᄒ여 쥬나니
밧비 ᄒ군ᄒ라 ᄒ시고 디원슈 졀월을 쥬시거날 홍쳘이 슈명하
고 장디에 올나 군수을 졈고할시 니슌쳘노 좌익장을 졍ᄒ고
뎡셩의로 우익장을 삼고 양쳘노 즁군장을 삼아 ᄒ군할시 긔치
창검이 일광을 희롱ᄒ고 고각함셩이 텬지진동터라 삼 삭 만에
산동관에 다다르니 관장이 셩에 나 마ᄌ 셩즁에 들어가 젹진
형셰를 살피고 군즁에 젼령왈 젹진이 일ᄌ장ᄉ진을 쳐 슈미를
상구치 못할 거시니 근심이 업난지라 ᄒ고 즁장을 불너 왈 그디
는 쳘긔 삼만을 거나려 뒤ᄒ로 심 니

만 가면 호로포곡 이시니 그 곳에 미복ᄒ여다가 닉일 오시에
딍춘이 도망ᄒ여 그리로 갈 거시니 남무와 돌을 쥬션ᄒ여 동구
를 막고 여ᄎ여ᄎ ᄒ라 ᄒ고 쏘 좌장군 셩의을 불너 왈 그디는
졍병 일쳔을 거ᄂ려 관남편으로 칠 니만 가면 화산동이 이시니
그 곳에 미복ᄒ여다가 명일 슐시에 도젹이 픽ᄒ여 그 곳으로
갈 거시니 방포일셩에 닉다라 길을 막고 그 강셩 넘지 못ᄒ게
ᄒ라 ᄒ고 쏘 우익장 양쳘을 불너 왈 그디는 졍병 일쳔을 거ᄂ려

관동관 동편으로 십 니만 가면 빅포동이 이시니 그 곳에 믹복ᄒ 여다가 도적이 그리로 가거든 여츳여츳 ᄒ라 분부ᄒ여 분발ᄒ 후

P.11

에 장ᄃ에 놉피 안져 원근을 살피더니 잇쩌 정원슈 빅포은갑을 입고 청총마상에 좌슈에 슈긔를 잡고 우슈에 장창을 잡고 진젼 에 나셔며 크게 웨여 왈 반적 믱춘등은 ᄌ셔이 드르라 너희는 한갓 강포만 밋고 황상을 능멸리 여겨 빅셩이 도산ᄒ게 ᄒ니 쳔ᄌ 되로ᄒᄉ ᄀᆞ 갓튼 무리를 쓰러 바리라 ᄒ시기로 ᄂᆡ 십만 ᄃᆡ병을 거날려 치고ᄌ ᄒ미니 밧뜨 나와 항복ᄒ여 잔명을 보젼 ᄒ라 ᄒ는 소리 쳔지 진동ᄒ거날 믱춘 반(만)니 ᄃᆡ로ᄒ여 창을 두루며 싸화 삼십여 합에 불분승부러니 양장에 창법은 번기

P.12

갓고 말굽은 피츳를 분변치 못ᄒ더라 또 후군 이십여 합에 정원 슈 정신을 가다듬어 창으로 믱춘에 말머리를 지르니 말이 썩꾸 러지는지라 원슈 군ᄉ를 호령ᄒ여 믱춘을 결박ᄒ여 본진으로 도라와 진젼에 꿀니고 ᄃᆡ질왈 국녹을 먹고 네 몸이 영귀ᄒ여 부족ᄒ미 업거늘 도로혀 외람ᄒᆫ 마음을 먹고 ᄃᆡ국을 침범ᄒ니 너 갓튼 ᄃᆡ역부도를 엇지 셰상의 두리요 ᄒ고 무ᄉ를 명ᄒ여 군즁의 회시ᄒ고 원문 밧긔 ᄂᆡ여 참ᄒ니라 츳시 여남히 믱춘 죽으믈 보고 즉시 츅문을 지여 혼빅을 위로ᄒ고 군즁에 결녕왈

니 당쵸에 긔병ᄒ기난 밍츈을 밋고 디

병ᄒ엿더니 이졔는 홀노 살아 무엇ᄒ랴 ᄒ고 진젼에 드러가
원슈게 복지 쥬왈 소장이 외람ᄒ 마음을 먹습고 쳔ᄌ를 능멸이
여겨ᄊᆞ오니 죄ᄉᆞ무셕이로소이다 원슈 덕틱에 잔명을 보존ᄒ여
쥬옵소셔 쳔만 이걸ᄒ거늘 원쉬 오히려 긔특다 ᄒ고 쟝틱의
올녀 안치고 왈 항ᄌ는 불살이라 ᄒ엿기로 살녀쥬건이와 ᄎᆞ후
난 외람ᄒ 마음을 먹지 말고 도라가라 ᄒ고 인ᄒ여 군ᄉᆞ를 졈고
ᄒ고 쳔ᄌ게 쟝계ᄒ니라 이ᄻᅢ에 쳔ᄌ 쟝졸을 젼쟝에 보ᄂᆡ고
소식을 몰나 쥬야 근심ᄒ시더니 문득 원슈의 쟝계을 보시고
즉시 만조를 모ᄒ시고 긔탁ᄒ시니 긔 셔에 왈

딕ᄉᆞ마 딕쟝군 졍흥쳘은 돈슈ᄌᆡᄇᆡᄒ옵고 황상 탑하에 올리나이
다 힝군 ᄉᆞᆷ 삭 만에 순호관에 니르러 한 번 북쳐 밍츈을 파ᄒ옵
고 여남히을 싱금ᄒ여 빅 가지로 형벌ᄒ고 빅계셩을 안보ᄒ
연유를 알외옵나이다 ᄒ얏거늘 황졔 그졔야 딕희ᄒᄉᆞ 명흥텰노
딕ᄉᆞ마딕도독를 봉ᄒ시고 좌익쟝으로 니부시랑을 봉ᄒ시고 기
외 졔쟝은 각각 벼살를 봉ᄒ여 조셔을 하송ᄒ시니라 각셜 님승
승이 그 아달 호은를 이별할가 ᄆᆡ일 근심ᄒ든니 시운이 불힝ᄒ
여 젹쟝 밍츈의게 자피여가고 부인은 호은를 다리고 피란ᄒ랴
ᄒ든니 즁노

P.15

에셔 도적을 만나 웃지 할 쥴 몰나 망지소조ᄒᆞ던니 그 즁에
한 도적이 말ᄒᆞ여 왈 우리 즁군이 임의 상쳐ᄒᆞ고 홀오 잇스니
져 부인을 다려다가 후ᄉᆞ를 졍ᄒᆞ리라 ᄒᆞ고 부여잡고 가기을
쳥ᄒᆞ니 그 부인과 호은이 셔로 붓들고 앙쳔통곡한니 도적이
왈 부인을 다려가고져 ᄒᆞ여도 져 아희을 멸망하여니다 하고
호은을 죽이고 다려가려 ᄒᆞ거날 부인이 더옥 망극ᄒᆞ여 통곡
왈 그 아희을 죽이면 나도 ᄒᆞᆫ 가지로 죽을 거신니 날을 다려가도
아희을 살여 쥬옵소셔 ᄒᆞ고 익걸ᄒᆞ니 산쳔쵸목이 스러ᄒᆞᄂᆞᆫ 듯
ᄒᆞ더라 그 도적등이 호은을 남게 동여믹고 부인을 다려간니
모자 셔로

P.16

도라보며 이별ᄒᆞᆯ식 그 참혹허믈 엇지 층양ᄒᆞ리요 호은이 종일
토록 통곡허던이 믹 거시 졀노 푸러지난지라 마음에 반가오나
모친 간 곳를 웃지 알니요 할 슈 읍셔 집을 ᄎᆞ져 도라오니 도적
발셔 집을 소화ᄒᆞ고 빈터만 나맛더라 호은이 앙쳔통곡ᄒᆞ다가
할 슈 읍셔 쳔지로 집을 삼고 ᄉᆞ방으로 다니더니 일일른 ᄒᆞᆫ
곳에 다다르니 산슈난 졍슝ᄒᆞ고 양뉴난 쳥쳥ᄒᆞᆫ 가온딕 잉모공
작은 쌍쌍니 왕늬ᄒᆞ고 빅초난 작작ᄒᆞᆫ딕 봉졉은 왕늬ᄒᆞ고 창송
취쥭은 구ᄌᆞ의 졍졀를 본밧ᄂᆞᆫ 듯ᄒᆞ고 벽게슈난 골골리 흘너

가고 청풍은 금셩니라 ᄒ온니 감경ᄒ여 졈졈 드러가니 경기
절승ᄒ여 별류쳔지비인간일너라 방황할 지음에 문득 풍경소ᄅᆡ
들니거날 마음에 반가와 슈십 보를 드러가니 무슈한 경쳐 가온
ᄃᆡ ᄒᆞᆫ 노인이 학창의에 ᄇᆡᆨ우션을 쥐고 슐상 우에 삼 쳑 금쟌를
노코 학을 츔츄닌이 신션에 지취를 가이 알너라 각셜 ᄒ온이
노인 젼에 나아가 합장 ᄇᆡ려 왈 소동은 인간 미쳔ᄒᆞᆫ 아희로
션경에 투쥭ᄒᆞ여스오니 죄를 용셔ᄒᆞ옵쇼셔 ᄒᆞᆫᄃᆡ 노인 왈 ᄂᆡ
년노ᄒᆞ여 귀긱을 멀니 맛지 못ᄒᆞ여시니 셥셥ᄒᆞᆫ 말 엇지 다 층량
ᄒᆞ리요 ᄒᆞᆫᄃᆡ ᄒ온이 ᄃᆡ왈 션싱계옵

서 도로혀 관ᄃᆡᄒ옵시니 죄ᄉᆞ무지로쇼이다 도ᄉᆞ 왈 숑국 ᄃᆡ원
슈 임ᄒ온이 금일 오시에 올 줄 알고 기다려더니 이졔야 상봉ᄒ
니 반갑도다 ᄒ고 인ᄒ여 싱을 다리고 슈십여 리을 더 드러가니
층암절벽 간에 슈간쵸당을 졍결이 짓고 졔ᄌᆞ 십여 인이 도슐을
ᄇᆡ호다가 션싱 오시믈 듯고 나와 냥슈장읍ᄒ고 션싱을 맛거날
도ᄉᆞ 왈 너희로 더부러 ᄂᆡ 말ᄒᆞ기를 송국 임싱이 모일모시에
올리라 ᄒᆞ여더니 금일이야 와시니 너희는 임싱을 쳥ᄒᆞ여 차례
로 뵈와 ᄃᆡ졉ᄒᆞ라 ᄒᆞ신ᄃᆡ 그 쇼년덜이 각각 셩명을 통ᄒᆞᆫ 후
차를 ᄂᆡ여 슈삼 ᄇᆡ를 권ᄒᆞ여 왈 그ᄃᆡ와 우리 십여 년 연분 잇기
로 그ᄃᆡ 익운이 불

힝하여 부모을 십삼 년 이별할 쉬라 과도이 셔러 말고 션싱임
실하에 잇셔 공부나 착실이 하여 텬졍을 어긔오지 말느 ᄒ고
그날부터 학업을 힘써 셰월을 보닉더니 차시는 방츈 호시졀이
라 각싁 곳쳔 피여 만발ᄒ고 실피 우는 두견셩은 사람의 심회를
돕는지라 이씌 호은이 입산흔지 슈삼 년이라 부모의 죤망을
아지 못ᄒ여 쥬야 슈심으로 셰월을 보닉더라 션싱이 뎨즈즁
호은을 더욱 사랑ᄒ여 날노 권학ᄒ니 ᄒ나흘 드러 빅을 통ᄒ니
공뷔 일취월장ᄒ여 상통텬문ᄒ고 하달지리ᄒ여 무불통지라 문
장은 니빅을 압두ᄒ고 겸ᄒ여 검슐이 사마냥쪄라도 밋지 못할
네라

각셜 호은이 육졍육갑과 두(둔)갑장신법과 팔문금ᄉ진법과 호
풍환우지슐이며 팔문금ᄉ진법과 음양변화지슐을 셰상에 무쌍
일너라 일일은 션싱 왈 이졔는 네 지죠가 텬하에 당할 지 업고
통운이 금년붓터 드러시니 죠금도 서운ᄒ여 말고 쌜니 인간에
나어가 지죠를 부려 만슈무강ᄒ라 흔딕 임싱이 이 말을 듯고
결연ᄒ나 닉심에 혀오딕 청츈이 느껴가믈 싱각ᄒ고 일희일비ᄒ
여 동뇨로 작별흔딕 션싱이 임싱을 다리고 동구에 나어가 길를
가르쳐 왈 져리로 가면 자연 구헐 사람이 잇실 거시니 셥셥ᄒ여
말고 지죠를 다ᄒ여 국가에 쥬셕지신이 되

P.21

고 부모를 맛나 영효로지니라 ᄒᆞᆫ디 호은이 션싱 전에 지비하직
ᄒᆞ고 다시 이러 고왈 금일 실하를 써나오면 어늬 썬나 다시
뵈오리가 션싱이 왈 일후 십 년 만에 다시 맛날 거시니 번거이
뭇지 말나 호은이 할릴업셔 션싱게 하직ᄒᆞ고 동학 붕우의게
분슈상별ᄒᆞ고 인ᄒᆞ여 이연ᄒᆞ더니 잠시간에 빅운이 니러나며
션싱의 종적을 아지 못할네라 각셜 호은이 그졔야 유슈션싱인
줄 알고 공즁을 향ᄒᆞ여 무슈이 사례ᄒᆞ고 북편길노 죵일토록
가되 인가 업거늘 싱이 고히 녀겨 졈졈 나오더니 문득 ᄒᆞᆫ 집이
잇시되 장원이 퇴락ᄒᆞ고 뎡즁에 풀이 무셩ᄒᆞ여 인적이 업는
것 가튼지라 싱이 의심ᄒᆞ

P.22

며 졈졈 나아가되 문에 당도ᄒᆞ여 쥬인의 동졍을 살피며 크게
불너 왈 졍쳐업시 단이는 킥이 하로밤 쉬여가믈 쳥ᄒᆞ나이다
ᄒᆞ되 디답이 업거늘 싱이 고히 녁여 즁문 안에 드러가 은근이
쳥ᄒᆞ여 왈 날은 져무러 더 갈 고지 업ᄉᆞ오니 잠간 유ᄒᆞ여 가믈
간쳥ᄒᆞᆫ디 이윽ᄒᆞ여 안즁창으로 한 쇼졔 창을 반기ᄒᆞ고 왈 쥬인
되여 킥을 박디ᄒᆞ오미 아니오라 이 집이 흉가 되어 빅여 인
식구를 삼 삭 늬로 몰ᄉᆞᄒᆞ고 이 몸이 외로이 ᄉᆞ라 모진 악귀와
슈삼일 싸와 져당치 못ᄒᆞ와 금야에는 이 목슘이 ᄯᅳᆫ칠지라 만일
귀킥을 유슉허시라 ᄒᆞ여다가 귀킥의 몸이 상할가 ᄒᆞ여 허락지
못ᄒᆞ나이다 싱이 눈을 들러 쇼

P.23

져를 살펴보니 요요흔 틱도와 청슈흔 골격이 명월이 흑운에 싸인 듯ᄒ고 히당화 아침 이실에 져져 양긔을 쎄리는 형상이라 만고졀념이요 쳔하졀쉭이라 그 거동이 츄팔월 단풍 갓고 실푼 회포 미간에 가득ᄒ여더라 싱이 졍신이 황홀ᄒ여 왈 세상에 장뷔 되어 져러흔 미녀을 취ᄒ여 빅년가우를 졍ᄒ면 엇지 깃부지 아니ᄒ리요 ᄒ고 싱이 다시 쳥ᄒ여 왈 므삼 일노 흉가 되어삽나니가 즁당을 빌니시면 귀신을 물니칠 짐작이 잇ᄉ오니 피츠 닉외을 폐ᄒ옵고 근본을 ᄌ셔이 이르옵쇼셔 그 쇼졔 싱을 한 번 바라보니 비록 츄비ᄒ나 빅옥이 진토에 뭇친 듯ᄒ고 만고흥망이 미간에 감츄인 듯ᄒ

P.24

더라 쇼졔 닉심에 싱각허되 세상에 녀ᄌ 되어 져러흔 영웅호걸을 셤겨 후ᄉ을 명ᄒ면 엇지 아름답지 아니ᄒ리요 즁당을 쇼쇄ᄒ고 쳥ᄒ거늘 싱이 드러가 말ᄒ여 왈 싱이 죵일토록 힝보ᄒ여더니 긔갈이 심ᄒ오니 셕반을 쳥ᄒ나이다 ᄒ거늘 쇼졔 싱의 식냥을 짐작ᄒ고 밥을 지여 올니거늘 싱이 쥬리든 식냥에 그 밥을 다 먹고 왈 열 ᄉ람의 밤을 혼ᄎ 다 먹으니 그 은혜 빅골난망이로소이다 ᄒ고 또 문왈 이 집은 뉘 딕이오며 흉가는 무삼 연괴온지 알고져 ᄒ나이다 쇼졔 딕왈 이 집은 숑국 딕승상 댱모의 집이옵고 흑귀는 ᄌ칭 쇼현왕이로라 허옵고 삼경에 와 작난ᄒ옵다가 계명

시에 가인 ㅎ나씩 잡아가나이다 ㅎ거늘 싱이 그 말을 듯고 즉시
소져를 병풍 뒤혜 감초고 싱이 홀노 등촉을 도도고 무슴 부작을
쎠 ㅅ면 문에 붓치고 오방신장을 불너 왈 너희ᄂ 이 집 쥬인에
빅여 인명을 다 살히ㅎ되 구완치 아니ㅎ니 그런 졀통ᄒ 일이
어듸 잇느냐 신쟝등이 빅빅ㅅ례 왈 소귀등의 힘으로ᄂ 억졔
못ㅎ옵기로 구완치 못ㅎ얏나이다 쏘 지신을 불너 왈 너희ᄂ
이 집 지신이 되어 이러케 망케되되 구완치 아니ㅎ니 이런 통분
ᄒ 일이 어듸 잇스랴 지신이 빅례왈 온갖 형벌을 ㅎ여도 구완치
못ㅎ엿ㅅ오니 죄ㅅ무지로소이다 싱이 왈 금야에 귀신이 와셔
문을 열나 ㅎ여도 열어쥬

지 말나 ㅎ고 졍신을 가다듬어 병셔를 외오더니 ㅅ경은 ㅎ야
방포일셩에 뇌고함셩이 쳔지진동ㅎ거늘 싱이 소져다려 문왈
져거시 흉귀오닛가 소졔 답왈 그러ㅎ여이다 이윽고 화광이 츙
텬ㅎ며 금고셩이 진동터니 듸문 밧게 와 진을 치고 군례를 바드
며 자신을 불너 왈 너희는 우리 온 쥴을 알거든 즉시 문을 열지
아니ㅎ니 그러ᄒ 거만이 어듸 잇스랴 지신을 쑤지져 물니치고
쟝졸을 호령ㅎ여 소져를 나입ㅎ라 ㅎ며 분발ㅎ거늘 지신이 쑤
러 고왈 금야에 송국 듸원슈 좌졍ㅎ여 계신이다 ᄒ듸 귀쟝이
이 말을 듯고 듸로ㅎ여 아쟝을 불너 왈 너의는 잠깐 드러가
술펴보고 고ㅎ라 ㅎ거

늘 아쟝이 영을 듯고 드러가 싱을 보고 도로 나와 과연 송국
딕원슈 딕승샹님 호은이 좌졍ᄒ여 계신이다 ᄒ거늘 귀쟝이 딕
로ᄒ여 왈 나는 이왕 딕원슈를 지닉엿고 져 놈은 ᄎ후에 딕원슈
ᄒᆯ ᄉ름이라 밧비 드러가 그 놈을 치우고 댱소져를 나입ᄒ라
호령이 츄샹 갓더라 각셜 싱이 귀쟝에 말을 듯고 닝소ᄒ고 안줏
더니 ᄯᅩ 아쟝이 드러와 이윽히 싱을 보니 위엄이 늠늠ᄒ여 감히
졉젼치 못ᄒ고 황숑이 도라나가 귀쟝의게 엿ᄌᆞ오되 소쟝에 직
죠로는 못 잡아 드리깃나이다 귀쟝이 딕로ᄒ여 신졸을 거나리
고 드러가 호령왈 엇던 놈이완딕 댱소져를 구ᄒ여 ᄒ며 어룬에
힝ᄎᆞ를 막는다 네 목슘을 익기거든 ᄲᅡᆯ

니 나와 항복ᄒ라 ᄒ고 연ᄒ여 호령ᄒ거늘 님싱이 병셔를 물니
치고 딕질왈 너희는 엇흔 놈이완딕 나무 집 빅여 인명을 슬히ᄒ
고 ᄯᅩ 소져를 히ᄒ려 ᄒ는다 ᄒ고 인ᄒ여 살펴보니 슈다흔 귀쟝
이 족불니지ᄒ고 셧거늘 인ᄒ여 황건역ᄉ와 숨 ᄉᆞᄌᆞ를 불너
왈 너희등은 지부에 드러가 닉 젼령을 십왕젼에 드리라 ᄒ고
분연 왈 져 악귀등을 잡아다가 풍도지옥에 착가엄슈ᄒ여 평싱
에 용납지 못ᄒ게 ᄒ라 발녕ᄒ거늘 이ᄯᅢ 그 귀신등이 싱의 거동
을 보고 다 도망ᄒ는지라 오방신장과 지신 등이 그 거동을 보고
님싱 젼에 복지ᄉᆞ례 왈 소귀등도 평안흔 귀신이 되깃ᄉ오니
은혜 빅골난망이로소이다 ᄒ고 물

너가더라 츠셜 댱소졔 그 거동을 보니 귀신도 물니며 디부에서 령ᄒ는 양 보고 이런 ᄉ름은 텬하에 무쌍이라 일 삭 젼에 이 ᄉ름이 왓드면 우리 부모 동싱과 가솔을 다 살닐 거슬 익달짜 졀통타 ᄒ고 ᄂ심에 항복ᄒ여 슬허ᄒ더라 이젹에 싱이 소져를 쳥ᄒ여 왈 이만ᄒ 귀신을 물니치지 못ᄒ고 빅여 인명이 ᄒ를 당할 ᄯᆞᆫ더러 소졔 ᄯᅩᄒᆫ 욕을 보앗나닛가 ᄒ고 이늘 밤을 은근이 지닌 후 평명에 ᄯᅥ나려 ᄒ거늘 소졔 말을 나직이 ᄒ며 왈 상공은 어듸 겨시며 존셩듸명을 뉘라 ᄒ시나닛가 싱이 답왈 나는 남냥 셜학동에 ᄉ옵더니 오 셰에 난을 만나 부모 이별ᄒ고 쥬류텬하ᄒ여 ᄉ방으로 단이옵더니

텬힝으로 유슈션싱을 만나 십여 년 공부ᄒ고 부모의 ᄉ싱을 모로와 불분텬지ᄒ고 쳥츈이 느져 가오믹 근심으로 지닉옵더니 위연이 이 듸에 와 귀신을 물니치고 이별을 당ᄒ오니 소졔는 부모에 신톄를 거두어 안쟝ᄒ옵고 귀톄를 보즁ᄒ옵소셔 소졔 답왈 이 몸이 명듸 괴박ᄒ와 부모의 원슈를 못갑흘가 ᄒ엿습더니 텬위신조ᄒᄉ 상공을 만나 부모 동싱 원슈를 갑하 쥬오시니 은혜 난망이온 즁 금방 죽어가는 목슴을 슬녀쥬니 일후 디하에 도라가 결초보은ᄒ리다 ᄒ고 다시 무릅을 ᄶᅮ러 엿ᄌᆞ오듸 슈일 더 쳬류ᄒ여 가물 바라나이다 싱이 답왈 간밤은 길 곳지 업셔 이 듸에 유ᄒ여건이

와 도로혀 쥬쟝무인ㅎ온 집에 듀류ㅎ미 참괴로쇼이다 쇼졔 다
시 문왈 상공 존호는 뉘시며 연셰는 얼마나 되여계시닛가 싱이
답왈 셩명은 임호은이요 년광은 신ᄉ싱이로쇼이다 쇼졔 왈 부
모의 존호는 뉘신잇가 답왈 어려셔 이별ㅎ여습기로 부모 존호
은 모로나이다 쇼졔 왈 쳡도 신ᄉ싱이로쇼이다 상공의 ᄉ쥬는
무엇시니가 답왈 신ᄉ월 신ᄉ시로쇼이다 소졔 답왈 쳡도 신ᄉ
월 신ᄉ시로쇼이다 허물며 텬디간에 이러ᄒ 비상ᄒ 일이 어듸
잇ᄉ오리가 복원 상공은 이 몸을 잇지 마르시고 다시 차질가
바라나이다 싱이 답왈 늬 공명를 셰우고 부모를 찻ᄉ오면 다시
차지련이와 그러

치 못ㅎ오면 차세에 못 만날가 ㅎ나이다 쇼졔 아미를 숙이고
엿ᄌ오되 공명 후에 찾지 아니ㅎ오면 이 몸이 맛칠지언뎡 상공
의 뒤헐 좃칠가 ㅎ옵나이다 ㅎ고 쥬찬을 늬여 권ㅎ거늘 싱이
바다먹은 후 지필을 늬여 거쥬 셩명과 ᄉ쥬 팔ᄌ를 긔록하여
쥬어 왈 일노써 신물을 삼으쇼셔 하고 하즉고 북편으로 힝ㅎ여
종일토록 가되 인간 업셔 한 언덕을 의지ㅎ여 밤을 지늬고져
ㅎ더니 밤은 집고 월식은 명낭헌데 말근 바람과 종경쇼릐 은은
이 들니거늘 싱이 늬심에 싱각ㅎ되 ᄉ찰 잇는가 ㅎ여 졈졈 츳ᄌ
드러가니 과연 졀이 잇거늘

나아가 바라보니 딕웅뎐이라 황금딕즈로 써시되 셔쳔 셔역국 황용사라 허여거늘 사문에 나아가 누각에 안져더니 이윽고 한 노승이 싱을 보고 반겨 왈 소승이 년노ᄒ여 귀긱을 멀니 나아가 맛지 못ᄒ오니 죄스무셕이로소이다 ᄒ고 싱을 쳥ᄒ야 방니에 들어ᄀ 불젼의 분향ᄉ비ᄒ여 왈 쳔헌 인싱이 션경의 투족ᄒ니 황공ᄒ여이다 싱이 이려 공슌이 읍ᄒ니 금불이 싱을 보고 반긔 ᄂ 듯ᄒ더라 싱이 ᄉ면 ᄉ펴보니 다른 즁은 업고 다만 노승쑌이 어늘 싱이 관딕ᄒ여 왈 학싱이 쥬류ᄉ방ᄒ여 다니옵다가 위연 이 션

당의 이르러 존ᄉ의 은덕을 입ᄉ오니 죄스무지로소이다 노승이 읍ᄒ여 왈 이 졀은 인간이 격원ᄒ여 숙긱이 임의로 왕닉치 못ᄒ 는 션경이라 ᄒ고 인ᄒ여 셕반을 들리거늘 싱이 바라보니 인간 의 음식과 다른지라 싱이 이려 직비 왈 학싱이 이러ᄒ 음식은 처음이로소이다 노승 왈 소승이 노둔ᄒ와 음식이 졍결치 못ᄒ 오니 허물치 마옵소셔 싱이 셕반을 다 먹은 후 노승 젼의 빗ᄉ 왈 학싱이 낭탁이 공갈ᄒ 스룸이라 슈일 더 머무루고즈 ᄒ되 존ᄉ의 슈고을 씨칠가 염녜로소이다 노승이 딕왈 상공딕 금은 수쳔 냥이 이 졀의

P.35

잇스오니 슈일은 고스ᄒ고 슈년이라도 염녀 마옵소셔 싱이 피셕 듸왈 소싱은 본듸 빈ᄒ 스룸이라 엇지 금은이 이 졀에 와 잇스오릿가 노승이 답왈 숭공이 젼스를 엇지 알닛가 과연 십여 년 젼에 불젼이 퇴락ᄒ와 졀을 즁수코져 ᄒ여 권션을 가지고 상공듸에 가온즉 노승공계옵셔 황금 쳔 냥과 빅금 삼쳔 냥을 시듀ᄒ옵시기로 이 졀을 즁수ᄒ옵고 그 사연으로 부쳐님게 발원ᄒ엿습더니 ᄌ연 상공 그 듸 귀공ᄌ로 타여낫습고 소승과 동거할 연분이 잇셔 부쳐임이 인도ᄒ와 와쏘오니 무슴 염녀 이스오리가 싱이 못늬 탄복ᄒ더라 싱이 그날부터 노승과 갓치 불경도 의논

P.36

ᄒ며 진언도 상논ᄒ며 허숑셰월ᄒ더니 일노조츠 피츠 정이 골육 갓타여 몸은 평안ᄒ나 쵸목과 갓치 늘그믈 흔탄ᄒ더라 싱이 일일은 슬어ᄒ는 빗치 무궁ᄒ거늘 노승 왈 상공은 무슴 연고로 그다지 슬어ᄒ신나닛가 싱이 답왈 우흐로 부모의 싱싱을 모르옵고 쳥춘이 느껴가오니 글노 염녀로쇼이다 노승이 왈 상공은 과도이 슬허마옵쇼셔 싱이 노승의 말을 익이지 못ᄒ여 셰월을 허숑ᄒ니 산즁 유발승일너라 각셜 양부인이 호은을 이별ᄒ고 도적의게 잡피여 젹진에 들어가 악질이 닛시므로 몸을 허치 아니ᄒ여더니 도덕이 듸픠ᄒ여 동셔로 도쥬ᄒ

여 다라나고 적진에 임쳐스 이더니 파진 후에 밤으로 도망ᄒ여
오다가 노즁에서 부인을 만나 셔로 붓들고 통곡ᄒ며 호은의
ᄌ취를 뭇더니 도적등이 임쳐스의 부인인 쥴 알고 다려가고져
ᄒ거늘 쳐스와 부인이 잔상이 익걸ᄒᄃᆡ 그 즁에 늘근 도적이
왈 난 즁에 ᄌ식 일코 죽으려 ᄒ는 인ᄉᆡᆼ을 다려다가 무엇ᄒ리요
ᄒ고 도망ᄒ거늘 쳐스와 부인이 다시 정신 차려 문왈 호은은
어ᄃᆡ 잇시며 무슴 일노 이 곳데 와 계신이가 부인이 ᄃᆡ왈 가군을
이별ᄒ고 피란ᄒ옵다가 노즁에셔 도적을 맛나 쳡은 다려가고
호은을 쥭이려 ᄒ옵거늘 빅단으로 비러도 듯지 아

니ᄒᄆᆡ 수차불피라 쳡은 ᄌ결코ᄌ ᄒ나 호은을 죽일가 ᄒ여
쳡은 도적의게 피박ᄒ고 호은은 남게 얼거ᄆᆡ는 양을 보고 와싸
오니 이 몸이 쥭으나 다르잇가 쳐시 왈 호은아 죽어는냐 사라는
냐 ᄒ고 실피 통곡ᄒ니 산쳔쵸목이 다 실허ᄒ는 듯ᄒ더라 부인
이 쳐스를 다리고 호은이 ᄌ바폐 밋든 남글 차ᄌ가보니 그 나무
는 그ᄃᆡ로 잇고 호은은 간ᄃᆡ 업더라 쳐스와 부인이 하날을 부르
지며 통곡ᄒ니 보는 스람이 뉘 아니 슬허ᄒ리요 종일 서로 붓들
고 통곡ᄒ다가 스방으로 단이며 차지되 종ᄂᆡ 종적을 아지 못할
네라 밤이면 북

두칠성긔 발원ᄒ고 나지면 일월성신긔 츅슈ᄒ니 일쳔 간장이
구뷔구뷔 썩는 듯ᄒ여 사쳐로 단이며 호은의 종적을 탐지ᄒ더
라 차셜 댱쇼졔 임싱을 이별ᄒ고 부모 동싱의 신쳬을 거두어
션산에 안장ᄒ고 쥬야로 임싱이 오기만 원ᄒ더니 일일은 엇던
남녀 노인이 드러와 할로밤 드식가믈 쳥ᄒ거늘 쇼졔 허락ᄒ니
두 노인이 집을 살펴보니 집은 가장 크되 쳐ᄌ 홀노 잇거늘
부인이 문왈 낭ᄌ는 엇지ᄒ여 이런 큰 집에 홀노 잇난이가 쇼졔
ᄃᆡ왈 이 짐은 흉가라 가인이 다 죽삽고 쳡이 홀노 사라잇나이다
ᄒ고 두 노인게 빈읍 왈 노인 두 분은 어ᄃᆡ 계시며 엇지ᄒ여
이 곳에 이르러 계신이가 괴로이 단이지 마옵시고 쇼녀와 가치
동거ᄒ와 셰월

보닉시미 엇더ᄒ니가 노인 부부 왈 우리는 죄악이 지즁ᄒ와
텬디로 집을 삼고 단이는 사람이라 ᄒ되 쇼졔 왈 그러ᄒ와도
곤곤이 다니시지 마옵고 쇼녀를 교훈ᄒ여 쥬옵쇼셔 쥬 노인이
ᄉ례 왈 이럿틋 누츄ᄒᆫ 사람을 더럽다 아니시고 동거허ᄌ ᄒ시
니 엇지 사양ᄒ오리가 ᄒ고 이 달부터 댱쇼져의 집에 잇셔 의식
은 평안ᄒ나 어늬 날 아ᄌ 호은을 이지리요 일일은 쇼졔 문왈
노인 뷔뷔 무삼 일노 사방으로 다니오며 쇼녀의 집이 누츄ᄒ오
나 의식 염녀 업숩고 긔휘 강령ᄒ옵거늘 희식은 업시고 쥬야
수심으로 지닉오시니 그 연고을 알고져 ᄒ나이다 노인 부뷔

답왈 엇지 진정을 그이리요 과연 노인의 성명은 임츈이요 살기
는 남양 셜학동에 亽옵더니 말년에 어든 亽식을 난즁에 일삽고
쥬야 단이며 차지되 종적을 아지 못亏

P.41

여 미일 자식 싱각이 나와 슬허亏니이다 쇼졔 임싱의 말을 드러
난지라 의혹하여 다시 문왈 亽식의 일홈이 무어시며 멧쌀에
일어계신지 亽셔이 알고져 亏나이다 양부인 왈 일홈은 호은이
요 나흔 신亽싱이로쇼이다 쇼졔 이 말을 듯고 일희일비亏여
고쳐 직빅 왈 이 놈도 송국 듸승상의 여식이옵더니 위연이 임싱
이 늬 집에 와 흉귀를 쇼멸허옵고 쇼녀와 피츳 언약을 정하옵고
갓亽오믹 일구월심에 잇지 못亏와 셰월을 보늬옵더니 텬우신조
亏와 노인 냥위 이 곳데 오옵기는 텬디신명이 지시亏시미로소
이다 亏고 인亏여 임싱의 적어주던 필적과 신물을 함 속으로
늬여노커늘 상공 부뷔 보고 흉즁이 쇄락亏여 亽식을 만낫 듯亏
더라 이날부

P.42

터 소졔 고부지례로 셤기며 셰월을 보늬더라 각셜 임호은이
황용亽에셔 셰월을 보늬더니 일일은 노승이 싱다려 일너 왈
상공은 슈일만 후원 별당에 드러가 유亏쇼셔 싱이 문왈 부슴
연고오니가 노승이 왈 황셩 늬승상틱에셔 무자亏와 망월에 그
부인과 그 쌀 소져로 더부러 불공허러 오나이다 그런 고로 상공

은 남지라 닉외 잇실 듯ᄒ오니 후원 별당에 잠유ᄒ옵소셔 임싱
이 허락ᄒ고 후원에 가 유ᄒ더라 차셜 닉부인이 소져로 더부러
황용소에 이르거늘 싱이 몸을 은신ᄒ여 보더니 부인이 졀에
들어와 사쳐을 졍ᄒ고 유ᄒ더니 그 날 밤에 쇼졔 일몽을 어드니
부쳐임이 쇼져를 쳥ᄒ거늘 소졔 황망이 불뎐에 드러가니 부쳐
임이 ᄒᆫ 동ᄌ를 압

P.43
헤 안치고 례ᄒ라 ᄒ거늘 쇼졔 붓그러오믈 머금고 아미를 숙이
고 녜필 후에 안지믹 부쳐임이 분부 왈 닉 너희들을 빅연동낙을
졍ᄒ나니 셔로 슐을 부어 교빅ᄒ는 례을 힝ᄒ라 쇼졔 슐을 부어
공ᄌ의게 젼ᄒ딕 공ᄌ 바더 마시고 ᄯ 슐을 부어 쇼졔의게 브린
딕 쇼졔 붓그러워 잔을 바더들고 몸을 도로칠 ᄯᅢ에 머리에 쏘ᄌ
던 봉쳐 ᄲᅢ져 ᄯᅡ헤 나려지거늘 공ᄌ 말ᄒ되 낭ᄌ 붓그러워 슐을
아니 먹으니 봉쳐을 가져짜가 후일 언약을 졍ᄒ리다 ᄒ고 봉쳐
을 가지고 나가거늘 소졔 놀나 ᄭᅵ다르니 일장츈몽이라 직시
머리을 만져보니 봉쳐 업난지라 쇼졔 직시 부인게 몽ᄉ를 고ᄒ
려 ᄒ다가 싱각ᄒ되 일장츈몽이라 무슴 계관이 잇시리요 ᄒ고
날이 발그믹 불뎐에 드러가 분향소빅ᄒ고 나오

P.44
더니 ᄎ시 임싱이 소져의 ᄌ식을 구경코져 ᄒ여 법당 문 밧게
와 문틈으로 여어보더니 마춤 소졔 소빅ᄒ거늘 바라보니 운빈

홍안이 춘풍명월이 운즁으로 나오는 듯 벽도화 일진춘풍에 희롱ᄒᆞ난 듯 진실노 졀ᄃᆡ가인일네라 ᄂᆡ심에 싱각ᄒᆞ되 당소졔를 텬하졀ᄉᆡᆨ인가 ᄒᆞ여더니 ᄂᆡ 소져는 과연 셰상에 무쌍이라 싱이 ᄃᆡ각ᄒᆞ여 왈 셰상에 장뷔 되어 져러ᄒᆞᆫ 쇼져을 취ᄒᆞ여 ᄇᆡᆨ년동락을 졍ᄒᆞ면 엇지 아니 깃부리요 못ᄂᆡ 탄복ᄒᆞ러니 쇼졔 우연이 밧그로 나와다가 문득 살펴보니 엇더ᄒᆞᆫ 공ᄌᆡ 셔거늘 쇼졔 깜작 놀나 도로 드러가랴 할 지음에 머리에 ᄭᅩᆽ던 봉ᄎᆡ ᄲᅡ져 ᄯᅡ에 ᄯᅥ러지거늘 그 공ᄌᆡ 불문곡직ᄒᆞ고 직시 거두어거늘 그 소졔 이 말ᄉᆞᆷ을 부인게 고ᄒᆞ랴 (ᄒᆞ)다가 몽스을 싱

P.45

각ᄒᆞ고 도로 드러가 불공을 필ᄒᆞᆫ 후 황셩으로 도라가니라 차시 노승이 그 부인 일ᄒᆡᆼ을 이별ᄒᆞ고 후원에 드러가 공ᄌᆞ을 다리고 학업을 힘씨더니 싱이 이날부터 오ᄆᆡ불망ᄒᆞ여 봉ᄎᆡ는 가져시나 쇼졔을 다시 못 볼가 의려ᄒᆞ여 수문병이 골수에 밋쳐난지라 일일은 노승이 문왈 상공은 무슴 일노 수심이 만면ᄒᆞ여난이가 싱이 ᄃᆡ왈 우연이 든 병이 졍신이 암암ᄒᆞ고 음식이 맛시 업셔 아마도 죽게ᄉᆞ오니 죤ᄉᆞ는 살녀쥬옵쇼셔 노승 왈 병 근원을 ᄌᆞ셔이 말ᄒᆞ소셔 싱이 답왈 죤ᄉᆡ 이러툿 하문ᄒᆞ시니 엇지 추호나 긔이리요 과연 향ᄌᆞ에 ᄂᆡ쇼져를 구경코져 ᄒᆞ여 법당 문밧게 와 여허본즉 쇼졔 불젼에 ᄉᆞ비ᄒᆞ고 나오다가 싱을 보고 피ᄒᆞ여 도로 드러갈 ᄯᅵ 쇼져의 머리에

소자던 봉치 싸져 짜에 써러지옵기로 싱이 거두어 장치ㅎ여삽
더니 그 후붓터 공명에 쯧지 업삽고 자연 병이 되여나이다 ㅎ고
명슈부답ㅎ거늘 노승 왈 아모리 그러ㅎ오나 앙망불급이요 죽기
는 쉽거니와 그 쇼져 보기는 난제로소이다 싱이 더욱 병이 복발
ㅎ여 졈졈 위즁헌지라 노승이 이윽키 싱각다가 왈 일후지수은
엇지 되어던지 늬 당헐 거시니 상공은 졍신 차려 의젼애 나가
녀복 ㅎ 벌을 수 오옵쇼셔 ㅎ고 돈 일빅 냥을 쥬어 왈 급피
도라오라 ㅎ거늘 싱여 의뎐에 나가 녀복 ㅎ 벌을 수 왓는지라
노승 왈 상공은 남복을 벗고 녀복을 입우쇼셔 니승상딕에 가
팔 거시니 상공의 지죠로 그 딕 쇼져을 보거든 쥬야 오믹불망ㅎ
던 회포는 상공 슈단에 달녀수오니 주량위지ㅎ라 ㅎ고 노승이
츄포장삼에 눆

환장을 걸더집고 황셩으로 향ㅎ여 니승상딕에 가 합장비례ㅎ온
딕 승상 왈 션수는 무슴 일노 늬림ㅎ시니가 노승 왈 쇼승이
쇼상부모ㅎ옵고 외가에 가 질니옵다가 삭발위승ㅎ여삽더니 이
제 외죠부모 기셰ㅎ시민 장수할 슈 업수와 근심으로 지늬옵더
니 헐일 업수와 다만 녀죵 일기만 남어습는지라 녀죵을 파라
엄토코져 ㅎ오니 상공은 그 녀죵을 사와 남의 불효를 면케 ㅎ옵
쇼셔 승상이 허락ㅎ고 노복을 불너 녀죵을 다려오라 ㅎ신딕
비복등이 령을 듯고 황용수애 가 죵을 다려왓거늘 승상이 보시

미 운빈홍안이 여중군주요 절되가인이라 승상이 왈 네 나흔 얼마나 되어난냐 호은이 되왈 십뉵 셰로소이다 승상 왈 일홈은 무어시냐 호은이

P.48

되왈 치봉이로소이다 승상이 노승을 불너 젼문 오빅 냥을 쥬니 노승이 바더 가지고 스례ᄒ고 가니라 치봉이 노승을 이별ᄒ고 가니라 승상이 이날부터 치봉을 사환 식히니 현쳘함과 녕니ᄒ미 사람의 심간을 놀너더라 싱이 이날부터 승상의 몸죵이 되어 셰월을 보너며 일구월심에 쇼져를 못 보아 한탄ᄒ더니 ᄎ일 승상이 궐너로 드러가신 후에 쇼졔 모부인긔 엿ᄌ오되 이 ᄉ이 듯ᄌ온즉 치봉이라 ᄒ는 죵을 사 외당에 두엇다 ᄒᄋᆸ는되 인물이 쳔ᄒ졀식이요 힝실과 법되 장ᄒ다 ᄒᄋ오니 ᄒ 번 불너 구경코져 ᄒ나이다 부인이 시비를 명ᄒ여 치봉을 쳥ᄒ니 치

P.49

봉이 단장을 졍히 ᄒ고 즁당에 들어가 부인게 뵈옵고 쏘 소졔게 뵈온되 쇼졔 치봉을 ᄒ 번 보미 요요ᄒ 틱도와 운빈홍안이 인즁호걸이요 녀즁졀식이라 치봉이 아미를 드러 쇼져를 바라보니 셔왕모 요지연에 반도 진상ᄒ는 듯 히당화 봉뎝을 만난 듯 졍신이 황홀하여 다시 보기 어렵더라 쇼졔 치봉다려 문왈 네 나흔 멎치며 고셔를 보아는다 치봉이 되왈 소비 나헌 십뉵 셰요 글은 풍월귀나 ᄒᄋᆸ나이다 쇼졔 즉시 풍월 일슈를 작ᄒ니 치봉이

바다보고 화답ᄒ니 글 쓷지 옛날 니틱빅 두목지에셔 나으니
진짓 남의 죵노릇ᄒ기 앗갑더라 소졔 모친게 엿ᄌ오듸 부친은
엇지ᄒ여 져런 죵을 밧게 두고 사환

시기옵나잇가 금일부터 늬 몸죵과 밧고와 ᄉ환 식히고져 ᄒ나
이다 ᄒ고 말삼ᄒ던 츠에 승상이 드러오거늘 쇼졔 승상게 문안
후 엿ᄌ오듸 칙봉을 쇼녀의 몸죵과 밧고와 ᄉ환ᄒ오면 죠흘가
바라나이다 승상이 늬심에 싱각ᄒ되 칙봉은 비록 죵이나 빅ᄉ
에 모르는 거시 업고 겸ᄒ여 녈졀이 고금에 드믄지라 쇼져를
주어 세상에 십이ᄉ을 알게 ᄒ미 올타 ᄒ여 허락ᄒ거늘 칙봉이
늬심의 반가와 쇼져을 모시고 후원으로 드러가니 졍즁에 연못
을 파고 일엽쇼션을 씌워시니 봉졉은 날아들고 원앙은 쌍쌍이
츔을 츄고 연화 만발ᄒ여 미인을 ᄉ랑ᄒ난 듯 만발화쵸를 쳐쳐
의 심어쓰니 ᄉ람의 졍신을 놀늬는지

라 빅을 타고 연당의 들어가니 빅옥쥬츔며 산호연을 걸어시니
광치 찬란ᄒ고 벽셔을 쎠스되 왕모난 조금졍이요 쳔비는 봉옥
반이라 ᄒ엿시니 별유쳔지비인간일어라 칙봉이 그 활달ᄒ믈
칭찬ᄒ더라 쇼져 칙봉으로 더부러 형제 갓치 사랑ᄒ니 졍이
골육이나 달으지 아니ᄒ더라 일일은 월싴에 만졍ᄒ고 쳥풍은
쇼슬ᄒ듸 장부의 마암을 돕난지라 칙봉이 늬심의 싱각ᄒ되 오

날밤은 쇼져를 취ᄒ고 공명을 셰울 마암이 심즁의 가득ᄒ여 잠을 일우지 못하더니 쇼졔 잠을 깁히 드럿난지라 치봉이 일어 안지며 쇼져을 ᄭᆡ워 왈 꿈이 이상ᄒ여이다 쇼져 왈 엇더ᄒᆫ 꿈이뇨 치봉이 디왈

P.52
몽즁에 쇼져로 더부러 황뇽ᄉ에 가오니 부쳐님이 쇼져의 봉치를 쇼비를 쥬어 왈 후일 도로 쥬라 ᄒ오니 엇더ᄒᆫ 몽ᄉ온지 아지 못ᄒ리로쇼이다 쇼졔 모부인 모시고 황뇽ᄉ에셔 슈일 치셩ᄒᆯᄉᆡ 봉치 일으믈 싱각ᄒ고 의심ᄒ여 왈 너난 ᄂᆡ일부터 외당의 나아가 사환ᄒ라 ᄒᆫᄃᆡ 치봉이 싱각ᄒ되 명일 쏘치여 나가면 쇼져를 언졔 다시 만나리오 금야에ᄂᆞ 결탄고 셩ᄉᄒ리라 ᄒ고 쇼져의 손을 익글고 왈 봉치 일은 일도 싱각지 못ᄒ옵고 ᄉᆞ람도 알아보지 못ᄒᄂᆞᆫ닛가 ᄒ며 봉치을 가져왓시니 보라 ᄒ고 품으로 ᄂᆡ여 놋커날 쇼져 디경ᄒ여 벽상의 걸닌 장금을 ᄲᅢ여 ᄌᆞ문코져 ᄒ거날 싱이 붓들

P.53
고 왈 쇼져난 이다지 고집ᄒᄂᆞᆫ이가 하날이 연분을 졍ᄒ시고 황뇽ᄉ 붓쳐임이 지시ᄒ여ᄉᆞ오니 달니 싱각 마옵고 텬졍을 어긔오지 마옵쇼셔 쇼졔 침음냥구에 젼후ᄉᆞ를 싱각ᄒ여 다시 긔상을 살펴보니 텬디죠화와 만고흥망을 품어시니 사람의 정신을 놀ᄂᆡ는 듯ᄒ더라 쇼졔 엇지 버서나리요 말슴을 나직이 ᄒ여

왈 숀을 노코 물너 안지쇼셔 이 지경 되어스오니 상공의 셩명은 무어시며 사시는 고향은 어듸오며 부모임은 뉘신이가 싱이 왈 사옵기는 남양 셜학동이요 셩명 임호은이요 부모는 어려셔 이별ᄒ여삽기로 모로노소이다 소졔 왈 하날이 연분을 졍ᄒ신 빅요 부쳐임이 지시ᄒ신 빅라 인력으로 못할 빅오니 임의 봉치은 가져다가 후일에 신표을 삼으시고 부듸 뎐졍을 어긔오지 마옵소셔 ᄒ고 문 밧긔 나와 텬

문을 바라보니 제직셩에 말근 별이 덥퍼 흐롱하거늘 가장 고이히 역겨 방으로 드러와 주역과 텬긔됴요와 원쳔강을 늬여보니 금일이 젼안시가 합당하거날 무가늬하라 원앙금침 펼쳐노코 동슈ᄒ니 건곤지졍이 비할 듸 업더라 차시 계명셩이 들니거늘 소졔 임싱을 씌와 왈 금방 과거에 부친임이 시관으로 드러가오니 부듸 공명을 현달ᄒ옵소셔 ᄒ며 피츠 언약을 젼흔 후 은ᄌ 오십 냥을 주어 왈 과거에 보틱여 씨옵소셔 ᄒ고 인ᄒ여 담당 밋헤 나와 젼송ᄒ고 드러와 셥셥히 안져 싱을 츅슈ᄒ더라 이날 밤에 승상이 일몽을 어드니 소져의 방에 쳥뇽이 나려와 소져로 희롱ᄒ거늘 놀나 씌다르니 침상일몽이라 직시 부인을 쳥ᄒ여 왈 금번 과거에 장원급졔로 녀식의 빅필을 삼

으리라 ᄒ고 말삼ᄒ더니 추시 소져 문안ᄒ고 엿ᄌ오되 간밤에

치봉이 도망ᄒ여나이다 ᄒ거날 승상이 왈 가져간 거시나 업는냐 쇼졔 왈 졔 몸만 도망ᄒ여나이다 승상이 ᄃᆡ로ᄒ여 즉시 비복을 불너 왈 황농ᄉᆞ에 가 노승을 잡어 오라 ᄒ신ᄃᆡ 비복등이 령을 듯고 황룡사에 가 노승을 잡어왓거날 계하에 ᄭᅮᆯ니고 분부 왈 치봉이 긔야의 도망ᄒ여시니 급히 ᄎᆞ쳐 드리라 ᄒᆞᆫᄃᆡ 노승이 엿ᄌᆞ오ᄃᆡ 졔가 의식이 실희여 도망ᄒ여사오니 어ᄃᆡ 가 찻사올리가 다른 변통 업ᄉᆞ오니 그 갑을 도로 밧쳐지이다 ᄒᆞ고 즉시 은ᄌᆞ 오십 냥을 밧치고 졀에 도라오니 ᄭᅵᆼ이 발셔 왓는지라 노승이 ᄃᆡ희ᄒ여 문왈 엇지 시험ᄒ여나니가 ᄭᅵᆼ이 ᄃᆡ왈 여ᄎᆞ여ᄎᆞᄒ고 봉ᄎᆡ로 후일 신표를 삼고 도라왓나이다 노승이 깃거 왈 이 곳은 사람이 왕ᄂᆡ쳐라 ᄒᆡ여

P.56

두렵ᄉᆞ오니 남으로 슈십 니을 가오면 ᄌᆞ연 구휼 ᄉᆞ람이 잇ᄉᆞ오니 그리로 가쇼셔 ᄭᅵᆼ이 올히 역여 노승을 작별ᄒ고 남편 황셩으로 향ᄒ더니 홀연 풍뉴셩이 은은이 들니거늘 점점 차져가니 층암졀벽 간에 수간 초당을 지어난ᄃᆡ 공ᄌᆞ 왕손이며 풍뉴호걸드리 오음뉵률을 희롱ᄒ며 노ᄅᆡ 부르거날 ᄭᅵᆼ이 당상에 올나가 녜필 좌졍 후 ᄭᅵᆼ이 왈 쇼ᄭᅵᆼ도 쥬류사히로 단이옵다가 우연이 이 곳에 왓ᄉᆞ오니 좌말에나 참녜할가 바라나이다 한ᄃᆡ 모든 사람드리 허락ᄒ거늘 ᄭᅵᆼ이 눈을 드러 살펴보니 그 즁에 미이라 ᄒᆞ는 기ᄭᅵᆼ이 년광이 십뉵 셰로ᄃᆡ 제 눈에 드는 사람이 업셔 규즁에셔 늘글가 염녀ᄒ여 풍뉴당을 지어노코 사람을 틱ᄒ더니

차일에 싱이 당도ᄒ여난지라 임싱 눈을 드러 다시 보니 칠보단
장에 홍상이 더욱 묘

P.57

ᄒ거늘 싱이 뇌심에 당쇼져 이곳에 온가 마음이 살난ᄒ여 바로
문답지 못할네라 미이 눈을 드러 살펴보니 말셕에 안진 공지
비록 츄비ᄒ나 흥망죠화며 산쳔졍기 미간에 은은이 비쵀거늘
미이 뇌심에 싱각ᄒ되 뇌 몸이 비록 쳔ᄒ나 져런 령웅을 어더
빅년 동낙ᄒ미 이 아니 죠흘숀가 희ᄉᆨ이 만면ᄒ더라 임싱이
탄복왈 셰상에 댱뷔 되어 져런 미녀를 취ᄒ여 빅년 긔약을 졍ᄒ
면 아니 경일숀가 잇디 싱이 미이다려 말ᄒ여 왈 학싱을 누추타
아니시고 슐를 은공이 부어쥬시니 감ᄉᄒ여이다 ᄒ고 ᄒ 슌비
더 쳥ᄒ거늘 미이 답왈 남의 갑든 슐을 그만 디졉ᄒ기도 과만ᄒ
거든 엇지 더 쳥ᄒ시난이가 슐이 납부시거든 힁화쵼으로 가옵
쇼셔 ᄒ며 반쇼반약ᄒ거늘 싱이 디왈 그러ᄒ나 풍뉴

P.58

셩에 써날 마음이 바이 업ᄉ오니 한 잔 더 쳥ᄒ나이다 미이
슐을 부어들고 노릭ᄒ여 왈 이 슐 ᄒ 잔 ᄌᆞ부시면 쇼원 셩취허리
이다 이 슐이 슐이 아니오라 한무졔 승노반에 이실 바든 쳔일쥬
오니 씨나다나 잡으시오 이리 한창 논일 져게 동직 드러와 여자
오디 낙양호걸이 오나이다 ᄒ거늘 쫭즁이 황황하여 계하에 나
려 맛거날 싱이 문왈 엇더ᄒ 사람이완디 이다지 겁ᄒ나니가

좌즁이 되왈 이 사람의 셩명은 협되오 기운이 밍호를 임의로 살히ᄒ옵기로 다 두려 ᄒ나이다 흔되 호은 왈 그러ᄒ면 져 놈의 막하에 잡힌 복심 노릇만 ᄒ오리가 즁인이 합녁ᄒ면 나도 그 뒤흘 짜올이다 좌즁이 되왈 그런 외람흔 말 닉지 말나 ᄒ고 멀니 나가 맛거늘 호은이 눈을 드러 살펴

P.59

보니 신장이 구 척이요 사람은 삼국젹 댱익덕 갓고 두 눈은 홰불 갓고 위풍이 진실노 호걸이라 호은이 모르난 쳬ᄒ고 난간을 의지ᄒ여 안져더니 협되 눈을 드러 스면을 살펴보니 흔 쇼년이 난간에 의지ᄒ여 좌이부동ᄒ고 안져거늘 협되 되로ᄒ여 문왈 져 놈이 엇더흔 놈이완되 어룬이 드러 오시난되 영덥지 아니ᄒ고 당돌이 안져ᄂ뇨 좌우을 호령ᄒ여 져 놈 닉입ᄒ라 흔되 좌위 령을 듯고 일시에 달여드니 호은이 되로ᄒ며 한 쥬먹귀로 슈십 명을 당ᄒ거늘 협되 되로ᄒ여 쳘퇴로 호은을 치니 호은이 뉵졍뉵갑으로 진언을 념ᄒ여 혼빅을 직히오고 거짓 등신이 거 쑤러지거늘 협되 호령왈 그 놈의 시신을 강즁에 더지라 ᄒ니 졔인이 이연ᄒ나 호령이 츄상갓튼지라 할 슈 업셔 신체을 들고 가믹 믹이 그 거동을 보고 낙심ᄒ여

P.60

ᄒ더라 차시에 신체는 간 곳 업고 호은이 드러와 되쇼 왈 너는 사람 죽이기을 죠아 ᄒ는 놈이라 네 힘이 만커든 나를 되젹허라

흔디 협디 이윽히 보다가 계하에 닉려 복지 쥬왈 쇼장이 년쇼흐
와 장군을 모르웁고 장령을 어긔여스오니 죄스무셕이로쇼이다
잔명을 살녀쥬시면 일후 아장 되와 견마의 힘을 다흐와 은혀를
갑스오리다 흐고 익걸흐거늘 호은이 반쇼 왈 너을 쇼당 죽일
거시로디 항즈을 불시라 흐여기로 용셔흐노니 차후에 그런 힝
실을 곳치라 흐고 당상에 쳥흐여 지필을 닉여 일후 아장 차졉을
써쥬고 죵일 미이로 더부러 질기다가 파연곡을 쥬흐는지라 졔
인들은 각각 허여지고 호은은 쥬졈에 도라와 셕반을 물니고
화류쵼으로 차즈가니라 잇써 미이 집에 도라와 동즈

P.61

을 불너 왈 금일 싱이 니 집으로 올 거시니 쳥흐여 모시라 흐고
방즁 쇼쇄흐더라 츠셜 동지 령을 듯고 문에 나와 고디흐더라
맛침 임싱이 당도흐여난지라 동지 문왈 임상공이신이가 싱이
디왈 엇지 날을 아난뇨 동지 디왈 우리 쥬모임이 가르치신 비라
흐고 인도흐거날 싱이 동즈를 싸라 드러가니 미이 계하에 나려
마즈 방즁에 드러가니 ▢▢ 스창에 니티빅 두즈미의 풍월시을
부쳐시니 그 졍결흐미 충냥 업더라 미이 쥰찬을 닉여 디졉흐며
말슴을 나죽이 흐여 왈 쳡이 아름답지 못흐오나 상공은 더럽다
마웁고 쳡의 일신을 거두어 쥬웁쇼셔 흐며 익걸흐거날 싱이
허락흐고 셔로 졍표흔 후 금침을 펼쳐노코 동침흐니 건곤지졍
이 비홀 디 업더라 그날부터 날마

다 화류각에 올나 연일 질기미 비홀 뒤 업더라 이러구러 슈삭을 지나미 잇찌는 국틱민안ᄒ고 가급인즉이라 황졔 틱평과를 뵈실 시 텬ᄒ 션비 구름 뫼듯ᄒ더라 각셜 호은이 과거 긔별을 듯고 힝장을 ᄎ려 과장에 드러가니 잇찌 니승숭이 시관으로 드러왓거늘 호은이 닉심에 반가오되 승상이야 웃지 알리요 인ᄒ여 글계를 걸어거늘 션졔판을 바라보니 평싱 닉이든 비라 일필휘지ᄒ여 션장의 밧치니 시관이 바다보고 딕찬딕층ᄒ여 ᄌᄌ 관쥬요 귀귀 비졈이라 그 들장을 탑젼에 올려 왈 이 글 뜻이 가장 웅활

ᄒ오니 도즁원에 휘장ᄒ여지이다 ᄒ고 비봉을 기탁ᄒ니 남양 셜학동 님호은이라 즉시 녜관을 명ᄒ여 호은 ᄎᄌ라 ᄒ니 녜관이 녕을 듯고 츈당딕의 나와 호명ᄒ더라 잇찌 호은이 미이 집에 나와 쉬던니 호명셩을 듯고 의관을 졍졔ᄒ고 궐닉에 드러가 황숭게 ᄉ은슉비ᄒ온딕 상이 호은을 보시고 층찬왈 십 오 년 젼에 북두칠셩이 북방의 써러져 뵈니 영웅이 나리라 ᄒ엿든니 과연 이 스람이 낫도다 ᄒ시고 어쥬 삼 빈에 어마 임필을 ᄉ급ᄒ시고 쳥홍기며 어젼 풍악을 ᄉ급ᄒ시다 임급졔 쳥홍기을 압셰우고 어젼 풍악이며

청사관디의 어스화를 곳고 장안 디도승으로 완완이 나아오니 관광 졔인드리 뉘 아니 층찬ᄒ리요 바로 미이 집으로 도라오니 미이 그 거동을 보고 반가오미 층량업더라 호은이 몸은 영귀ᄒ 느 부모의 스싱존망을 몰나 눈물이 나ᄉᆷ을 적시오더라 각셜 니승승이 금방 중원으로 소져의 빈필을 사물까 ᄒ얏든니 하방 쳔ᄒ 스람이라 일변 분ᄒ야 집으로 도라오다가 즁노의셔 스승 상을 맛ᄂ 말ᄒ되 그디의 아들이 금방 장원을 홀가 ᄒ야더니 승장원의 쌔여스니 분ᄒ도다 ᄒ고 쥬져ᄒ더니 스승상이 왈 니 ᄌ식이 승장원ᄒ여스오ᄂ 듯ᄌ오니 그디의 여

식이 녈녀지졀이 장ᄒ다 ᄒ오니 쳥혼ᄒ나이다 ᄒ디 승상이 왈 니일 ᄌ졔를 다리고 니 집으로 와 넘녀 셔로 ᄎ등을 보리라 ᄒ고 집의 도라와 부인다려 말ᄒ되 금번 장원급졔는 하방 스름 이 ᄒ엿기로 오ᄃ가 스승상를 맛ᄂ 그 아들과 뎡혼ᄒ려 ᄒᄂ이 다 부인이 디왈 스승상의 아들을 친이 보아 계시잇가 승승 왈 명일 니 집으로 오면 남녀 셔로 ᄎ등를 보리라 ᄒ던 ᄎ에 소졔 니당의겨 임호은이 장원급졔ᄒ엿단 말을 듯고 반계 부친젼의 고ᄒ려 ᄒ고 ᄂ오다가 즁헌에서 드르니 스승샹이 구혼ᄒ단 말 을 듯고 마음의 불안ᄒ여 부친젼의 문안ᄒ여 왈 부친임은 금방 장원를 보아게신

P.66

잇가 승상 답왈 수승상의 아들이 텬하의 긔남지라 너와 빅필를
정코자 하노라 쇼졔 변식 되왈 수승상의 아들 아장원급졔하엿
난잇가 승상 왈 장원은 하방 스름이요 이 스름은 숨장원이라
한디 쇼졔 작식 왈 부친이 전일의 말슘하되 금번 장원과 정혼할
것노라 하시더니 지금 당하여 실언하시니 부모의 도리 아니로
소이다 승승이 디칙왈 국즁 쳐지 혼담의 참예홀 비 아니라 하신
디 쇼졔 곳쳐 엿즈오디 소녀의 말이 그르다 하와도 전왕 픠승왕
이 여식를 양할 씌에 네글 자라면 널을 도한 쥬기노라 하엿더니
그 쳐즈 쟝셩하민 부원군되의셔 구혼하온즉 그

P.67

녀즈 엿즈오디 젼일 부왕게옵셔 말슘하되 도한의게 쳥혼하기노
라 하시더니 지금 여츠하시니 쇼녀은 쥭스와도 도한의게 출가
하게 하옵셔 하기로 그 녀즈의 졀긔 퇴산 갓흐여 지금 유젼하난
녈젼이 이르러 쳔츄에 젼하오니 녀즈의 졍졀은 피츠 일반이라
눈물을 머금고 졔 방으로 도라가 밤시도록 한탄하더라 승상부
부 녀식의 졀긔를 탄복더라 잇튼날 큰 쥰치를 빅셜하고 사승상
오기를 고되하더니 맛츰 사승상이 아들을 다리고 왓거늘 니승
상이 신릭를 두어 번 진퇴허고 당상에 안치고 담낙하든 츠에
임호은이 미이 집에셔 밤을 지뇌고 그날 니승상되에 가니 니승
상이 왈 금일은 귀긱을 모셔기로 졉되치 못하니 명일 오라 할
지음에 사승상이 실뇌를 쳥하거늘 니승상도 한 가지

로 신릭을 진퇴홀식 사승상이 빅 가지로 불니거늘 호은이 긔운
이 ᄌ진ᄒ여 쌈이 흘너 옷슬 젹시더라 잇씨 쇼졔 임싱이 슈욕본
단 말을 듯고 시비를 거나리고 즁문에셔 보니 맛참 진퇴는 필ᄒ
고 당상에 뫼셔 좌졍 후 장상이 들믹 쇼져 여허보니 만단진미를
차려시되 임호은의 상은 허쇼ᄒ니 쇼졔 마음에 분ᄒ여 눈물이
히음업시 나더라 사승상이 슐이 만취ᄒ민 닉심에 쥬인 쇼져를
보려ᄒ고 니승상다려 왈 그뒤의 녀식을 보고져 ᄒ노라 니승상
이 시비를 명ᄒ여 쇼져를 쳥ᄒ거늘 임급졔 변식 왈 사승상은
옥당 ᄉ부로 일국직상이라 남의 규즁쳐ᄌ을 외긱이 쳥ᄒᆫ 거
시 직상의 도리 아니가 ᄒ나이다 직상 되고야 이러ᄒ 힝실이
어뒤 잇시리요 니승상이 뒤로ᄒ여 ᄒ력코져 할 지음에 사승상
의 아들이 노복을

명ᄒ여 임급졔를 결박허라 ᄒ뒤 노복이 령을 듯고 임급졔의게
달녀들거늘 임급졔 뒤로ᄒ여 ᄒ 숀으로 슈십 명 노복을 물니치
고 뒤미왈 너도 네 아비 힝실을 본바다 훗사람을 더럽게 ᄒ난다
나는 ᄒ방 쳔토지인이라 명텬이 감동ᄒ사 국은이 막즁ᄒ여 몸
이 영귀ᄒ여건이와 너의 기 갓튼 놈덜과 동좌ᄒ리요 ᄒ고 위염
이 늠늠ᄒ거늘 좌즁이 살난ᄒ여 엇지 할 줄 모를 지음에 임급졔
하인을 명하여 좌말을 뉘여타고 인ᄉ 업시 미이 집으로 도라오
니라 차셜 쇼졔 즁문에셔 님급졔 ᄒ난 거동을 보고 뇌심에 상쾌

이 역이더니 시비 드러와 쇼져게 엿즈오되 승상이 텽ᄒ나이다
쇼져 회답ᄒ여 왈 외인이라 한 가지로 ᄎ등 보려ᄒ니 즁직에
거ᄒ 사람의 힝실이 아니요 규즁쳐즈의 범졀이 아니라 급피
도라고 더듸지 말나 ᄒ되 사승상이 무류ᄒ여 아들을 다

리고 도라가니라 소제 마음을 진졍치 못ᄒ야 밤이 깁도록 잠을
이루지 못ᄒ고 ᄂ심의 ᄉᆡᆼ각ᄒ되 지금 부친젼에 젼후 ᄉ실을
고ᄒ고 임급계와 셩례ᄒ미 올타 ᄒ고 외당으로 ᄂ오니라 각셜
승상이 부인으로 더부려 소제에 혼ᄉ 의논허니 소제 드러와
복지ᄒ고 왈 소녜 부모젼의 죽을 죄를 지여ᄉ오니 죽기을 쳥ᄒ
ᄂ이다 승상과 부인이 늘ᄂ 왈 무삼 연고냐 소제 엿즈오되 부친
님은 금방 장원급제 임호은을 아시ᄂᆞ잇가 승상이 왈 ᄂᆡ 엇지
알니요 소제 되왈 젼후 ᄉ적을 즈셔이 알외리이다 소녜 모부인
모시고 거월 망일의 황뇽ᄉ의 가와 치셩ᄒ옵고 호련이 몽ᄉ을
어드니 부쳐님이 소녜을 불너 ᄒ 공ᄌ를

압헤 안치고 녜을 식히고 슐을 부어쥬라 ᄒ시기로 한 준을 부어
쥬니 그 공ᄌ는 바더먹삽고 쇼녀는 붓그러워 슐을 아니 먹ᄉ오
니 부쳠임이 되칙왈 너의 텬졍을 거역하난다 하옵거늘 쇼녜
ᄉ례코져 할 지음에 머리에 ᄭᅩ즈던 봉치 쌔져 ᄯ에 써러지믹
부쳠임이 말슴ᄒ시되 져 봉치을 가져다가 후일 신물을 삼으라

ᄒᆞ온듸 그 공ᄌᆞ 가지고 밧그로 나가오믹 쇼녜 놀라 ᄭᅢ다르니 일몽이라 고이히 녁여삽더니 ᄉᆡ벽에 불젼에 ᄉᆞᄇᆡᄒᆞ옵고 나옵더니 문 밧게 한 공ᄌᆞ 잇셔 피치 아니ᄒᆞ옵거늘 쇼녜 도로 피신ᄒᆞ여 돌쳐셜 ᄯᅢ에 머리에 ᄭᅩ져던 봉ᄎᆡ 졀노 ᄲᅢ져 ᄯᅡ에 ᄭᅥ러지오믹 셧던 공ᄌᆞ 거두어 가오믹 참괴ᄒᆞ와 말ᄉᆞᆷ도 모친게 고치 못ᄒᆞ와 삽더니 향ᄌᆞ에 치봉이와 봉ᄎᆡ로 언약을 졍ᄒᆞ옵고 갓ᄉᆞ오니 엇지 살

기를 바라잇가 ᄒᆞᆫ듸 승상 왈 네 발셔 날다려 말할 거시여늘 이졔야 말ᄒᆞᄂᆞ뇨 그러ᄒᆞ나 무슴 면목으로 입급졔을 듸면ᄒᆞ리요 명일 죠회에 드러가 황상게 쥬달ᄒᆞ여 뇌졍ᄒᆞ리라 ᄒᆞ고 부인다려 혼인 졔구을 쥰비ᄒᆞ라 ᄒᆞ고 익일 예궐ᄒᆞ와 황상게 이 연유를 쥬달ᄒᆞ은듸 상이 반기ᄉᆞ 쾌허ᄒᆞ시다 차셜 임급졔 미익 집에 도라와 분을 참지 못ᄒᆞ여 잠을 일우지 못ᄒᆞ고 평명에 궐닉에 들어가 복지ᄒᆞ온듸 상이 친견ᄒᆞᄉᆞ 벼살을 도도와 할임학ᄉᆞ에 니부시랑을 졔슈ᄒᆞ시고 만죠를 모ᄒᆞᄉᆞ 왈 짐이 한 여식이 잇ᄉᆞ니 임호은으로 부마를 삼고ᄌᆞ ᄒᆞᄂᆞ이 승상 역식은 황룡샤 부쳐님이 졍혼ᄒᆞᆫ 빈니 몬져 셩예ᄒᆞ고 공쥬로 지취를 졍할리라 니승승

이 황송 퇴죠ᄒᆞ다 각셜 상이 승상 녀식으로 션ᄎᆔᄒᆞ고 공쥬로

지취를 경ᄒᄂ니 뎐안을 슈이ᄒ라 지쵹ᄒ시ᄃ 잇씨 호은이 이러 ᄉ빅 왈 신이 ᄒ방 쳔칭으로 몸이 영귀ᄒ야ᄡ오나 공쥬는 만승지옥엽이오니 만만 황공ᄒ여이다 황상이 왈 경은 아무리 ᄒ방 쳔칭이나 왕후장상이 엇지 씨가 잇스리오 경은 물번ᄒ라 각셜 임시랑이 니승상 소졔로 더부러 뇩녜을 맛고 이날 밤에 동침ᄒ니 견권지졍이 젼일보단 십 빅ᄂ 더 ᄒ더라 임시랑이 젼ᄉ를 싱각ᄒᄆ 일희일비ᄒ야 부모 싱각이 간졀ᄒ더라 이튼날 승상 양위젼에 문안ᄒ온ᄃ 승상 부부 질기ᄆ 층냥업더라 인ᄒ여 궐ᄂ에 드러가 황상젼에 복지ᄒ온ᄃ 상이 반기ᄉ 어쥬를 ᄉ급ᄒ시고 못ᄂ 층찬ᄒ시더라

차셜 시랑이 니승상 집에 도라와 길복을 갓쵸고 궐ᄂ에 드러가 공쥬로 더부러 젼안지녜을 맛고 동좌ᄒ니 그 위의거동이 엄슉더라 일낙셔산ᄒ고 옥퇴동령에 오르ᄆ 시비 시랑을 인도ᄒ여 ᄂ뎐에 들ᄆ 공쥬 이러 맛거날 시랑이 쵹을 물니고 공쥬로 더부러 동침할ᄉ 원앙이 녹슈에 놀더라 잇튼날 시랑이 황상ᄭ 슉빅ᄒ온ᄃ 상이 질기ᄉ 희식이 만면ᄒ시더라 인ᄒ여 별궁을 짓고 공쥬은 빅화당에 쳐ᄒ게 ᄒ여 시녀 삼빅으로 모시게 ᄒ고 니쇼져는 변츈당에 쳐ᄒ게 ᄒ여 시녀 삼빅으로 시위ᄒ게 ᄒ고 시랑은 만월졍에 거ᄒ여 미이로 뫼시라 ᄒ고 노비 젼답과 금은 치단을 무슈이 ᄉ급ᄒ시다 각셜 사승상이 졀통코 분ᄒ여 임호은 히할 ᄯᄌ을 두고 날노 꾀을 싱각ᄒ더라 차시는 황뎨 즉위 오

년이라 시절이 연

흉ᄒ고 관심이 고약ᄒ여 빅셩이 도탄 즁에 잇셔 북방이 요란ᄒ
지라 황상이 근심ᄒ사 만죠을 모으시고 왈 북방 안찰ᄉ 되어
빅셩을 안돈ᄒ고 국가에 근심을 덜 지 뉘 잇시리요 임호은이
츌반 쥬왈 쇼신이 하방 쳔칭이오나 국은을 만분지일이나 갑삽
고 또한 부모의 사싱을 아옵고 빅셩을 안졍ᄒ리이다 쥬달ᄒ되
샹이 딕희ᄒᄉ 임호은으로 슌무안찰ᄉ을 ᄒ이시고 쉬이 회환
ᄒ라 ᄒ시다 차셜 임시랑이 직일 발힝홀ᄉᆡ 니승상 양위게 ᄒ식
(직)고 두 부인게 이별ᄒ고 또 미익를 불너 왈 그뒤은 두 부인
과 여러 부모를 뫼시고 무양ᄒ라 ᄒ고 바로 궐뇌에 드러가
쳔즈게 ᄒ직ᄒ고 발힝ᄒ여 슈일 만에 하동에 다다르니 열읍이
딕령ᄒ여더라 각셜 댱쇼졔 임쳐ᄉ 양위를 모시고 임싱의 쇼식
을 몰나 쥬

야 근심ᄒ더니 일일은 쇼져 일몽을 어드니 임싱이 쳥룡을 타고
텬상으로 올나가 뵈이거늘 쇼졔 몽ᄉ을 쳐ᄉ 양위게 말ᄉᆷᄒ되
쳐ᄉ 부부 뇌심에 싱각ᄒ되 분명 죽어도다 ᄒ고 양텬통곡ᄒ거
늘 쇼졔 이연ᄒ여 발곡 통곡ᄒ니 산쳔이 실허ᄒ더라 쳐ᄉ 부부
쇼져의 경상을 보고 엇지 할 쥴을 모로더라 댱쇼져 이날부터
신위을 빅셜ᄒ고 죠셕 상식을 밧들며 허숑셰월ᄒ더라 각셜 안

찰스 임호은이 하동읍에 드러 젼령왈 니 짜 북쵼에 댱승상의
녀식이 지덕이 겸젼ᄒ다 ᄒ니 그 ᄃᆡ에 마픠을 보ᄂᆡ여 혼스를
졍ᄒ라 ᄒᆞᄃᆡ 본관이 령을 듯고 좌슈을 보ᄂᆡ여 댱승상ᄃᆡ을 차지
라 ᄒ니 좌쉬 마픠을 가지고 댱승상ᄃᆡ에 가 문안ᄒ고 이 ᄃᆡ이
댱승상ᄃᆡ이온잇가 쳐시 왈 그러ᄒ나 죤긱은 어ᄃᆡ 계신잇가 ᄃᆡ
왈 북방 안찰스의 봉

P.77

령ᄒ여 왓스오며 ᄃᆡ에 소졔 지덕이 겸젼ᄒ다 ᄒ고 싱으로 ᄒ여
금 마픠를 가지고 가서 쳥혼ᄒ라 ᄒᆞᆸ기에 왓나이다 쳐시 왈
죤긱은 그릇 듯고 왓나이다 이 ᄃᆡ에 녀즈 잇스오나 션비 임싱과
빅년 언약을 졍ᄒ고 간 후 슈년에 쇼식도 묘연ᄒ고 몽죠도
불길ᄒ여 지금 신위를 비셜ᄒ고 죠셕 향화을 밧드나이다 녜관
왈 봉령하고 왓다가 무연이 가오면 쳬모 아니오니 귀ᄃᆡ이나
구경할가 ᄒ나이다 쳐시 허락ᄒ고 인도ᄒ여 ᄂᆡ졍에 드러가
후원에 다다르니 흔 녀지 피발허고 상텬에셔 통곡ᄒ니 산쳔쵸
목이 다 실허ᄒ더라 녜관이 살펴보니 비록 거상은 입어시나
왕후의 비필이 당당흔지라 이윽히 쥬져ᄒ다가 쇼져의 안광에
들킨지라 쇼졔 시비을 불너 ᄃᆡ칙왈 외인이 엇지 후원을 당ᄒ여
나뇨 썰이 물

P.78

니치라 호령이 츄상 갓튼지라 관인이 황공ᄒ여 외당에 나와

쳐스게 ㅎ직ㅎ고 도라가 어스의게 젼후슈말을 고ㅎ되 어시 이 말을 듯고 늬심에 탄복ㅎ여 왈 산쳔은 변ㅎ기 쉽거니와 댱쇼져의 마음이야 변홀가 날을 죽은 줄노 알고 발상ㅎ여도다 직시 하령왈 댱승상틱으로 사처를 졍ㅎ라 ㅎ인이 령을 듯고 댱승상틱에 가 외당을 쇼쇄ㅎ니 댱쇼져 싱각ㅎ되 힝여 부친의 아난 직상이 오는가 ㅎ더라 차셜 안찰시 하인을 령쇽하여 오더니 잇써 어스부부 즁헌에서 힝차을 구경ㅎ다가 마음이 쥬연 비감ㅎ여 왈 우리 즈식도 사라시면 져럿틋 영화을 볼거슬 죽어는지 스라는지 ㅎ며 눈물을 흘니더라 잇써 어시 외당의 졍좌ㅎ고 지필을 늬여 셔찰을 닥글시 만단 스졍을 긔록ㅎ여 시비를 불너 쥬어 보닉니라 시비 바더 가지

고 드러가 소져게 드린되 잇써 쳐스 부부 구경ㅎ고 늬당에 도라와 쇼져로 더부러 편지를 기간ㅎ니 기 셔에 ㅎ여시되 할님학스 니부시랑 겸 북방 안찰스 임호은는 두어 셔쯔를 올닌니 늬 몸이 명도 긔박ㅎ와 오 셰의 부모를 니별ㅎ고 혈혈단신이 샤희를 집을 숨아 단이옵다가 쳔힝으로 유슈션싱을 만느 공부허여이 몸이 영귀ㅎ오느 우으로 부모의 스싱을 몰우옵고 쏘 그딕에 스싱을 몰나 쥬야 원이러니 텬위신죠ㅎ스 북방 안찰스를 ㅎ이시믹 본읍의 들어와 빅셩을 안동ㅎ고 소져의 쇼식을 알고져 ㅎ여 예관을 보닉여 탐지흔직 쳔금귀톄 평안ㅎ시드 ㅎ니 만힝이오며 듯스

214 임호은젼

온즉 날를 죽은 줄 알고 초토에 게시다 ᄒ니 닉 만일 쥭어시면
니케니와 국은이 망극ᄒ여 영화로이 왓스니 소져는 우려 말고
보기를 청ᄒᄂ이다 쳐스 부부와 소제 편지를 보고 엇지 할 쥴
몰ᄂ 쥬져ᄒ다가 즁당에 나와보니 과연 호은의 긔상이라 엇지
몰으리요 호은의 손을 잡고 통곡 긔졀ᄒ니 어시 무슴 연곤 쥴
몰ᄂ 황황하든 츳에 모드 스름들이 임쳐스의 부부라 ᄒ거늘
어시 ᄌ셔히 살펴보니 과연 부모의 형용이라 즉시 계ᄒ에 ᄂ려
복지 통곡 왈 불초ᄌ 호은이 왓ᄂ이다 ᄒ고 슬피 울거늘 쳐스부
부 정신 차려 호은를

붓들고 십 년 긔리던 졍회를 벼풀며 왈 너를 차ᄌ단이다 댱쇼져
를 만나 동거ᄒ던 말을 셜화ᄒ며 소저를 청ᄒ니 쇼져 소복을
벗고 치의 가쵸고 드러와 안찰스을 딕ᄒ니 반가오믈 엇지 층량
ᄒ리요 비컨딕 호뎝이 연화를 맛난 듯ᄒ더라 어시 부모를 모시
고 고싱ᄒ던 셜활를 펼시 유슈션싱 만나 십 년 공부ᄒ옵고 셰계
로 나올 씨 우연이 이 집에와 댱쇼져를 만난 말슴과 쇼져를
이별ᄒ고 황룡스에 가 잇습더니 부쳐임이 지시ᄒ여 니쇼져 만
나던 셜화며 황셩으로 가다가 미이 만나던 말며 니쇼졔 은ᄌ
오십 냥 쥬어 과거 보아 장원급졔ᄒ던 말이며 텬직 사랑ᄒ사
부마 된 말슴이며 이 집에 와 흉귀 쇼멸ᄒ던 말슴을 낫낫치
셜화ᄒ여 십 년 지졍을 베풀더라 일낙ᄒ믹 본부에 젼령ᄒ여

큰 잔치

를 비셜허고 질기더라 잔치을 파흔 후 이 스연으로 황상게 장문
하니라 잇씩 쳐스 부부와 댱쇼졔 텬은을 츅슈ᄒ더라 임어시
댱쇼져로 더부러 칠팔 년 긔리던 졍을 이르며 일희일비ᄒ더라
각셜 텬지 어스을 북방에 보ᄂᆡ시고 쇼식을 몰나 쥬야 고되ᄒ더
니 맛침 어스의 장문이 올나거늘 긔탁ᄒ시니 ᄒ여시되 난즁에
일허던 부모를 만나고 댱쇼져 만난 스연을 낫낫치 쥬달ᄒ여더
라 텬지 만죠을 모으시고 가라스되 이런흔 일은 즈고에 업는
일이라 임쳐스로 되승상 교지를 ᄂᆡ리시고 댱쇼져로 졍열부인
직첩을 ᄂᆡ리스 스관을 하동으로 보ᄂᆡ시다 차셜 사관이 하동에
득달ᄒ여 댱승상되을 무러 임어스을 뵈옵고 교지을 올니거늘
어시 향안을 비셜ᄒ고 교지를 써혀보니 부친으로

승상을 봉ᄒ시고 모친으로 공열부인을 봉ᄒ시고 댱쇼져로 졍열
부인 직첩을 ᄂᆡ리시니 쳐스 부부와 댱쇼졔 국은을 츅슈ᄒ더라
슈일 후 사관을 젼숑ᄒ고 부모 양위와 쇼져를 이별흔 후 북방
이빅여 쥬을 암힝으로 단이며 민심을 살피며 혹 빅셩을 탈취ᄒ
난 관원을 장파도 ᄒ며 혹 귀양도 보ᄂᆡ니 슈삭지ᄂᆡ에 민심이
화ᄒ여 면면쵼쵼이 어스의 비를 셰워 숑덕ᄒ더라 각셜 사승상
의 장질 사익츈이 감사로 잇셔 북방 안찰스 ᄂᆡ리믈 듯고 하방

스람이 어스라 업슈이 역여 탐지ᄒᆞ더니 어시 이 말을 듯고 되로
ᄒᆞ여 츄종을 호령ᄒᆞ여 관찰스을 닉입ᄒᆞ라 흔되 부시 령을 듯고
관찰스을 닉입ᄒᆞ여 계ᄒᆞ에 꿀니고 어시 되질왈 네 일방 토관이
되어 빅셩을 안무할 거시여늘 도리혀 국은을 빅반ᄒᆞ

고 빅셩을 잔학ᄒᆞ니 너갓튼 놈 벼혀 국법을 세우리라 ᄒᆞ고 쳐참
ᄒᆞ니 북방 빅셩드리 만셰을 부르며 숑덕ᄒᆞ더라 차셜 어시 북방
이빅여 읍을 진무ᄒᆞ고 하동으로 도라와 부모와 댱쇼져을 모시
고 황셩으로 올나와셔 계을 닥가 텬ᄌᆞ게 쥬달흔되 상이 되희ᄒᆞ
스 임어스로 벼살을 도도와 되스마 되장군을 봉ᄒᆞ시고 부모와
댱쇼져 만나믈 치하ᄒᆞ시다 임도독이 국은을 축슈ᄒᆞ고 물너와
니승상 양위와 두 부인을 되흔되 그 반가오믈 이로 층냥치 못할
네라 인ᄒᆞ여 두 부인과 미이로 더부러 댱쇼져와 셔로 뵈게 ᄒᆞ여
셩례ᄒᆞ더라 각셜 잇써 만셩인민과 빅관이 지하하되 유독 사승
상이 댱질 죽임믈 함혐ᄒᆞ여 임도독 히할 쯧을 싱각ᄒᆞ더라 차셜
사승상의 녀식이 왕후

되어난지라 그 형셰 칼날 갓더라 사쇼져 힝실이 부졍ᄒᆞ여 츙신
열사을 쇠ᄒᆞ여 혹 쳐참ᄒᆞ니 죠졍이 사승상을 두려워 말을 못ᄒᆞ
더라 일일은 사승상이 왕후을 쳥ᄒᆞ여 왈 임호은이 하방 쳔인으
로 옥당 사부을 능멸히 역이니 니 놈을 모히ᄒᆞ여 닉 마음을

편케 ᄒ리라 ᄒ고 황후의게 아첨ᄒ여 왈 너의는 ᄂ 즈식이라 삼가 누셜치 말고 금일 임호은을 쳥ᄒ여 슐을 취토록 먹이고 ᄂ궁에 눕게 ᄒ면 졔 반다시 취ᄒ여 눈을 써보이니 잠든 후에 내 그 겻히 ᄒ 가지로 누엇다가 여ᄎ여ᄎ ᄒ라 ᄒ다 각셜 황후계셔 임도독을 쳥ᄒ니 엇지 거역ᄒ리요 간계을 아지 못ᄒ고 ᄂ궁에 드러가니 사승상 양쳐ᄉ 안져거날 녜필 좌졍ᄒ고 사승상 왈 그ᄃ 만니타도에 무ᄉ 회환할 샏더러 이별ᄒ여던 부모

을 만나 도라와시되 국ᄉ 호번ᄒ고 벼살이 사번ᄒ여 ᄒ 번도 위문도 못ᄒ여시니 심이 무류ᄒ여이다 금일 쳥ᄒ기는 일비쥬로 위로코져 ᄒ여 쳥ᄒ미니 사양치 말나 ᄒ고 슐을 권ᄒ여 슈십 빅에 이르믹 졍신이 아득ᄒ여 피신코져 ᄒ난지라 사승상이 말유ᄒ여 ᄂ궁에 누이니 엇지 되어난지 하회를 분셕ᄒ라

신츅 이월 회일 직즁 셔 상마동

– 권지이 –

각셜 사승상이 되희ᄒ여 황후을 쳥ᄒ여 흔 벼기에 부이고 나와 숨어더니 임호은이 슐이 ᄭ셰여 이러 안자 살펴보니 흔 쳐지 누어 거늘 자셔이 보니 황후라 되경ᄒ여 문왈 이 거시 멋진 연괴잇가 황휘 왈 이 몸을 도독이 흠모ᄒ여 날을 취즁에 놋치 아니ᄒ기로 마지 못ᄒ미라 차장 닉하오 도독이 졍신이 아득ᄒ여 칼을 ᄲᅢ여 ᄌ문코져 ᄒ더니 잇ᄯᅦ 사승상과 양쳐ᄉ 인젹을 듯고 문을 열고 드러오다가 거짓 놀난 쳬ᄒ고 무ᄉ을 호령ᄒ여 도독을 결박ᄒ라 흔듸 도독이 되로 왈 나는 무죄흔 사람이라 ᄒ고 무ᄉ을 물니치고 별궁에 도라와 이 ᄉ연을 여러 부인게 말ᄒ되 필경 모히 잇실이라 ᄒ고 분ᄒ믈 이긔지 못ᄒ더라 날이

발그믹 사승상과 양쳐사 이 ᄉ연으로 황상긔 쥬달ᄒ온듸 황졔 되로ᄒ여 도독 임호은을 결박ᄒ여 계ᄒ에 ᄭ훌니고 되질왈 짐이 경을 익휼ᄒ믄 그 츙셩을 잇기더니 츙심이 변ᄒ여 범남흔 죄을 지엇나냐 너 갓튼 놈을 벼혀 후인을 징계ᄒ리라 ᄒ시고 일변 삭탈관직ᄒ사 젼옥에 가슈ᄒ시고 임승상도 쳬옥ᄒ시다 각셜 공쥬 도독이 슈욕ᄒ믈 알고 부친 젼ᄌ게 익믹ᄒ믈 쥬달ᄒ온듸 젼지 더욱 분노ᄒ사 별궁을 퇴가ᄒ시고 여러 부인을 옥에 간슈ᄒ시니 만셩인민이 뉘 아니 슬허ᄒ리요 그러ᄒ나 만죠빅관이

사승상을 쩌려 ㅎ난도 간치 못ㅎ더라 텬지 분긔 딕발ㅎ사 침불
안셕ㅎ시더니 삼경은 ㅎ여 텬지 일몽을 어드니 몽즁에 그윽ㅎ
산쳔고향에 올나 가시니 무슈ㅎ 계

P.3

집더리 검무ㅎ고 놀거늘 황상이 좌에 참녜ㅎ여더니 난 딕 업난
빅호 드러와 개집덜을 무러가거날 놀나 씌다르시니 침상일몽이
라 직시 만죠를 모으시고 히몽ㅎ라 ㅎ신딕 사승상이 츌반 쥬왈
계집덜은 요물이라 범 압히 쥭어스오니 국가에 경사 나리이다
상이 올히 역이시더니 관표라 ㅎ는 신히 츌반 쥬왈 신의 히몽에
난 상산 고함은 타국지변이 분명ㅎ옵고 계집덜은 픽군지장이
되어습고 황상계셔 동좌ㅎ여스오니 그쎠는 적국이 형세가 당당
ㅎ옵다가 범 갓튼 장쉬 폐하를 구ㅎ올 증죠옵고 범은 명장이라
불구에 적국이 반ㅎ와 딕국을 항복밧고 잔치을 비셜ㅎ와 황상
을 모셔 놀다가 검무를 츄어 폐하 옥톄을 히ㅎ랴 하올 지음에
범 갓튼 장쉬 구할

P.4

듯ㅎ오니 글노 염녀로쇼이다 사승상이 쥬왈 지금 국가 틱평하
옵고 가급인죡ㅎ옵거늘 방즈이 요언으로 옥톄을 놀닉시게 ㅎ오
니 관표의 죄상이 만만ㅎ여이다 황톄 드르시고 딕로ㅎ사 즉시
쳐참ㅎ라 ㅎ신딕 관표 고쳐 쥬왈 신은 쥭스와도 만셰에 유젼ㅎ
오련이와 복원 황상은 범 갓튼 장군을 살히치 마옵쇼셔 ㅎ고

직시 자문이소ᄒ니라 황상이 관표 죽으믈 보시고 그 말에 의혹
ᄒ사 진진이 싱각ᄒ시되 호은의 죄상이 사쾌나 아직 살녀 원찬
ᄒ여 죠정에 츌입지 못ᄒ게 ᄒ리라 ᄒ시고 익일에 죠셔ᄒ사
닉입ᄒ여 계ᄒ에 ᄭ울니고 슈죄 왈 네 죄는 쇼당 죽일 거시로되
십분 용셔ᄒ여 강능 졀도에 긔신졍비ᄒ노라 ᄒ시고 ᄯ오 공쥬은
하동에 졍비ᄒ고 장부인은 장슈에 졍

P.5

비ᄒ고 니부인은 광쥬부에 졍비ᄒ고 미인은 요동읍에 졍쇽ᄒ사
직일 발힝ᄒ게 ᄒ시다 차셜 임호은이 텬은을 사례ᄒ고 여러
부인으로 작별 왈 차역 팔직니 슈원슈귀리오 부듸 쳔금귀톄를
보즁ᄒ쇼셔 ᄒ며 부모 양친은 니승상 집에 유ᄒ시게 ᄒ시고
발힝할ᄉ 셔로 붓들고 통곡 이별ᄒ여 각각 발힝ᄒ니라 임호은
이 창두 밍진통을 다리고 강능 졀도에 가 창검 씨기와 병셔를
외와 셰월을 보닉더라 각셜 이ᄯ 국운이 딕불힝ᄒ여 호국이
강셩ᄒ여 남만 셔융으로 더부러 긔병ᄒ여 즁원 칠십여 셩을 쳐
항복밧고 도적이 ᄉ면으로 쳐드러와 빅졔셩에 당도ᄒ여난지라
이ᄯ 빅졔셩 즁군이 딕경ᄒ여 쥬문을 올녀거늘 텬직 놀나ᄉ 셔

P.6

여보시니 남만셔융과 호국이 반ᄒ여 즁원 칠십여 셩을 항복밧
고 빅졔셩이 위틱ᄒ오니 복원 황상은 살피쇼셔 ᄒ여더라 상이
만죠를 모으시고 왈 지금 즁원 위틱ᄒ여 종묘사직을 보젼치

Ⅲ. 〈임호은전〉 원문 **221**

못ᄒ게 되어시니 뉘가 선봉이 되어 도적을 물니치고 짐의 근심을 덜니요 말이 맛지 못ᄒ여 마흥이 츌반 쥬왈 신이 비록 무지ᄒ오나 ᄒ 번 젼장에 나아가 도적 씨러 바리고 황상의 근심을 덜가 ᄒ나이다 모다 보니 취밀ᄉ 뎡흥철이라 텬ᄌ 딕희ᄒ사 인ᄒ여 뎡흥철노 셔봉을 삼고 양철보로 우익장을 삼고 마흥으로 긔마장을 졍ᄒ시고 텬ᄌ 친이 즁군장이 되어 딕병 오십만과 밍장 슈빅을 거나리시고 직일 발힝ᄒ실ᄉ 승상 사이원으로 도셩을 직희게 ᄒ시다 힝군하여 여러 날 만에 빅

P.7

재셩에 다다르니 검고함셩은 텬지진동ᄒ고 긔치창겸은 일월을 희롱ᄒ더라 차셜 텬ᄌ 장딕에 놉피 안ᄌ 군수을 졈고ᄒ고 격셔를 써 적진으로 보닉더라 아ᄊ 호왕이 격셔을 보고 분노ᄒ여 왈 닉일 누가 선봉이 되어 숑진을 파ᄒ고 숑뎨을 사로잡으리요 달셔통이 츌반 쥬왈 쇼장이 무지ᄒ오나 숑진을 파ᄒ리이다 호왕이 딕희ᄒ여 달셔통을 선봉을 삼고 댱운간으로 좌익장을 삼고 긔돌통으로 우익장을 삼고 호협으로 중군장을 삼어 각각 군수을 죠발ᄒ여 숑진 치기를 의논ᄒ더라 각셜 숑진 즁에셔 방포일셩에 진문을 크게 열고 니훈철이 빅포은갑에 슌금투구을 씨고 마상에 노피 안ᄌ 좌슈에 장창을 들고 크게 위여 왈 호왕은 자셔이 드르라 너희 텬시를 모르고 강포만 미더 외람이

P.8

딕국을 침범ᄒ니 텬지 근심ᄒᄉ 날노 ᄒ여 너의 긔 갓큰 물리을 씨러바리고 호왕을 ᄉ로잡아 텬ᄌ의 근심을 드르시게 ᄒ노라 ᄒᄃᆡ 호진으로셔 일셩포향에 한 장쉬 팔각투구에 쳥운갑을 입고 장창딕검을 놉피 들고 나오거늘 바라보니 긔돌통이라 위여 왈 우리 발셔 즁원을 십분에 구나 항복바더고 ᄯᅩ 숑뎨을 사로잡아 텬하을 평졍ᄒ리라 ᄒ고 마ᄌ 싸와 슈십여 합에 긔돌통이 칼을 드러 운철을 치니 운철의 머리 마하에 나려지난지라 그 머리을 창 긋틱 씌여들고 좌우츙돌ᄒ거늘 잇ᄯᅥ 양철보 운철 죽으믈 보고 분긔 딕발ᄒ여 황룡 긔린 투구을 씨고 엄신갑을 입고 방쳔극 들고 말을 닉모라 위여 왈 돌통은 닉 칼을 바드라 ᄒ고 달녀드니 돌통이 딕

ᄆᆡ왈 너의 션봉이 닉 칼에 죽어거늘 네 무셥도 아니ᄒ여 어룬을 슈욕ᄒ나냐 ᄒ고 마자 싸와 십여 합에 돌통의 창으로 철보을 치니 철뵈 몸을 쇼소와 피ᄒ다가 창든 팔이 마ᄌ 위틱터니 이ᄯᅥ 뎡흥철이 이 보의 급ᄒ믈 보고 닉다라 철보을 구ᄒ여 본진으로 보닉고 긔돌통을 마ᄌ 싸와 팔십여 합에 승부 업더니 일낙셔산ᄒ고 월츌동령ᄒᄆᆡ 양진에서 징을 쳐 각각 본진으로 도라가니라 차셜 흥철이 젹장다려 일너 왈 금일은 날이 느져 너을 살녀 보닉나니 명일은 너을 용셔치 아니리다 ᄒ고 본진으로 돌라오니라 호왕이 돌통을 불너 왈 명일은 닉 나가 숑진을 파ᄒ리라 ᄒ고 분긔을 참지 못ᄒ거늘 돌통이 쥬왈 쇼장이

비록 지죠 업스오나 슝진을 쓰러바리고 올 거시오니 왕은 과도
이 근심 마읍쇼셔 ᄒ더라 익일 돌통이 일셩방포에 휘검츌마ᄒ
여 왈 홍쳘은 쌜니 나와 어제 미결흔 승부을 결ᄒ라 흔ᄃᆡ 홍쳘이
ᄂᆡ다라 ᄊᆞ와 십여 합에 미결승부러니 ᄯᅩ 정신을 가다듬아 십여
합에 홍쳘이 방쳔극을 들어 돌통의 가삼을 치니 말게 나려지난
지라 홍쳘이 그 머리을 벼혀 칼ᄭᅳᆺᄐᆡ ᄭᅦ여들고 지죠를 비양ᄒ는
지라 호왕이 돌통 죽음믈 보고 분긔 ᄃᆡ발ᄒ여 나오져 ᄒ거늘
양운간이 쥬왈 ᄃᆡ왕은 물녀 ᄒᆞ옵쇼셔 쇼장이 나가 긔돌통의
원슈을 갑풀리이다 ᄒ고 ᄃᆡᄆᆡ왈 돌통 죽인 장슈는 쌜니 나와
ᄂᆡ 칼을 바더라 흔ᄃᆡ 홍쳘 ᄃᆡ로ᄒ여 ᄂᆡ다라 졉젼 십여

합에 운간의 칼이 번듯 ᄒᆞ며 홍쳘의 탄 말을 지르니 홍쳘이
말게 ᄂᆡ려지난지라 운간이 군스을 호령ᄒ여 홍쳘을 결박ᄒ여
본진으로 도라와 진젼에 ᄭᅮᆯ이고 항복ᄒ라 호령ᄒᆞ며 왈 즁원이
십분지구나 어더시니 항복ᄒ여 잔명을 보젼ᄒ라 흔ᄃᆡ 홍쳘이
두 눈을 부릅쓰고 ᄭᅮ지져 크게 위여 왈 하날이 날을 돕지 아니ᄒ
사 ᄂᆡ 네 손에 잡피여시니 엇지 긔 갓큰 너ᄒ 놈덜의게 항복ᄒ리
요 쌜니 죽여 슝나라 혼빅이 되게 ᄒ라 ᄒᆞ며 무슈이 질욕ᄒ니
호왕이 ᄃᆡ로ᄒ여 원문 밧게 참ᄒ니라 자셜 슝 텬ᄌᆡ 홍쳘의 죽음
을 듯고 직시 허위 ᄇᆡ셜ᄒ여 혼빅을 위로ᄒ고 ᄃᆡ셩통곡ᄒ시니

밍츈이 쥬왈 펴하는 옥체을 진정ᄒ옵쇼셔 ᄒ고 응성츌마ᄒ여
왈 흥

쳘 벼힌 장슈는 쌜이 나와 ᄂᆡ 칼을 바드라 호진 즁에셔 당운간이
응성츌마ᄒ여 십여 합에 운간의 칼이 번든 ᄒ며 밍츈의 머리
마하에 구으는지라 운간이 칼낏히 쇠여들고 위여 왈 숑 텬즈은
무죄ᄒᆫ 장쫄만 보치지 말고 쌜이 나와 항복ᄒ라 ᄒ니 문화 그
말을 듯고 분긔 ᄃᆡ발ᄒ여 피갑상마ᄒ여 도젼ᄒ더니 운간이 승
승장구ᄒ여 숑장 팔인을 벼히고 텬즈을 질욕하니 숑국 장쫄이
넉슬 일코 ᄒ나도 나셔 ᄃᆡ젹ᄒ리 업더라 호장이 죵일토록 질욕
ᄒ더라 차셜 숑 텬지 통곡 왈 죵묘사직이 ᄂᆡ게 와 망홀 쥴 엇지
알니요 ᄒ시며 통곡ᄒ시니 츈만이 쥬왈 쇼장이 한번 나가 팔장
의 원슈을 갑습고 황상의 근심을 덜니이다 ᄒ고 황금

투구에 쳥춍마 타고 진젼에 나셔며 크게 위여 왈 우리 장슈
벼힌 즈는 쌜니 나와 ᄂᆡ 칼을 ᄃᆡ젹ᄒ라 젹진 즁에셔 운간이
칼을 들고 직죠을 비양ᄒ며 의긔양양ᄒ여 왈 너희 물리 어룬을
모로고 감이 큰 말을 ᄒ니 긔특도다 ᄒ고 달녀들어 팔십 여
합에 운간의 칼이 빗나며 츈만을 질너 ᄂᆡ리치고 칼을 드러 지치
니 장쫄의 머리 츄풍낙엽일너라 텬지 더욱 망극ᄒ사 왈 국가
흥망이 죠셕에 잇시되 낫쳘 드러 간ᄒᆞ난 신ᄒᆞ ᄒ나도 업시니

이를 장차 엇지ᄒ리요 ᄒ시며 좌우를 도라보아 왈 졔신들은
묘칙을 ᄂᆡ여 호진을 뒤젹ᄒ라 ᄒ시니 이ᄯᅥ 양처ᄉ와 사승상이
쥬왈 지금 숑진 장졸노는 호진 당할 슈 업사오니 신의 쇼견에는
텬하를 반분ᄒ와 종묘사직을 안보ᄒᄆᆡ 죠흘

듯ᄒ여이다 텬ᄌᆡ 올히 역이ᄉ 화친셔을 ᄶᅥ 보ᄂᆡ니라 사ᄌᆡ 화친
셔을 가지고 호진에 가 드린ᄃᆡ 호왕이 뒤로 왈 숑 텬ᄌᆞ의 머리을
벼혀오라 ᄒ고 친셔를 ᄶᅥ혀보니 ᄉᄀᆡ 온슌ᄒ고 텬하를 반분ᄒ
여 교린지국으로 형졔 갓치 지ᄂᆡᄌᆞ ᄒ는 ᄉ연이어늘 호왕이
이윽키 싱각ᄒ다가 회셔을 ᄶᅥ보ᄂᆞ리라 호왕이 졔장으로 더부러
의논왈 숑 텬ᄌᆡ 필경 잔치을 빈셜ᄒ고 우리을 쳥할 터이니 ᄂᆡ
숑진에 나아가 숑진장졸 다쇼를 탐지하고 온 후에 ᄯᅩ 우리가
진치을 빈셜ᄒ고 숑텬ᄌᆞ을 쳥ᄒ여 져의 오거든 그ᄯᅥ 홍문연을
빈셜ᄒ고 자부리라 ᄒᆫᄃᆡ 쟝졸더리 그 묘계 죠타ᄒ더라 각셜
숑 텬ᄌᆡ 하릴 업셔 잔치을 빈셜ᄒ고 호왕을 쳥ᄒᆫᄃᆡ 호왕이 군ᄉ
을 거나리고 숑진으로 나아가니 숑 쳔ᄌᆡ 계하에 나려 호왕을
마ᄌᆞ 당상에 올

나 녜필좌졍ᄒᆫ 후 텬ᄌᆡ 눈을 드러 호왕을 살펴보니 신장이 구
쳑이오 위풍이 늠늠ᄒ여 바로 보기 어렵더라 텬ᄌᆡ 친이 잔을
드러 호왕ᄭᅴ 권ᄒᆫᄃᆡ 호왕이 ᄉ양치 아니ᄒ고 슌슌이 마시더라

죵일토록 논이다가 일낙셔산ᄒ고 월츌동녕허ᄆᆡ 호왕 왈 양국이
화친ᄒ여시니 장슈의 ᄌᆡ죠을 구경코져 ᄒ노라 텬ᄌᆡ 허락ᄒ시고
양국 장쉬 셔로 취지할ᄉᆡ 호국장슈는 만 근 드는 장쉬 오십여
명이요 숑국 쟝슈는 불과 일이인일너라 호왕이 ᄂᆡ심에 반겨
명일 우리 진에 잔ᄎᆡ 빗셜ᄒ고 계교 맛치리라 ᄒ고 텬ᄌᆡ게 말ᄒ
여 왈 명일은 우리 진즁에 잔치ᄒ올 티이오니 왕임ᄒᆞ옵셔 교린
지의을 져바리지 마옵쇼셔 ᄒ고 인ᄒ여 하직고 본진에 도라와
졔장을 쳥ᄒ여 왈 금일 숑국 장슈의 용

P.16
ᄆᆡᆼ을 보니 구ᄉᆡᆼ유취라 엇지 근심ᄒ리요 명일 홍문연을 ᄭᅮ며
ᄆᆡᆼ장 십여 원으로 장창ᄃᆡ검을 드러 좌우에 셰운 후에 달셔동은
셔편에셔 검무ᄒ고 장운간은 동편에셔 검무ᄒ다가 나의 술잔
더지는 ᄯᅥᆨ을 승간ᄒ여 숑 텬ᄌᆞ을 버히라 ᄒ고 동셔 무장을 부녀
왈 명일 숑 텬ᄌᆞ 오거든 숑쟝 오 원만 드리고 그 외난 더 드리지
말나 약쇽을 졍ᄒ니라 날이 발기ᄆᆡ 잔치을 빗셜ᄒ고 숑 텬자
오기를 고ᄃᆡᄒ더라 ᄎᆞ셜 졍홍익이 텬ᄌᆞ긔 엿ᄌᆞ오ᄃᆡ 쟉일 호왕
이 우리 장수의 용ᄆᆡᆼ을 보고 갓ᄉᆞ오니 무삼 간ᄉᆞᄒ 계교 잇슬가
ᄒᄂᆞ이다 텬ᄌᆡ 왈 무슨 계교 잇스리요 홍익이 ᄃᆡ왈 안이 가시ᄆᆡ
상칙일가 ᄒᄂᆞ이다 텬ᄌᆡ 왈 안이 가면 상견

P.17

홀 듯ᄒ니 무가ᄂ리ᄒ라 ᄒ시고 홍문연의 다ᄃ르니 홍문연 수문
장이 고왈 우리 ᄃ왕도 송진의 가실 ᄶᆡ 아장 오 원만 다리고
송진의 가셔스니 이졔 ᄃ왕도 아쟝 오 원만 다리고 드러가소셔
ᄒ거늘 턴ᄌ 홀릴 읍셔 ᄋ쟝 오 원만 다리고 호진즁의 드러가시
니 호왕이 게ᄒ의 ᄂ려 턴ᄌ를 영졉ᄒ여 당상의 좌를 졍ᄒ 후의
호왕이 술를 부어 턴ᄌ긔 권ᄒ야 수십 ᄇᆡ의 이른지라 달셔통
쟝운간 양쟝이 쥬왈 양국이 화친ᄒ야 크게 질겁스오니 소쟝등
이 검무ᄒ와 질기고져 ᄒᄂ이다 호왕이 ᄃ희ᄒ여 허락ᄒ니 턴
ᄌ의 존망을

P.18

엇지 되고 각셜 임호은이 강능 졀도에 잇셔 쥬야 창검 쓰기를
공부ᄒ더니 일일은 일몽을 어드니 유슈션싱이 와 이르되 작별
ᄒ 지 ᄉ오 년에 인간 자미 엇더ᄒᆫ가 호은이 션싱을 뵈옵고
읍쥬 왈 그 ᄉ이 쳥운에 올나 츙셩을 다ᄒ와 나라을 셤길가
ᄒ엿삽더니 죠물이 시긔ᄒ와 졀도에 졍ᄇᆡᄒ와ᄉ오니 우흐로
황상이 은혀를 만분지일도 못 갑삽습고 아ᄅᆡ로 부모의 감지를
모르옵고 지ᄂᆡ오니 엇지 인류라 츙ᄒ오리가 복원 션싱임은 ᄂᆡ
두지ᄉ를 자셔이 이르옵쇼셔 도ᄉᆡ 왈 차역 텬쉬니 텬긔를 엇지
누셜ᄒ리요 연이나 호국이 반ᄒ여 즁원이 요란할 분더러 텬ᄌ
지금 젹진에 ᄊᆞ여 국가 존망이 시각에 잇시니 츙셩을 다ᄒ여
일홈을 긔린각에 빗

P.19

니게 ᄒ라 ᄒ고 간 뒤 업거늘 감작 놀나 씨니 침상일몽이라 즉시 텬문을 살펴보니 익셩이 좌를 써나 ᄌ미셩을 침노ᄒ는지라 눈을 씻고 ᄌ삼 살펴보니 익셩은 유광ᄒ고 자미셩은 무광ᄒ지라 창두 빙진통을 불너 왈 시방 텬지 난셰을 당ᄒᄉ 텬지 친젼ᄒ사 뒤픠ᄒ시도다 죵묘와 ᄉ직을 뉘가 보젼ᄒ리요 듕국에 호왕 당할 장슈 업고 사이원 갓튼 간신이 엇지 나라를 도으리요 이졔 나아가 듕국 강산을 건지고져 ᄒ나 뉘 몸의 날기 업고 쏘 만리 밧긔 잇고 젹슈 단신이라 엇지 ᄒ리요 하날을 울러어 탄식ᄒ거날 진통이 왈 황셩에 난셰된 쥴을 엇지 아르시난니가 호은 왈 긔야에 텬문을 보니 텬ᄌ의 쥬셩이 좌를 써나시고 셤싱이 현몽ᄒ와 이르시기로 아노라 시

방 빅셜은 가득ᄒ고 어름은 반빙이요 장강에 어션이 업셔시니 이를 장차 엇지 ᄒ리요 분긔 뒤발ᄒ야 강변에 나와 하날을 우러러 츅슈ᄒ더니 우연이 강상으로죠차 일엽쇼션이 나는 다시 오며 옥져 소리 나거늘 호은이 반겨 위여 왈 거긔 가는 빈는 강변에 길 막힌 힝긱을 구ᄒ쇼셔 흔뒤 동ᄌ 머리에 벽녁화을 곳고 몸에 화의를 입운 동ᄌ 단정이 안ᄌ 풍운을 희롱ᄒ다가 답왈 이 빈는 숑국 뒤장 임원슈을 틱우러 가는 빈오니 쇽긱은 쳥치 마옵쇼셔 호은이 뒤왈 학싱이 비록 츄비ᄒ오나 숑국 임호은이 오니 빈를 급피 강변에 뒤이쇼셔 흔뒤 동ᄌ 반쇼ᄒ고 빈을 강변에 붓쳐 왈 상공은 어뒤 계시며 어늬

곳으로 가시나니가 호은이 디왈 싱은 미쳔흔 임호은이오나 션
동은 뉘시오니가 동지 디왈 나의 션싱은 유슈션싱이요 사는
곳은 팔쳔 리 밧기로쇼이다 상공이 인간에 착마흐와 지닌 일은
다 이져난잇가 호은이 왈 인간 젹쇼 풍파 즁의 이가치 고싱흐난
몸이 엇지 션경일을 엇더케 긔록흐오리가 세상 만스를 다 이져
바리고 션싱 계신 곳을 다시 가와 뎨즈 되기를 원흐나니다 동지
드른 쳬 아니흐고 급피 비에 오르기를 쳐쵹흐거늘 호은이 비에
오른디 동지 션두에 안즈 져만 불더라 그 비 흐르는 별 갓흐여
슌시간에 비을 강변 언덕에 디이고 나리라 흐거날 호은 왈 이제
어디로 가나니가 동지 왈 날을 짜라오라 인흐야 슈리을 가더니
흔 곳에 다다르니 층암졀

벽상에 슈간쵸옥이 잇거날 당상에 올나가 살펴보니 빅발노인이
갈건야복으로 셔안에 지어 츈몽이 바야이라 동지 엿즈오디 숑
국 임호은이 디령흐여나이다 되시 흔연이 긔침흐여 싱을 보고
반겨 왈 이별흔 지 심여 연에 안간 고락 엇더흐며 져러틋 장셩흐
여시니 질겁도다 싱이 지비 왈 션싱임을 빅별흐온 후 죤톄 안강
흐옵시니 하졍에 만만 츅슈로쇼이다 도시 동즈을 명흐여 차을

부어 쥬라 ᄒ고 또 명ᄒ여 옥함을 가저오라 ᄒ여 갑쥬와 보검을
니여 쥬며 왈 우리 스뎨지졍을 싱각ᄒ여 그ᄃᆡ를 쥬나니 공명을
이루라 싱이 황공 진비 왈 무가지보를 쥬시니 황공ᄒ오나 갑쥬
일홈은 무어시오며 보검 일홈은 무어신잇가 알고

P.23

져 ᄒ나니다 도시 왈 갑쥬 일홈은 보신갑이요 보검 일홈은
벽녁도라 슈화와 창검이 드지 못ᄒ나니라 ᄒ고 지금 시졀이
요란ᄒ여 텬지 위틱ᄒ니 밧비 나가 풍운 죠화을 부려 국가을
도아 즁원을 회복ᄒ고 텨(텬)ᄌ를 모셔 죵묘사직을 안보케 ᄒ
고 부모 쳐ᄌ을 만나 빅셰 무양ᄒ라 호은이 연연ᄒ야 써나기를
실퍼ᄒ거날 도시 왈 국가흥망이 도시 그ᄃᆡ 손에 달녀시니 지체
말나 호은이 빅별 왈 갑쥬와 보검은 션싱임 ᄒᆡ 갓스온 은덕으
로 어덧습거니와 말이 업스오니 엇지 급피 가오리가 되시 왈
동ᄒᆡ 룡왕이 그ᄃᆡ를 위ᄒ여 인간에 나온지 오ᄅᆡᆫ지라 ᄂᆡ일 오시
되면 말을 어들 거시니 밧비 힝ᄒ라 치쵹ᄒ니 호은이 션싱젼에
ᄒ직ᄒ

P.24

ᄃᆡ 도시 동ᄌ을 명ᄒ여 쌜니 가라 ᄒ시다 차셜 동지 임호은을
빅에 실고 슌시간에 강능 졀도에 왓ᄂᆞ니라 동지 호은을 ᄂᆡ려
노코 하직 왈 부ᄃᆡ 츙셩을 드ᄒ여 텬ᄌ를 구ᄒ라 ᄒ고 문득
간ᄃᆡ 업더라 싱이 공즁을 향ᄒ여 무슈 스례ᄒ고 창두 밍진통으

로 ᄒᆞ야금 황셩으로 향ᄒᆞ야 슈십 니나 가더니 길가에 ᄒᆞᆫ 노인이 말를 잇글고 가난 형상이 한 번식 뒤쳐 슈십 보식 힝ᄒᆞ거늘 호은이 그 말을 자셔이 보니 모식은 청총이오 두 눈은 금방울 갓거늘 호은이 그 말을 자셔이 보다가 노인게 엿ᄌᆞ와 말슴ᄒᆞ되 학싱이 갈길이 만 리오니 져 말을 쥬옵시면 후일 즁가을 드리오리이다 노인 왈 그 말을 아모라도 그져 가져가는 스람이 잇시면 닉 도

로혀 갑셜 쥬랴 ᄒᆞ노라 싱이 되왈 엇지ᄒᆞ여 그러ᄒᆞ신잇가 노인 왈 그 말이 스오나와 인명을 살히할가 ᄒᆞ노라 ᄒᆞ고 그되 가지고 십거든 가저가라 ᄒᆞ고 말을 쥬거늘 호은이 노인게 무슈 스례 왈 말을 무갑시로 쥬시니 감츅ᄒᆞ여이다 노인 왈 용총이 임ᄌᆞ를 만나시니 밧비 텬ᄌᆞ을 구ᄒᆞ라 ᄒᆞ고 도라서며 간 되 업더라 호은이 그제야 룡왕인 쥴 알고 공즁을 향ᄒᆞ여 무슈이 스례ᄒᆞ더라 호은이 말게 오르니 말근 날 빗치 무광ᄒᆞ더라 호은이 치를 드러 치니 빅운으 혀치고 나오난 다시 만리 강산이 눈 압헤 버려더라 슌시간에 강쥬짜에 다다르니 공즁에셔 위여 왈 지금 텬ᄌᆞ의 위급ᄒᆞ시미 경각에 달녀시니 밧비 가 구ᄒᆞ라 ᄒᆞ거늘 호은이

하날게 츅슈ᄒᆞ고 말을 치쳐 빅졔셩에 당도ᄒᆞ니 잇씨 일긔 쵸혼이라 졍신을 가다듬어 슝진 셩문에 이르러 진문을 두다려 슈문

장을 불너 문을 녈나 흔디 슈문장이 살펴보니 강능 절도에 정비
흔 임호은이라 유성장이 양쳐스의게 고흔디 양쳐시 디로ᄒ여
호은을 결박ᄒ여 ᄂᆡ입ᄒ라 ᄒ거늘 군시 령을 듯고 호은을 결박
흔디 호은이 ᄂᆡ심에 ᄉᆡᆼ각ᄒ되 희비흔 령 업시 왓다 ᄒ사 텬ᄌᆡ
진로ᄒ심이라 ᄒ고 잡피여 계ᄒ에 ᄭᅮᆯ니거늘 호은이 부복ᄒ여
텬자의 호령을 기다리더니 이윽고 ᄃᆡ상에셔 호령이 나거늘 ᄌᆞ
셔이 드르니 텬ᄌᆡ의 호령은 아니라 호은이 눈을 드러 살

펴보니 텬ᄌᆞ는 아니시고 양쳐시라 호은이 ᄃᆡ미왈 뉘라셔 나를
결박ᄒ라 ᄒ더뇨 무시 ᄃᆡ왈 유성장의 분부라 ᄒ거늘 호은이
ᄃᆡ로 왈 네 감이 텬ᄌᆞ의 묘셔 업시 군즁에 작난이 여ᄎᆞ 비경ᄒ니
네 죽노라 한치 말나 ᄒ고 벽역도를 비러 벼히랴 ᄒ다가 ᄉᆡᆼ각ᄒ
여 왈 이 칼노 텬하를 평정코져 ᄒ는 칼이라 엇지 너 갓튼 쇼인
을 몬져 벼히리료 ᄒ고 한 숀으로 두 족을 ᄌᆞ바 더지니 슈십
보 밧게 나가 써러져 죽는지라 호은이 칼을 ᄲᅡ혀들고 아장다려
문왈 황상이 어디 계시뇨 군ᄉᆞ등이 엿ᄌᆞ오되 지금 호왕과 화친
ᄒ여 지금 곳 셩문연에 갓삽나이다 호은이 젼후슈말을 ᄌᆞ셔이
듯고 분

긔 ᄃᆡ발ᄒ여 말게 올나 셩문연에 다다르니 밤이 삼경이라 숑국
병이 셩 밧게 진을 치고 셧거늘 문왈 황상이 어디 계시냐 군시

III. 〈임호은전〉 원문 **233**

답왈 호진 셩즁에 드러가신 지 오릭서도 지금 쇼식 업습고 풍악소
릭만 급피 나오니 염녀로쇼이다 호은이 말게 나려 갑옷셜 버서
엽헤 씌고 육졍육갑 부려 육신을 직히오고 혼빅을 둔갑장신법
ᄒ여 호진에 드러가니 호진 즁에셔 호은이 드러온 줄 엇지 알니요
호은이 눈을 드러 살펴보니 텬직 연셕에 겨신지라 딕희ᄒ여 텬즈
의 뒤헤 시위ᄒ여더니 숑국 장령 홍익이 왈 엇더ᄒ 장슈완딕
그쳐럼 셔계신잇가 장쉬 답왈 나는 강능 졀도에 졍비 갓

P.29

던 임호은이오니 그딕는 염녀 마옵쇼셔 ᄒ니 숑장들이 몸을
썰고 안겹지 못ᄒ더라 호은이 흐르난 눈물을 금치 못ᄒ고 좌우
를 도라보니 호왕의 긔셰는 살긔츙쳔ᄒ고 텬즈의 긔상은 슈심
이 가득ᄒ더라 호왕 왈 풍뉴난 진텬ᄒ고 이 장의 검무는 번기
갓트니 슐을 부어 권ᄒ라 호장등이 연ᄒ여 슐을 부어 텬즈긔
슈십 빅를 권ᄒ며 호왕이 잔을 드러 쥬져타가 잔을 더지니 호장
달셔통 댱운간 등이 각가 날닌 칼을 들고 텬즈의게로 달녀들거
늘 호은이 썩 나셔며 딕호왈 긔 갓튼 호왕은 나의 임군을 희치
말나 ᄒ고 벽역도을 놉피 드러 달셔통 장운간 냥장을 벼히니
두 쥴 무지게 이러나

P.30

며 두 장슈의 머리 연셕에 써러지난지라 연ᄒ여 ᄒ 칼노 팔장을
버히고 호령왈 반젹 호왕을 버힐 거시로되 닉 임군과 동좌 군왕

을 버히미 불가ᄒ기로 도라가거니와 명일은 단당 네 머리을 버히리라 ᄒ고 아장 오원을 다리고 성문을 열고 나와 텬ᄌ을 말긔 모시고 군ᄉ을 거나려 도라 와 븩졔셩에 드니 만죠신민이 만셰를 부르더라 호은이 텬ᄌ을 당상에 모시고 복지 쥬왈 신이 죄인으로 어명 업시 왓ᄉ오니 죄ᄉ무지로쇼이다 텬ᄌ 그졔야 졍신을 차리ᄉ 왈 늬 몸이 호진에 잇ᄂ냐 븩졔셩에 왓ᄂ냐 호은이 ᄯᅩ 엿ᄌ오되 쇼신이 무상ᄒ와 어명 업시 군즁에 임의로 왓ᄉ오니 쳥

죄ᄒ나이다 흔듸 텬ᄌ 그졔야 호은인 쥴 알고 당상으로 오르라 ᄒ시며 낙누 왈 짐이 불명ᄒ여 경갓튼 츙신을 멀니 보ᄂ고 이리 되어시니 참괴ᄒ여라 ᄒ시고 통곡ᄒ신듸 호은이 엿ᄌ오듸 룡누낙지오면 고한삼년이오니 옥쳬를 진졍ᄒ옵쇼셔 텬ᄌ 눈물 을 거두시고 왈 짐의 쥭어가는 목슘을 경이 와 살녀주니 은혀 난망이라 텬하를 평졍흔 후 강순을 반분허리라 허신듸 호은이 읍쥬왈 신이 후셰에 용납지 못할 죄오니 셩녀을 과도이 마옵쇼 셔 텬ᄌ 장듸에 놉피 좌ᄒᄉ 슐을 부어 권ᄒ시고 인ᄒ여 임호은 으로 숑국 듸원슈을 봉ᄒ시고 인검을 쥬ᄉ 왈 군즁 듸쇼사을 임이 위지ᄒ

라 ᄒ시다 ᄎ셜 임호은이 텬은을 츅슈ᄒ고 장듸에 놉피 안져

군례을 바들식 졔장이 열복지 아니리 업더라 각셜 호왕이 숑
텬즈을 버히고져 ㅎ다가 난뒤 업는 일원뒤장이 들어와 호장
십여 인을 한 칼노 뭇지르고 무슈이 질욕ㅎ다가 텬즈을 업고
나가는 형상을 보고 연셕에 거구러졋다가 계우 정신을 차려
왈 숑국 장슈을 보아는냐 좌위 답왈 그 장슈 칼씨난 법은 텬신
갓습고 용밍은 항우 갓삽기로 텬즈을 업어 모시고 나근나이다
호왕이 츠탄왈 일을 장차 엇지 ㅎ리요 ㅎ더라 차셜 잇써 오동에
졍비 간 미이 머리 빗지 아니ㅎ고 의복을 가라 입지 아니

ㅎ고 만단 슈심으로 셰월을 보뉘며 임시랑을 다시 만날 쯧으로
믹일 하날게 츅슈ㅎ더니 잇써 그 고을 틱슈 현령이라 ㅎ난 사람
이 미이를 긔도쳐에서 흔 번 보고 마음에 흠모ㅎ여 슈쳥ㅎ라
흔뒤 미이 듯지 아니허거늘 틱쉬 일노 인ㅎ여 병입골슈ㅎ여더
라 일일은 틱슈의 부인이 그 형상을 보고 문왈 무삼 근심이
잇나잇가 틱슈 답왈 이 고을에 졍속흔 미이 텬하 졀식이라 마음
에 간졀ㅎ여 슈쳥ㅎ라 ㅎ되 듯지 아니키로 병이 되어나이다
부인 왈 그러ㅎ오면 금야에 미이를 쳥ㅎ여 죠흔 음식과 슐을
만이 권ㅎ고 만단으로 달뉘면 응당 드를 듯허오니 그써에 승간
ㅎ여 드러와 지죠뒤로 ㅎ옵쇼셔 피차 언약

을 졍ㅎ고 부인이 시비를 명ㅎ여 미이를 쳥ㅎ라 ㅎ고 틱슈부인

이 젼갈왈 우리 셔로 싱각ᄒᆞ면 동시 낙양지인이오 동긔 갓흐니
ᄂᆡ림ᄒᆞ옵쇼셔 ᄒᆞ고 시비를 달ᄂᆡ여 왈 우리 ᄉᆞ쏘 부인이 쳥ᄒᆞᄂᆞ
이다 흔ᄃᆡ 미ᄋᆡ 듯고 시비를 ᄯᅡᆯ아 ᄂᆡ당의 들어가니 이ᄯᅥ 졍히
삼경이라 부인이 미ᄋᆡ를 마져 좌졍 후의 왈 그ᄃᆡ난 죠졍 ᄃᆡ신의
부인으로 일억케 되어쓰니 엇지 고싱이 아니리오 글언 고로
한번 셜화코져 ᄒᆞ되 민졍이 분분ᄒᆞ와 금일이야 쳥ᄒᆞ와쓰오니
괘렴치 마오시고 회포나 ᄒᆞᄉᆞ이다 ᄒᆞ고 술을 권ᄒᆞ거늘 미ᄋᆡ
답왈 이 몸이 국은이 망극ᄒᆞ와 지금ᄶᅥ

지 살아쓰오나 죽으나 살으나 달으릿가 우희로 시부모 게시고
시랑의 사싱을 몰으옵고 지ᄂᆡ오니 엇지 인류의 비ᄒᆞ올잇가 망
명헤언 죄인을 이갓치 관ᄃᆡᄒᆞ오시니 황공감ᄉᆞᄒᆞ오이다 ᄒᆞ고
잔을 들어 다시 치ᄉᆞᄒᆞ거늘 부인 왈 옥갓흔 몸의 츄의를 입고
단장을 아니 ᄒᆞ여ᄉᆞ잇가 시방 시랑은 다시 ᄉᆞ라오기 ᄭᅮᆷ 박기라
엇지 쳥츈을 허송ᄒᆞ리오 어진 낭군을 만나 일싱을 편케 ᄒᆞ미
엇더ᄒᆞ니잇가 미ᄋᆡ 변ᄉᆡᆨ ᄃᆡ왈 ᄂᆡ 머리을 곡게 ᄒᆞ고 치의을 입고
져 ᄒᆞ나 업셔 못ᄒᆞ미 아니라 낭군이 죄즁의 잇기로 이 몸도
죄인이라 단장을 폐흔 거시오 낭군

을 ᄋᆞᄃᆡ 살나 ᄒᆞ여도 녀ᄌᆞ의 힝실은 두 낭군을 셩기지 안는지라

부인은 틱슈 불힝ᄒ엿쓰오면 낭군을 엇ᄉ오릿가 이 몸은 싱젼의 시랑을 못 보오면 ᄉ후의 황천지하라도 뒤을 좃칠가 ᄒᄂ이다 ᄒ고 부인을 칭망ᄒ더라 각셜 틱슈 드러와 문졉ᄒ거늘 미이 분노ᄒ여 왈 ᄂ 아모리 죄인이라 ᄒ여도 딕신의 후실이오 직쳡이 졍녈이거늘 너 갓튼 놈이 감이 ᄂ 손을 쥬리요 ᄒ고 두 쥬먹으로 틱슈의 가심을 치며 ᄂ달아 도라가거늘 틱슈와 부인이 무류ᄒ여 셔로 참괴ᄒ더라 틱슈 일변 분긔츙쳔ᄒ여 잠을 일우지 못ᄒ고

날이 ᄉ민 관쇽의게 분부ᄒ와 금일 죄인을 졍구할 터이니 예딕ᄒ라 하령ᄒ니라 차셜 잇써 미이도 졍쇽 죄인이라 졍구에 참례ᄒ여더라 틱쉬 좌긔를 차리고 졍구할ᄉ 기싱등을 불너 왈 미이다려 금일보텀 슈쳥 거힝ᄒ라 분부흔딕 기싱등이 령을 듯고 미이의게 령을 젼흔딕 미이 분연 왈 엇던 놈이 날다려 슈쳥ᄒ라 ᄒ더냐 임시랑이 와 쳥ᄒ면 가련이와 이런 더러운 말노 ᄂ 귀을 씻지 말나 ᄒ고 호령이 츄상 갓튼지라 기싱등이 하릴 업셔 이딕로 고흔딕 틱쉬 딕로ᄒ여 미이을 ᄂ입ᄒ라 흔딕 사령이 령을 듯고 미이을 잡어드려 계하에 쑬니거늘 틱쉬 딕질왈 죵시 슈쳥 거힝

아니할쇼냐 미이 반쇼ᄒ고 딕답지 아니ᄒ거늘 틱쉬 분로 왈

네 년의 죄상은 만소 유경이라 네 만일 듯지 아니ᄒᆞ면 이 고을레
어마 삼빅 필을 맛터 가지고 살 씨게 잘 먹어라 ᄒᆞ고 마관을
불너 왈 급슈군 삼빅 명을 파ᄒᆞ고 미ᄋᆡ로 말 먹이는 슈비를
졍ᄒᆞ라 만일 일 필이라도 살이 아니 씨면 쳐 죽이리라 미ᄋᆡ
조금도 의심치 아니ᄒᆞ고 말을 인도ᄒᆞ여 나오니 관속더리 이르
되 어마 슴빅 필을 사름 슴빅 명이라도 져당치 못ᄒᆞ거늘 엇지
홀노 감당ᄒᆞ리요 모다 가련이 여기더라 미ᄋᆡ 동ᄒᆡ를 엽희 씨고
물을 길너 가더니 이쎄 ᄒᆞᆫ 노인이 미ᄋᆡ를 쳥ᄒᆞ야 ᄌᆞ셔이 보니
녀동소년이라 노인 왈 노인 왈 님시랑 부인

P.39

은 엇지 슈비를 졍ᄒᆞ엿나닛가 명쳔이 감동ᄒᆞᄉᆞ 날노 ᄒᆞ야금
부인을 구ᄒᆞ라 ᄒᆞ기로 왓ᄉᆞ오니 부인은 나를 조ᄎᆞ 오소셔 부인
이 노인을 ᄯᆞ라가니 노인 왈 이 물은 희양 곡슈라 이 물을 ᄉᆞ름
이 먹어도 족히 살이 씰 거시니 파라 ᄒᆞ고 ᄯᅡ흘 그어 가르치거늘
미ᄋᆡ 하인을 명ᄒᆞ야 슈삼 쳑을 파니 과연 큰 못시 잇셔 ᄉᆡ얌
솟듯ᄒᆞ야 물이 만터라 노인이 그 즁에 큰 말을 잇글고 말귀에
입을 ᄃᆡ이고 무슴 말을 ᄒᆞᆫ즉 그 말 슴빅 필이 ᄎᆞ레로 물을 먹고
일졔이 드러가더라 노인이 미ᄋᆡ더러 일너 왈 일후라도 큰 말
ᄒᆞᆫ 필을 잇글고 치를 치면 말더

P.40

리 나와 물을 먹고 ᄎᆞ레로 가오리다 ᄒᆞ거늘 미ᄋᆡ 돈슈ᄌᆡᄇᆡ 왈

노인은 어느 곳에 겨시온지 이런 인싱을 구졔ᄒ시나닛가 노인이 답왈 나는 하동 ᄉ룸으로셔 지나가다가 이 말ᄉᆷ을 듯고 말을 인도ᄒ고 가오니 일향 만강ᄒ옵소셔 ᄒ고 가는 죵젹을 아지 못ᄒ네라 미인 그졔야 션인인 쥴 알고 공즁을 향ᄒ여 무슈이 ᄉ례ᄒ고 이날부터 노인 가르치던 ᄃᆡ로 말을 먹이니 오히려 말이 젼보다 살이 더 씨고 빗치 찰난ᄒ더라 ᄎᆞ셜 팀쉬 마관을 불너 문왈 이 ᄉᆞ이 미인 말을 잘 먹이는야 마관이 젼후 말ᄉᆷ을 고ᄒᆞᆫᄃᆡ 팀쉬 듯고 미인를 쏘 나입ᄒᆞ

P.41

야 왈 너는 죵시 슈쳥 아니 들소냐 미인 고셩 ᄃᆡ질 왈 난 쳔ᄒᆞᆫ 인싱이나 녯글에 ᄒ엿스되 츙신은 불ᄉᆞ이군이요 열녀는 불경이 부라 ᄒᆞ엿스니 녜글을 읽지 아니ᄒ고 무어슬 빅화는냐 지금 시졀이 불힝ᄒᆞ야 나라이 캉케 되면 본국을 빈반ᄒ고 도젹놈의게 무릅흘 ᄭ루러 살기만 도모ᄒᆞ랴 너가튼 불츙불의에 놈을 ᄃᆡᄒᆞ여 엇지 나의 슌셜을 더러리요 ᄲᆞᆯ니 쥭여 님시랑의 뒤를 쫏게 ᄒᆞ라 ᄒ고 무슈이 즐욕ᄒᆞ거늘 팀쉬 ᄃᆡ로ᄒᆞ여 왈 그년에 입을 씨으라 ᄒᆞᆫᄃᆡ 무ᄉᆞ등이 영을 듯고 뮤슈 난타ᄒᆞ니 미인 일신에 유혈이 낭

P.42

자ᄒᆞ여 그 형상을 ᄎᆞ마 보지 못ᄒ네라 인ᄒ여 큰 칼 씨워 ᄒ옥ᄒ니라 미인 하날을 우러러 통곡다가 인ᄒᆞ야 칼을 쎄야 ᄌᆞ문ᄒᆞ니

엇지 가련치 아니리요 옥졸더리 신체를 감장코져 ᄒ되 신체를
운동치 못ᄒᄆᆡ 민망ᄒ여 신체를 옥즁의 그져 두엇더라 각셜
ᄆᆡ이 혼ᄇᆡᆨ이 지부에 드러가니 염왕이 분부ᄒ여 왈 한명 젼에
쥭은 혼ᄇᆡᆨ은 지부에셔 알 ᄇᆡ 아니라 셔왕모로 가라 ᄒᆞᆫᄃᆡ ᄆᆡ이
ᄌ셔이 살펴보니 십왕이 좌졍ᄒᆞ엿거늘 무수이 ᄉ례ᄒ고 셔왕모
로 ᄎᆞᄌ 가니라 ᄎᆞ셜 이곳은 아황녀영이며 충신에 ᄇᆡᆨ이슉졔

P.43

와 녈부충효지신이 다 모엿더라 ᄎᆞ시 아황녀영이 왈 그ᄃᆡ난
님시랑의 ᄇᆡᆯ필노셔 셰상 인연을 맛치지 못ᄒ고 ᄋᆡ연이 쥭어
원혼이 되여쓰니 옥황ᄭᅴ 이 연유을 쥬달ᄒ여 환싱케 ᄒ노라
이젹의 ᄐᆡ슈부인이 ᄆᆡ이 쥭은 후로부터 실셩ᄒ여 시상으로 다
니며 ᄒᆡᆼ인을 붓들고 낭군이라 ᄒ며 입도 맛츄고 아ᄅᆡ을 감츄지
못ᄒ거날 ᄇᆡᆨ셩들이 미안ᄒ여 셔로 피ᄒ여 단이드라 ᄐᆡ슈도 모
양을 보고 괴한ᄒ여 식음을 젼폐ᄒ고 공ᄉ를 폐ᄒ니라 차셜
잇ᄃᆡ 임시랑의 창두 밍진통이 시랑을 젼장의 보ᄂᆡ고 뒤을 쫏ᄎ
오다가 싱각ᄒ되

P.44

오동의 증속ᄒᆞᆫ ᄆᆡ이의 ᄉ싱을 알고 돌아가 시랑ᄭᅴ 고ᄒ리라
ᄒ고 오동읍의 당진ᄒ니 엇더ᄒᆞᆫ 미친 부인이 달녀들며 졍든
낭군을 만ᄂᆞ도다 ᄒ고 힐난ᄒ거날 밍진통이 실셩ᄒᆞᆫ 게집인 쥴
알고 피ᄒ여 가더니 길가의 ᄉ람들이 셧다가 보고 ᄃᆡ소 왈 져

냥반도 틱슈 부인씌 피ᄒᆞ여 오난 그동 갓도다 ᄒᆞ거늘 진통이
ᄃᆡ왈 져 부인은 엇지ᄒᆞ여 실셩ᄒᆞ여 게시오니잇가 그 ᄉᆞ람들이
ᄃᆡ왈 우리 틱슈께셔 강능 졀도의 증비 간 님시랑의 부인 미이를
슈쳥 아니 든다고 옥의 가도와 날마다 형장ᄒᆞ믹 불승형장ᄒᆞ여
ᄌᆞ문이ᄉᆞᄒᆞ니 그날부터 틱

P.45

슈부인이 실셩ᄒᆞ여 져럿틋 발광흔다 ᄒᆞ거늘 진통이 이 말을
듯고 실셩통곡 왈 우리 부인을 어딕 가 다시 만ᄂᆞ 보리오 ᄒᆞ니
그 ᄉᆞ람들이 문왈 님시랑의 부인이 쥭엇ᄂᆞᆫ딕 엇지 그딕지 스러
ᄒᆞᄂᆞ잇가 진통이 ᄃᆡ왈 나난 곳 님시랑딕 죵이라 시랑은 젼장의
나아가시고 나난 그 뒤를 ᄯᅡ라 오난 길의 부인의 ᄉᆞ싱존망을
알고져 왓다가 이 말을 듯ᄉᆞ오니 노쥬지간의 엇지 슬푸지 아니
ᄒᆞ리오 ᄂᆡ심의 싱각ᄒᆞ되 남의 죵이 되엇다가 상젼의 원슈을
갑ᄂᆞᆫ 거시 셧셧ᄒᆞ니라 ᄒᆞ고 관문의 나가 ᄒᆞ인을 불너 왈 ᄂᆡ가
과연 의슐을 비왓드니 너의 틱

P.46

슈부인이 실셩탄 말을 드르믹 진딕고져 왓시니 느의 관가의
엿ᄌᆞ워라 ᄒᆞ인등이 깃거ᄒᆞ여 틱슈씌 고흔딕 틱슈 밧비 쳥ᄒᆞ라
ᄒᆞ거날 진통이 드러가 녜필 좌졍 후 병난 츌쳐을 뭇잡고 진딕고
져 ᄒᆞ되 틱슈 의심치 아니ᄒᆞ고 침셕의 누엇더니 진통이 틱슈의
두 손을 잡고 빅의 올ᄋ 안지며 ᄃᆡ호 왈 나난 님시랑의 죵 밍진

242 임호은전

통이라 상젼의 원슈를 갑고져 ᄒ노니 죽노라 한티 말나 ᄒ고
인ᄒ여 칼을 쎄여 빅를 갈나 간을 ᄂᆡ여 손의 들고 쏘 한 손의
칼을 드러쓰니 뉘 능히 ᄃᆡ적ᄒ리오 발셥도도ᄒ여 바로 옥중의
드러가니 부인

ᄆᆡ이 잠든 드시 누어거늘 진통이 간을 겻히 노코 혼빅을 위로ᄒ
고 ᄃᆡ셩통곡ᄒ니 보난 스람이 뉘 아니 서러ᄒ리요 잇쎄 ᄆᆡ이의
혼빅이 셔왕모에 ᄒ직ᄒ고 수쟈를 짜라 나오다가 보니 엇던
스름을 결박ᄒ야 수ᄌ 안동ᄒ여 오거늘 ᄆᆡ이 ᄃᆡ경 문왈 져 엇던
스름이완ᄃᆡ 져리 되야 오나잇가 ᄉᆡ직 답왈 그 놈은 오동티슈라
님시랑 종 밍진통이 그 놈의 빅를 가르고 간을 ᄂᆡ여 원슈를
갑하스니 그 혼빅이 지부로 잡펴가나이다 ᄒᆞᄃᆡ ᄆᆡ이의 혼빅이
일변 상쾌히 여기더라 ᄉᆡ직 길를 ᄌᆡ촉ᄒ야 오동 옥즁에 드러가
ᄆᆡ이의 혼빅을 그 신체에 부치니 ᄆᆡ이 졍신을 ᄎᆞ려 눈을

쎠보니 셰상의 환싱ᄒ엿난지라 좌우를 살펴보니 밍진통이 티슈
의 간을 겻히 노코 통곡ᄒ거늘 ᄆᆡ이 문왈 그ᄃᆡ는 엇지 알고
왓는요 진통이 눈을 드러보니 부인이 과연 환싱ᄒ여거날 진통
이 젼후셜화를 낫낫치 고ᄒᆞᄃᆡ ᄆᆡ이 듯고 일희일비ᄒ더라 진통
이 부인을 모시고 쥬인에 나와 ᄒ직 왈 소인는 젼장으로 가오니
부인은 무양ᄒ옵소셔 각셜 님원쉬 장ᄃᆡ에 놉히 좌긔ᄒ고 졔장

불너 분부 왈 천직 날노 흐야금 즁임을 밋기시고 인검을 쥬셧스
니 위령쟈는 참흐리라 하령흐니라 제장이 각각 영을 듯고 임소
로 도라

가니라 ᄎ셜 청탐이 보흐되 엇더흔 ᄉ람이 와 문을 열나 흐옵기
로 셩명을 뭇ᄉ온직 어협되라 흐나이다 흔되 원슈 되희흐여
문을 여러 쳥흐라 흐니 어협되 드러와 군례로 뵈온 후 젼후
슈말을 뭇ᄌ온 후 원슈게 치하흔되 원쉬 살펴보니 협되 피갑상
마흐여시니 밍호지쟝일너라 원쉬 문왈 그되 엇지흐여 알고 왓
는요 협되 되왈 낙양에 잇삽다가 듯ᄉ온직 장군이 이리로 오시
더라 흐옵기로 불원천리흐고 왓나이다 원쉬 이 말을 듯고 깃거
흐미 충냥업더라 원쉬 직시 텬ᄌ게 이 사연으로 쥬달흔되 텬직
되희흐ᄉ 하죠 왈 협되로 벼실 흐이사 질겁게 흐라 흐시다 원슈
믈너나와 군즁에 하령 왈

호왕이 젼일 졔 장슈 십 명을 쥭여시니 반다시 원슈을 갑고져
시푼 마음이 쳘골에 밋실지라 그되등은 ᄂᆡ 령을 어기오지 말고
자셔이 드르라 흐고 협되을 불너 왈 그되는 쳘긔 삼쳔을 거나려
동문 밧그로 슈리를 가면 되강이 잇실 거시니 그 물을 등지고
복병흐여다가 명일 오시에 호왕이 그리로 갈 거시니 길을 막고
강을 건너지 못흐게 흐라 ᄯᅩ 명한을 불너 왈 그되은 쳘긔 오쳔을

거나려 셔문 밧긔로 슈리를 가면 호남동이 잇실 거시니 그 골 속에 진쳐다가 명일 미시에 호왕이 그리로 갈 거시니 여ᄎᆞ여ᄎᆞ 허라 ᄒᆞ고 ᄯᅩ 셩진을 불너 왈 그ᄃᆡ는 졍병 이만을 거나려 우림동슈

풀 속에 민복ᄒᆞ여다가 여ᄎᆞ여ᄎᆞ ᄒᆞ라 ᄒᆞ고 ᄯᅩ 밍철을 불너 왈 그ᄃᆡ는 보군 일쳔을 거나려 호로곡 어귀에 둔취ᄒᆞ여다가 호왕 이 그리로 지닐 거시니 여ᄎᆞ여ᄎᆞ ᄒᆞ라 ᄒᆞ고 ᄯᅩ 댱쵹환을 불너 왈 그ᄃᆡ는 쳘긔 삼쳔을 거나려 목님동에 민복ᄒᆞ여다가 호로곡 에셔 방포쇼ᄅᆡ 나거든 뇌고함셩ᄒᆞ고 호진을 막아 여ᄎᆞ여ᄎᆞ ᄒᆞ 라 나는 텬ᄌᆞ를 보시고 ᄃᆡ림동에 민복ᄒᆞ여다가 호왕을 자부리 라 졔장이 각각 쳥령ᄒᆞ고 물너나다 원쉬 하령 왈 군즁은 사졍이 업나니 위령ᄌᆞ는 참ᄒᆞ리라 호령ᄒᆞ고 원슝 이날밤에 목욕ᄌᆡ계ᄒᆞ 고 장ᄃᆡ에 놉피 안ᄌᆞ 부작을 써 공즁에 더지니 무슈한 신장이 ᄂᆡ려와 옹위ᄒᆞ거늘

원슈 호령 왈 너희등은 귀병을 거나려 셩즁에 웅거ᄒᆞ여다가 ᄂᆡ일 삼경에 호왕이 셩즁에 돌닙ᄒᆞ거든 그ᄢᅵ 셩문을 구지 닷고 뇌고함셩ᄒᆞ여 호왕을 사로잡으라 분부ᄒᆞ니 신장등이 황공 쳥령 ᄒᆞ고 물너나니라 ᄎᆞ셜 원쉬 ᄃᆡ상에 ᄌᆞ명고을 만드러 놉히 걸고 텬ᄌᆞ을 모시고 차야에 ᄃᆡ림동으로 드러가니라 각셜 호왕이 져

의 명장 십여 인 죽음을 통닙골슈ᄒ여 장ᄃᆡ에 놉히 안ᄌ 졔장을 불너 당부 왈 ᄂᆡ 여러 장슈의 원슈을 갑고져 임호은을 잡어 간을 ᄂᆡ여 씹브리라 ᄒ고 굴돌통을 불너 왈 그ᄃᆡ은 졍병 심만을 거나려 빅졔셩 동문을 졉응ᄒ라 ᄯᅩ 쥬란을 불너 왈 그ᄃᆡ는 졍병

P.53

오만을 거나려 빅졔셩 셔문을 졉응ᄒ라 ᄒ고 그 남은 장슈은 각각 신지을 직히여 그름이 업게 ᄒ라 ᄒ고 호왕 왈 나는 후군을 거나려 빅졔셩을 치리라 ᄒ고 쵸경에 밥 먹고 이경에 ᄯᅥ나 빅졔 셩에 다다르니 잇ᄯᆡ 졍이 삼경이라 숑진을 살펴보니 고요ᄒ지 라 호왕이 ᄃᆡ희ᄒ여 바로 돌입ᄒ여 뇌고함셩ᄒ니 셩동텬디라 호왕이 짓쳐 드러가니 흑운이 숑진을 덥허 지쳑 불변이라 호병 이 졍신이 앗득ᄒ여 엇지 할 쥴 모르더니 호왕이 ᄃᆡ경ᄒ여 살펴 보니 숑국 병은 일인도 업고 난ᄃᆡ 업난 신병이 호왕을 엄살ᄒ니 호왕이 ᄃᆡ로ᄒ여 진언을 염ᄒ며 부작을 공즁에 치친니 무슈ᄒ 신병이 흐터지난지라 호왕이 그졔야 속은 쥴

P.54

알고 분노ᄒ여 셩즁을 엄살ᄒ니 셩즁이 발셔 비여난지라 할 일 업셔 힝군ᄒ여 본진으로 도라올ᄉᆡ 몽임동에 다다르니 믄득 함셩이 이러나며 일지군이 ᄂᆡ다라 엄살ᄒ니 호왕이 젼군을 머 무르고 살펴보니 숑국 아장 댱쵹한이라 호왕이 ᄃᆡ경ᄒ여 바로 가지 못ᄒ고 동편으로 향ᄒ여 그림령을 넘어다(가)더니 홀연

일성표향에 웃듬 장슈 어협되 닌다라 물미듯 짓치니 호왕이
닌다라 좌우츙돌ᄒ난지라 협되 칼을 놉피 들고 되호 왈 기 갓튼
호왕은 닌 칼 바드라 ᄒ고 동셔로 치빙ᄒ니 호병의 머리 츄풍낙
엽일너라 호왕이 되겁ᄒ여 물너 진치고 평명에 군ᄉ를 졈고ᄒ
니 아장 삼십여 인이 죽고 군ᄉ의 죽엄 틱산 갓더라 호왕

P.55

이 양텬 탄왈 날노 말뮈암어 억죠창싱을 살히ᄒ니 엇지 실푸지
아니ᄒ리요 인ᄒ여 츅문을 지어 젼망장쥴의 혼빅을 위로ᄒ니라
차셜 호왕이 슌금투구에 빅포은갑을 입고 팔십 근 장창을 들고
쳔니되왕마을 타고 일셩방포에 진문을 열고 되호 왈 나의 장쥴
죽인 ᄌ는 쌜니 나와 닌 칼 바드라 호통커늘 임원쉬 호왕이
나오믈 보고 쌍용 투구에 엄신갑을 입고 쳥충마을 칩터타고
벽녁도를 놉피 들고 진젼에 나와 위여 왈 반적 호왕은 드르라
너의 기 갓튼 놈드리 강포만 밋고 외람이 되국을 침범ᄒ여 텬의
을 항거코져 ᄒ니 엇지 괘심치 아니리요 우리 황상이 노ᄒᄉ
날

P.56

노 ᄒ여곰 너의 기 갓큰 놈들을 씨러 바리고 너을 잡아 죄를
무르라 ᄒ셧기로 이에 와나니 밧비 나와 말게 닌려 항복ᄒ라
ᄒ거늘 호왕이 되분ᄒ여 마즈 쓰화 팔십여 합에 미결승부러니
마침 양진에셔 명금을 울니거늘 두 장쉬 각각 본진에 도라와

분을 참지 못ᄒ더라 각셜 임원쉬 장듸에 놉히 안져 하령 왈 금일 호왕의 용밍을 보니 과시 영웅이라 그러ᄒ나 짓지 못ᄒ난 긔요 우지 못ᄒ난 달기라 엇지 근심ᄒ리요 명일은 단당이 호왕을 잡아 분을 풀니라 ᄒ더라 ᄎ셜 호왕이 본진에 도라가 제장으로 더부러 탄식 왈 금일 임호은의 용밍을 보니 과연 영웅이나 어린 아희라 엇지 근심

P.57

ᄒ리요 ᄒ거늘 제장등 왈 그러ᄒ오나 호은의 검슐과 창법이 가장 긔특ᄒ고 말이 비룡갓고 두우에 정긔가 쓰여시니 텬신이 죠작ᄒ난 듯ᄒ더이다 호왕 왈 긔특ᄒ거니와 구셩유취을 엇지 근심ᄒ리요 ᄒ더라 잇튼날 임원쉬 피갑상마ᄒ여 위여 왈 호왕아 어제 미결ᄒᆫ 승부를 결ᄒᄌ ᄒ거늘 호왕이 원쉬의 어림을 보고 말게 올나 위여 왈 늬 너을 어제 버힐 거시로듸 청츈을 익겨 살녀 보늬엿거늘 감이 싱심이나 엇지 날을 듸젹코져 ᄒ난요 가히 청츈이 가이 업도다 ᄒ고 달여들거늘 원쉬 마져 ᄊ화 졉젼 사십여 합에 미결승부러니 호왕의 직죠 비등ᄒ여 졈졈 승승ᄒ거늘 원슈 아장 어

P.58

협듸 듸분ᄒ여 늬다라 돕는지라 원쉬 승시ᄒ여 팔을 잠간 쉬여 ᄯᅩ 나와 슈합이 못ᄒ여 고각함셩이 텬디 진동터라 각셜 호왕이 져당치 못ᄒ여 동으로 닷거늘 원쉬 긔을 두루며 쪼차 가니라

호왕이 쬬기여 황강싸에 다다르니 숑장 명흔이 미복ᄒ여다가 길을 막으며 디호 왈 호왕은 어디로 갈쇼냐 호왕이 디로 왈 닉 너의 디원슈와 협디을 버히고 너를 잡부러 왓나니 엇지 깃부지 아니하리요 ᄒ고 달녀들거늘 명한이 츄언을 드러믹 명신이 황홀ᄒ여 ᄊ올 쓰지 업시 강에 임의 빅 업고 갈길이 업난지라 쥭기로써 디젹ᄒ리라 ᄒ고 달녀들러 접젼ᄒ더니 맛참 후면에 틋길이 이러나며 원슈

와 협디 호왕을 쬬차 왓는지라 명한이 일변 깃겁고 일변 호왕의게 쇽으믈 분이 역여 디질 왈 긔 갓튼 호왕은 목을 느리여 닉 칼을 바드라 ᄒ고 엄살ᄒ니 호병의 머리 츄풍낙엽일너라 호왕이 도망코져 ᄒ나 압히 디강이요 츄병이 급흔지라 하날을 울러러 탄식ᄒ더니 차시 임원슈 협디을 불너 왈 구틱나 숑으로 살히 말나 ᄒ고 진언을 염ᄒ며 풍빅을 부르니 대강슈 빙판이 되난지라 호왕이 디희 왈 하날이 나을 도으심이라 ᄒ고 군ᄉ을 거나려 하날씌 츅슈ᄒ고 건너더니 가온디 이르러 어름이 풀니며 장죨이 몰ᄉᄒ고 다만 호왕만 나머난지라 호왕이 몸을 쇼쇼와 물을 건너 도망ᄒ거늘 원슈 풍빅을 불

너 강슈을 도로 빙판으로 만들러 디병을 거나려 호왕을 ᄯ로난지라 호왕이 원슈의 요슐을 보고 황겁ᄒ여 쥬져ᄒ더니 원슈

군스을 호령ᄒ여 호왕을 들어ᄡ고 크게 엄살ᄒ여 호왕을 결박
ᄒ여 슈레에 싯고 빅졔셩으로 도라오니 삼군의 질기난 쇼ᄅᆡ
구텬에 ᄉ못더라 원슈 텬자를 모시고 장ᄃᆡ에 놉히 안져 좌긔를
벼풀고 졔장의 공을 각각 바드실ᄉᆡ 어협ᄃᆡ로 ᄃᆡ사마 ᄃᆡ도독을
ᄒ이시고 명한으로 부총독을 ᄒ이시고 댱쵹한으로 션봉장을
ᄒ이시고 딩한을노 후군장을 ᄒ이시고 셩현으로 마ᄃᆡ장을 ᄒ이
시고 그 나문 장수는 각각 죠흔 벼살노 승차ᄒ게

P.61

ᄒ시고 삼군을 상ᄉᄒ시고 호왕을 ᄂᆡ입ᄒ여 장하에 ᄭᅮᆯ니고 ᄃᆡ
ᄆᆡ 왈 네 강포을 밋고 텬의을 항거코져 ᄒ니 네 죄는 만ᄉ유경이
라 엇지 세상에 살기를 용납ᄒ리요 무ᄉ을 호령ᄒ여 원문 밧게
나여 참ᄒ라 ᄒ신ᄃᆡ 차시 원슈 텬ᄌᄭᅴ 엿ᄌ오되 호왕의 죄는
만ᄉ유경이오나 하ᄒᆡ 갓ᄉ온 텬은을 무르와 살녀 보ᄂᆡ시면 졔
ᄌ식들이라도 텬은을 쳔츄에 츅원할 터이오니 복원 황상은 호
왕을 살녀쥬옵심을 쳔만 복망ᄒ옵나이다 텬ᄌᆡ 마지못ᄒᄉ 호왕
을 ᄭᅮ지져 왈 단당 군법을 시ᄒᆡᆼ할 거시로ᄃᆡ 원슈의 낫철 보아
용셔ᄒ나니 다시는 외람흔 마음을 두지 말나

P.62

ᄒ시고 하됴 왈 군즁 ᄃᆡ쇼ᄉ는 원슈 자당 쳐치ᄒ라 ᄒ시고 씨러
ᄂᆡ치시다 각셜 원슈 호왕을 ᄂᆡ입ᄒ여 계ᄒ에 ᄭᅮᆯ니고 ᄃᆡ질 왈
너을 쇼당 죽일 거시로ᄃᆡ 잔명을 불상이 역여 살녀 쥬나니 차후

는 외람흔 쯧을 두지 말나 흔듸 호왕이 고두사례 왈 쇼왕이
쥭스온들 엇지 목심 살녀 쥬옵신 은혜을 잇스오리가 후일 황쳔
디하에 도라와도 은혜 빅골난망이로쇼이다 흐고 무슈이 사례흐
거늘 원쉬 그졔애 져의 항복흐믈 알고 무스을 명흐여 호왕을
히박흐여 당상에 올녀 안치고 슐을 부어 권흐여 왈 일후난 다시
외람흔 마음을 먹지 말나 흐고 놀난 나음을 풀쳐 호의로 듸졉

P.63

흐니 호왕이 감격흐여 슐을 마시다가 홀련 호왕이 실푼 빗치
잇거늘 원쉬 왈 왕은 무삼 일노 슈심이 나난요 호왕이 공슌이
답왈 쇼왕의 아장 호스호로 졍병 일만을 쥬어 황셩을 치라 흐고
보닉여삽더니 쇼왕이 임의 항복흐온지라 호스회 만일 황셩을
범흐여스오면 쇼왕이 엇지 살기를 바라릿가 원쉬 듸경 왈 어늬
날 힝군흐여나뇨 호왕 왈 삼스일 되어나이다 원쉬 텬자게 쥬달
흐온듸 텬지 듸왈 곤(?) 이외는 장군만 밋나니 즈량흐라 원쉬
물너나와 팔괘을 버려 히득흔직 십삼 일 후면 도셩이 말이 못
될지라 직시 들어가 황상쯰 이 연유를 쥬달흐옵

P.64

고 쥬왈 쇼장이 가려흐오나 호왕의 간계을 모르옵고 다른 장슈
을 보닉고져 흐오나 이곳셔 황셩이 오쳔 팔빅 니나 되오니 일을
장차 엇지 하올넌지 금심이로쇼이다 할 지음에 어협듸 이 말을
듯고 츌반 쥬왈 쇼장이 삼일 닉로 득달흐와 도셩을 구완흐옵고

종묘사직을 안보ᄒ와 만분지일이나 국은을 갑사올가 하옵나니
다 원쉬 반쇼 왈 도독이 졍령 삼일 닉로 득달할쇼냐 협딕 딕왈
원쉬 엇지 쇼장을 용렬이 아시난잇가 쇼장이 삼일 닉로 득달치
못ᄒ오면 군법 시ᄒᆡᆼᄒ오리다 ᄒ거늘 이ᄯᅵ 호왕이 겻히 잇다가
왈 그딕 홀노 가셔는 공을 이루지 못할 거시니

P.65

경션이 구지 말나 ᄒ거늘 협딕 딕로 왈 도시 텬하 분분하기는
네 놈의 타시라 ᄒ고 칼을 ᄲᅢ여들고 달녀들거늘 호왕이 젹슈단
신이라 할 일 업셔 협딕의 칼 든 숀을 잡고 요동치 아니ᄒ고
셧난지라 마침 텬지 그 형상을 보시고 호령 왈 짐도 호왕을
용셔ᄒ여 항복바더거늘 네 감이 ᄉ체을 모르고 군즁을 요란케
ᄒ니 너 갓튼 무례ᄒᆫ 놈을 버혀 후인을 증계ᄒ라 ᄒ고 무ᄉ을
명ᄒ여 원문 밧게 참ᄒ라 ᄒ시다 각셜 임원쉬 딕경ᄒ여 갑듀을
벗고 계하에 닉려 보(복)지 쥬왈 협딕 분긔을 참지 못ᄒ와 그리
ᄒ여ᄉ오

P.66

니 복원 황상은 ᄌ비지심을 닉리와 협딕을 살녀 쥬옵쇼셔 텬지
원슈의 쥬달ᄒᄆᆯ 보시고 하령 왈 너를 단당 죽여 군법을 경계할
거시로딕 원슈의 낫철 보아 용셔ᄒ나니 일후는 다시 무례이
구지 말나 ᄒ시고 파죠ᄒ시다 각셜 원쉬 협딕를 불너 상의 왈
호ᄉ호의 급ᄒ미 여차 ᄒ니 그딕는 군ᄉ 오만을 거나려 쥬야

비도ᄒ여 셩공ᄒ라 ᄒ고 ᄯᅩ 금낭 세흘 쥬어 왈 혼ᄌ 힝ᄒ기
어렵거든 금낭 일기를 쇼화ᄒ고 북으로 칠셩을 응ᄒ여 ᄉ비ᄒ
면 ᄌ연 구할 사람이 이를 거시니 여ᄎ여ᄎ ᄒ고 ᄯᅩ 명일 슐시에
급흔 일이 잇실 거시니 ᄯᅩ 금

낭 일기를 쇼화ᄒ고 잇시면 무슈흔 신병이 도독을 도을 거시니
도독은 셩문을 구지 닷고 잇다가 호병이 ᄌ멸커든 길을 취ᄒ여
ᄲᆞᆯ니 힝ᄒ라 ᄒ다 각셜 호왕이 황셩 가는 길에 통ᄒ미 잇실가
의심ᄒ여 즁노에 예비ᄒ미 잇더니 원슈의 금낭계에 ᄌ멸ᄒ미
되어더라 ᄎ셜 어협ᄃᆡ 원슈의 금낭을 간슈ᄒ고 군수을 칙촉ᄒ
여 황셩으로 힝ᄒ니 쇼과 군현이 항복지 아니 리 업더라 각셜
젹장 호ᄉ호의 아장 둘이 잇시되 흔나흔 셩명이 어부요 ᄯᅩ 흔나
흔 셩명이 무협귀라 이 놈들은 본ᄃᆡ 동히 김싱으롤 쳔년식 묵어

뇨변과 괴슐이 만하 작난이 무슈흔지라 용왕이 죄을 쥬어 인간
에 닉쳐더니 그 짐싱이 뇨슐노 사람 되어 작난ᄒ되 사람을 맛나
면 입을 버려 오륙 명식 흔 입으로 자버먹으니 뉘 능히 당ᄒ리요
옥황상뎨 진노ᄒᄉ 그 놈들을 죄을 쥬어 반야산 옥함골에 가둔
지 슈빅여 년이라 호ᄉ호 쇼년시에 검슐을 빅화 무쇼긔탄이라
일일은 히변으로 죠차 반야산 옥함골에 당도ᄒ니 엇더흔 짐싱
이 입을 버려 달여들거늘 호ᄉ호 ᄃᆡ로ᄒ여 칼을 쌔혀들고 그

김싱으로 더부러 빅여 합을 쓰화 칼노 치니 창검이 드지 아니ᄒ
난지라 호ᄉ회 ᄃ경

P.69

ᄒ여 창검을 바리고 닷거늘 무협귀 호ᄉ호을 쏘차오는지라 호
ᄉ회 할슈 업셔 도로 반야산 옥함골노 다라나 굴 속으로 드러가
니 무협귀 쏘차와 굴문을 막고 고함ᄒ니 그 굴 속에서 흔 귀장이
나와 ᄃ호 왈 무협귀야 너는 인간에서 날마다 포식ᄒ거이와
나는 이 곳에 잇는 지 슈빅 년에 인뇩을 먹지 못ᄒ여시니 그ᄃ는
두고 가라 ᄒ고 입을 버리고 나오거늘 호ᄉ호 ᄃ경ᄒ여 자셔이
바라보니 신장이 구 척이요 왼몸에 털이 두 ᄌ이나 되고 두
눈이 홰불 갓더라 무협귀 답왈 네 간청ᄒ니 두고 가노라 ᄒ거늘
어부 호ᄉ호을 흔 번 보니 긔골이 웅장ᄒ

P.70

여 진실노 텬하 영웅이라 호ᄉ호다려 왈 네 져러흔 장골노 엇지
그만 놈의게 쏘겨왓는요 호ᄉ회 ᄃ왈 니 용녁이 부죡ᄒ여 그러
ᄒ미 아니라 그ᄃ등이 이곳에 잇단 말을 듯고 여긔 와셔 너의와
동심합녁ᄒ여 세상 풍진을 쇼청코져 ᄒ노라 어뷔 왈 무협귀라
ᄒ는 놈은 세상 업셔도 잡지 못할 거시요 그ᄃ을 자셔이 보니
텬하 영웅이라 니 보검을 가지고 이 산 상상봉에 올나가 빅일
긔도ᄒ면 우리 텬벌이 풀닐 듯ᄒ니 니 말ᄃ로 시ᄒᆡᆼᄒ여 달ᄂ
ᄋᆡ걸ᄒ니 호ᄉ회 허락ᄒ고 용텬검을 들고 ᄒᆡ변에

P.71

나아가 되호 왈 무협귀은 쌜니 나와 늬 칼 바드라 ᄒ니 무협귀
되로ᄒ여 졉젼 슈합에 호ᄉ회 용쳔검을 들어 그 짐싱을 치니
그 짐싱이 거구러지며 항복ᄒ거늘 호ᄉ회 무협귀을 압셰우고
반야산 옥함골노 와셔 굴쇽으로 드러가 어부를 불너 왈 어부는
나의 용밍을 보라 ᄒ고 무협귀을 불너 왈 너는 이 곳에 잇셔
늬 분부를 기다리라 ᄒ고 제물을 졍히 차려 가지고 반야산 상상
봉에 올나가 하날게 위츅ᄒ여 빅일 긔도ᄒ고 옥함골노 왓더니
ᄎ시 옥황상뎨 감동ᄒ사 어부의 텬벌을 사ᄒ시다 각셜 어뷔
호ᄉ호의게 치하ᄒ고 무협귀을 다리고 인간에 나

P.72

와 인간 물졍을 살피며 혹 쥬현도 침노ᄒ며 혹 부츈도 공벌ᄒ니
항복지 아니 리 업더라 호ᄉ회 텬하을 도모코져 ᄒ여 의논ᄒ고
군ᄉ을 거나려 슝국 북산에 놀나 망긔ᄒ니 슝국 장졸이 그 근본
을 알녀 ᄒ여 셩화 갓치 쏘차오니 발셔 간 디 업더라 각셜 호ᄉ
회 호왕을 보고 왈 디왕이 십만지즁을 거나려 슝 텬ᄌ와 디진ᄒ
나 지모 잇난 사람 업고 홀노 디ᄉ을 경영ᄒ시니 쇼장이 일비지
녁을 돕고져 ᄒ와 불원쳔리ᄒ고 왓ᄉ오니 혹가 용셔ᄒ시리가
호왕이 디희ᄒ여 상빈례로 디졉ᄒ고 군즁ᄉ를 의논ᄒ더라 ᄎ시
호ᄉ회 호왕다려 왈

P.73

호왕은 이 곳셔 숑 텬즈를 항복밧고 쇼장은 바로 황셩에 득달ᄒ
여 장안을 초쳥ᄒ고 디왕을 영졉ᄒ리니 엇더ᄒ니이가 호왕이
디희ᄒ여 군ᄉ 이만을 쥬어 보ᄂᆡ니라 ᄎ셜 호ᄉ회 쥬야 빈도ᄒ
여 황셩에 득달ᄒ여 셩문을 열나 ᄒ던ᄃᆡ 슈셩장이 왈 엇더ᄒ 장슈
완ᄃᆡ 셩문을 임의로 열나 ᄒ나뇨 호ᄉ회 왈 나는 셩규즈시라
지금 텬지 위급ᄒ시믈 듯고 불원쳔니ᄒ옵고 왓ᄉ오니 의려 마
르시고 밧비 문을 여러 쥬옵쇼셔 ᄒ거늘 슈문장이 이ᄃᆡ로 유셩
장의게 고ᄒᆫᄃᆡ 유셩장 사이원이 이 말을 듯고 셩문을 여러 드리
라 ᄒ니 슈문장이

P.74

셩문을 디기ᄒ니 호ᄉ회 방포일셩에 크게 위여 왈 나는 호국
도원슈 호ᄉ호라 틱즈는 쌜니 나와 항복ᄒ라 ᄒ고 창검을 드러
군ᄉ을 지치니 잇써 사이원이 할일 없서 틱즈를 모시고 도망ᄒ
니라 각셜 사이원이 틱즈를 모시고 셩규즈ᄉ을 마지려 ᄒ여
동문으로 나와보니 셔(셩)규즈ᄉ는 아니요 잇더한 장쉬 엄살ᄒ
는지라 사이원이 황겁ᄒ여 도망코져 ᄒ나 호병이 쳡쳡이 둘너
싸고 지치니 틱지 앙텬 탄왈 죵묘ᄉ직이 일죠에 니게 와 망케
되어시니 이러ᄒ 망극ᄒ 일이 어ᄃᆡ 잇시리요 통곡 긔졀ᄒ니
사이원의 아덜 사남이

P.75

쥬왈 시방 일이 위급ᄒ여시니 다른 변통은 업ᄉ오니 달니 말ᄅ
시고 쇼신이 틴ᄌ의 의복을 바ᄭ어 입고 호장의게 항복할 터이
오니 틴ᄌ를 모시고 부친은 ᄲᆯ니 북문으로 나가 셕두셩으로
피란ᄒ옵쇼셔 틴ᄌ 올히 역이사 의복을 바ᄭ어 입고 북문으로
도망ᄒ니라 화셜 사남이 틴ᄌ의 옷슬 가라입고 군ᄉ의게 분분
ᄒ되 사이지차ᄒ여시니 항복ᄒ라 온다 ᄒ고 호장다려 이르라
군ᄉ 그 말노 호진에 고ᄒᆫ되 호ᄉ회 이 말을 듯고 되희ᄒ여
군ᄉ을 졉고ᄒ고 장되에 놉히 안져 고되ᄒ더니 잇ᄯᅥ 사남이
항셔을 가지고 셩에 나와 올니거늘 호ᄉ회 바다보니 항셔에
ᄒ여시되 나는 틴ᄌ 아니요

P.76

숑국 츙신 사남이라 방금 틴ᄌ 위틴ᄒ신지라 틴ᄌ의 복식 역복
ᄒ고 나와시니 이 긔갓튼 놈들아 견픽 뵈이지 말고 ᄲᆯ니 쥭여
쳔츄에 츙셩을 빗나게 ᄒ여라 우리 틴ᄌ는 황셩에 계시나 엇지
긔 갓튼 눈에 뵈이리요 니을 북북 갈며 져 놈의 간을 못 니여
십부니 한심ᄒ도다 ᄒ고 자문이ᄉᄒ니라 호ᄉ회 보기을 다ᄒ고
사남을 보니 긔졀ᄒ여는지라 호ᄉ회 되경ᄒ여 급피 계ᄒ에 니
려가 사남을 구ᄒ니 발셔 ᄌ문ᄒ여난지라 호ᄉ회 되찬 왈 과연
츙신이로다 ᄒ고 츙문을 지어 혼빅을 위로ᄒ고 상례을 가츄어
안장ᄒ니라 각셜 사이원이 틴ᄌ을 모시고 셕두셩에 잇셔 셩문
을 구지 닷고 직희니라 차셜 호ᄉ회 어부을 불너 왈 그되는

철긔 삼천을

가나려 셔두셩을 둘너쏘고 숑 틴즈을 동망치 못호게 호라 어뷔
영을 듯고 힝호나라 호소회와 무협귀 이 날밤에 셕두셩 칠 묘칙
을 의논호더니 잇써 어협틴 장졸을 거나려 쥬야 비도호여 죵일
토록 힝호니 불과 삼빅 니을 왓난지라 오쳔 팔빅 니을 삼일
니로 득달호리라 호고 장젼에 다짐호고 왓는지라 오쳔 팔빅
니을 삼일 니에 득달하리요 근심으로 잠을 이루지 못호다가
믄득 싱각호고 원슈의 금낭계을 니여 쇼화호고 북두칠셩을 응
호여 사비호고 셧더니 흔 노인이 슈레을 타고 니려와 이르되
숑국 도독이 뉘신요 협틴 틴왈 과연 쇼장이로쇼이다 노인 왈
그러호면 급피 슈레에 오르쇼셔 협틴 틴왈 쇼장은 오르연이와
져 슈다흔 장졸은 엇지 호오리가 노인

왈 그난 염녀 마옵고 급피 오르라 진쵹호니 협틴 아장 불너
협틴 아장 불너 뒤죠차 오라 당부호고 협틴 노인을 모셔 수레에
올나 사례호니 노인 왈 그틴은 잠간 눈을 감으쇼셔 협틴 눈을
감고 잇다가 잠간 눈을 써보니 노인이 압히셔 풍운을 진작호니
쳔 니 강산이 눈 압헤 번젹호는지라 살펴보니 발셔 동방이 발가
더라 이윽고 노인 왈 날이 발가사니 도독은 급피 니리쇼셔 협틴
슈레에 니리니 노인 왈 장군은 쌜니 셕두셩을 구호옵쇼셔 협틴

왈 셕두셩이 얼마나 나만난잇가 노인 왈 이 곳셔 도셩이 오빅
니오니 금야에 오기는 사쳔 팔빅 니을 왓나이다 협딕 비사 왈
노인계셔 쇼장의 급흔 길을 인도ᄒ여 쥬옵시니 은혜 빅골난망
이로쇼이다 노인 왈 이 슈레는 북두칠셩의 츅디

ᄒ난 수레라 셔왕모의게 두어삽더니 칠셩임 젼령이 왓습기로
옥황상뎨 모르시게 ᄒ로밤만 빌니라 ᄒ여 왓나이다 ᄒ고 비상
텬ᄒ니라 어협딕 그계야 임원쉬 텬신이 하강흔 줄 알고 하날을
우러러 무슈이 사례ᄒ고 도셩으로 향ᄒ니라 각셜 이ᄯᅵ 호ᄉ호
어부을 셕두셩에 보닉고 밤을 지닉더니 이 날밤에 텬문을 살폐
보니 엇더흔 장셩이 호왕의 직셩을 엄살ᄒ니 호왕의 직셩이
무광흔지라 호ᄉ회 딕경ᄒ여 무협귀을 청ᄒ여 왈 앗가 텬문을
보니 우리 딕왕의 쥬셩이 희미ᄒ여 뵈오니 아마 딕ᄉ 그릇된가
의심이 나니 이을 장츠 엇지 ᄒ리요 무협귀 답왈 소장도 앗가
텬문을 보온직 우리 딕왕이 사로잡힌가 짐작이

오니 장군은 명일 셕두셩을 급피 치고 슝 틱ᄌ을 사로잡아 우리
딕왕을 구ᄒ오면 죠흘가 ᄒ나이다 ᄒ고 셔로 의논할 지음에
셕두셩 치러간 어빅 이르거날 호ᄉ회 문왈 장군은 엇지ᄒ여
왓나요 어빅 왈 장군은 긔야에 텬문을 보아 계신잇가 쇼장이
긔야에 텬문을 보온직 엇더흔 장셩이 우리 딕왕 직셩을 시살ᄒ

고 또흔 장성은 황성으로 향ᄒ여 오는 듯시푸오니 쇼장이 나아
가 동졍을 살피리이다 ᄒ거늘 호수회 ᄃᆡ경ᄒ여 밧비 가라 ᄒ다
어ᄇᆡ ᄒ직고 오더니 마침 ᄃᆡ풍이 이러나 군시 힝보을 차리지
못ᄒ고 일세 느저 졍히 황혼일너라 각셜 어협ᄃᆡ 노인을 이별ᄒ
고 도셩으로 향ᄒ더니 엇더흔 장쉬

길을 막으며 왈 너는 엇더흔 사람이며 어ᄃᆡ로 가는뇨 ᄒ고 길을
막거늘 협ᄃᆡ ᄃᆡ로 왈 나는 숑국 ᄃᆡ스마 ᄃᆡ도독이라 우림 임원슈
의 장령을 바더 도셩으로 가나니 밧비 길을 열나 흔ᄃᆡ 어ᄇᆡ
위여 왈 나는 호국 ᄃᆡ장이라 너의 놈들이 이리 올 쥴 알고 여그
와 고ᄃᆡ흔 지 오ᄅᆡ 던이라 ᄒ고 분긔 ᄃᆡ발ᄒ여 다라들거늘 협ᄃᆡ
바라보니 졍신이 황홀흔지라 졉젼 슈합에 거의 쥭게 되어더니
믄득 원슈의 쥬던 금낭계을 싱각ᄒ고 금낭을 쇼화ᄒ니 하날노
셔 흔 션관이 ᄂᆡ려와 크게 위여 왈 네 만일 호국을 위ᄒ면 텬벌
을 쥬리라 흔ᄃᆡ 어ᄇᆡ ᄃᆡ경ᄒ여 길을 열거늘 협ᄃᆡ 직시 힝ᄒ여
밤시도록 가니라 ᄎ셜 어ᄇᆡ 호수

호 압히 와 고왈 쇼장이 죵신토록 장군을 셤기고져 ᄒ여삽더니
ᄌ연 마음이 숑구ᄒ여 변화 삭어지고 눈을 쓸 슈 업삽나이다
ᄒ거늘 호수회 왈 엇지ᄒ여 그러ᄒ뇨 어ᄇᆡ 왈 긔야에 숑국 ᄃᆡ장
을 거의 잡게 되여삽더니 텬상에셔 호령 왈 네 만일 호국을

도으면 텬별을 쥬리라 ᄒᆞ오니 장군은 만세 무양ᄒᆞ옵쇼셔 ᄒᆞ고
ᄒᆞ직고 가거늘 호ᄉᆞ회 실피 통곡ᄒᆞ더라 잇ᄯᅢ 무협귀 위로왈
장군은 물녀ᄒᆞ옵쇼셔 금일 곳 셕두셩을 급피 쳐 숑 틔ᄌᆞ을 항복
밧ᄉᆞ이다 ᄒᆞ고 익일에 셕두셩을 치거날 ᄉᆞ이원이 틔ᄌᆞ을 모시
고 늬셩에 드러가리 ᄒᆞ니라 ᄎᆞ셜 어협ᄃᆡ 셕두셩에 득달ᄒᆞ여
졔삼낭을 쇼화

ᄒᆞ니 난 ᄃᆡ 업난 신병 신장이 쳔병을 옹위ᄒᆞ여 셧거늘 도독이
신장을 거나려 호병을 시살ᄒᆞ니 호ᄉᆞ회 ᄃᆡ경ᄒᆞ여 살펴보니 무
슈ᄒᆞᆫ 신병이 셩즁에 가득ᄒᆞ여 호병을 엄살ᄒᆞ거늘 호ᄉᆞ회 ᄃᆡ경
ᄒᆞ여 부즉 써 공즁에 치치니 신병은 시러지고 ᄒᆞᆫ 장쉬 셩즁으로
드러오거늘 호ᄉᆞ회 장창을 들고 ᄃᆡ호 왈 너은 엇더ᄒᆞᆫ 장슈완ᄃᆡ
이 곳에 와 숑 틔ᄌᆞ를 도읍나뇨 ᄒᆞ고 다라드러 졉젼ᄒᆞ거늘 어협
ᄃᆡ ᄃᆡ로 왈 나는 숑국 ᄃᆡ장 어협ᄃᆡ라 ᄒᆞ고 다라드러 교봉 일ᄇᆡᆨ
팔십여 합에 불분승부러니 호ᄉᆞ회 일즉 장ᄉᆞ진을 치고 협ᄃᆡ
둘너싸고 위여 왈 ᄲᆞᆯ니 항복ᄒᆞ라 쇼ᄅᆡ 텬디 진동ᄒᆞ는지라 협ᄃᆡ
마상에서 칼

집고 북두칠셩을 향ᄒᆞ여 ᄉᆞ비ᄒᆞ니 사라졋던 신병이 ᄃᆞ시 모여
의논 왈 도독의 명이 격(경)각에 잇시니 셩즁에 들어ᄀᆞ 구ᄒᆞ리
라 만일 구치 못ᄒᆞ면 우리등이 텬별을 당ᄒᆞ겟다 ᄒᆞ고 ᄉᆞ면 팔방

으로 셩즁에 드러가 고함ᄒ고 호병을 엄살ᄒ니 호병이 졍신이 산란ᄒ여 눈을 바로 쓰지 못할네라 ᄎ시 호ᄉ회 협디을 거의 잡게 되어더니 난디 업는 병민 셩즁에 가득ᄒ여 시살ᄒ는지라 호ᄉ회 디경ᄒ여 긔를 두루며 군ᄉ을 영솔할 지음에 협디 졍신 차려 니셩 동문으로 쑈차나오며 디호 왈 숑국 디장 협디 여그 잇노라 ᄒ고 달녀드러 호ᄉ호을 치니 호ᄉ회 급피 군ᄉ을 지촉ᄒ여 십 니

P.85

을 물너 하쳐ᄒ니라 각셜 도독 어협디 완완이 드러와 니셩 협문을 열나 ᄒ니 틱ᄌᆞ와 ᄉ이원이 놀나 살펴보니 슈긔에 써시되 숑국 디ᄉ마 디도독 어협디라 써거늘 디희하여 급피 문을 열고 맛거늘 협디 드러가 틱ᄌᆞ게 뵈옵고 쥬왈 원슈 임호은이 호왕을 항복밧고 텬ᄌᆞ을 모셔 틱평ᄒ옵시니 염녀 마옵쇼셔 흔디 틱ᄌᆡ 텬ᄌᆞ의 문후를 뭇ᄌᆞ옵고 여긔온 연고을 무르신디 디왈 호왕이 호ᄉ호을 보니 도셩을 엄십(습)ᄒ란 말을 호왕의게 듯습고 원슈의 금낭계와 삼일 니로 득달ᄒ여 도셩을 구ᄒ고 틱ᄌᆞ을 반셕 갓치 보호ᄒ란 령을 듯잡고 쥬야 빈도ᄒ여 왓나니

P.86

다 쥬달ᄒ니 틱ᄌᆞ와 만진즁이 디희ᄒ여 셩문을 구지 닷고 임원슈 도라오기만 기다리더라 화셜 호ᄉ회 분긔 디발ᄒ여 무협귀을 불너 왈 우리 협디을 거의 잡게 되어더니 하날이 신병으로

숑국을 도으니 우리 쯧즐 이루지 못할지라 ᄒ고 ᄂᆡ심에 두려워
ᄒ더라 각셜 임원쉬 여당을 쇼쳥ᄒ 후 빅셩을 안무ᄒ고 텬ᄌᆞ을
모시고 호왕을 함거에 싯고 군ᄉᆞ을 휘동ᄒ여 ᄀᆡ가을 부르며
장안으로 향ᄒᆞᆯᄉᆡ 십여 일 만에 셕두셩에 득달ᄒ니 협ᄃᆡ 틱ᄌᆞ게
엿ᄌᆞ오ᄃᆡ 임원쉬 텬ᄌᆞ을 모시고 호왕을 슈레에 실고 이르럿나
이다 틱ᄌᆡ 반기ᄉᆞ 왈 장군은 ᄲᆞᆯ니 나가 영졉ᄒ라 협ᄃᆡ 응낙ᄒ고

상마 ᄃᆡ호 왈 반젹 호ᄉᆞ호는 드르라 우리 텬ᄌᆡ 너의 왕을 지금
슈레에 실고 셩 밧게 이르러시니 너는 ᄲᆞᆯ니 나와 항복ᄒ라 호통
ᄒᆞᆫᄃᆡ 호ᄉᆞ회 이 말을 듯고 ᄃᆡ로ᄒ여 ᄂᆡ다라 왈 우리 ᄃᆡ왕은
너의가 잡어시나 ᄂᆡ 너을 싱금ᄒ 후 우리 왕을 구ᄒ리라 ᄒ고
셔로 싸와 불분승부러니 호ᄉᆞ회 장창을 드러 협ᄃᆡ를 지르고져
ᄒ다가 고쳐 싱각ᄒ고 말을 지르니 협ᄃᆡ 말게 ᄂᆡ려지난지라
호ᄉᆞ회 군ᄉᆞ을 호령ᄒ여 협ᄃᆡ을 결박ᄒ여 슈레에 실고 승젼고
을 울이며 군즁을 시살ᄒ는지라 잇ᄯᆡ 임원쉬 셩즁 허실을 살펴
더니 호ᄉᆞ회 협ᄃᆡ을 싱금ᄒ고 승젼고을 울니거늘 원쉬 ᄃᆡ로ᄒ
여 호왕을 ᄂᆡ입ᄒ여 왈 너의 아장 호ᄉᆞ회 우리 협ᄃᆡ을 싱금ᄒ니
엇지 분치 아니리요 너는 네 아장의

죄로 죽으라 무ᄉᆞ를 명ᄒ여 버히라 ᄒ니 호왕이 복ᄃᆡ 쥬왈 쇼왕
의 아장은 츙신이오니 잔명을 살녀 쥬시면 지금 곳 군ᄉᆞ로 ᄒ여

금 편지을 쥬어 곳 오게 ᄒ오리이다 이걸ᄒᄃᆡ 원쉬 분간ᄒ고
호왕의 셔찰을 쥬어 호ᄉ호게로 보ᄂᆡ니라 각셜 호ᄉ회 승젼ᄒ
고 슐을 마시더니 져의 왕의 셔찰을 기탁ᄒ니 그 글에 ᄒ여시되
박덕ᄒᆫ 이 몸이 긔병ᄒᆫ 후로 픽ᄒᆡ미 업더니 방장 셩(홍)문연
잔치에 ᄉ옹국 ᄃᆡ장 임호은이 들어와 달셔통 장운간을 일 합에
버히고 이 몸이 잡피여 죽게 되어더니 임원슈의 후덕으로 지금
사라 이시니 장군은 박덕ᄒᆫ 과인을 싱각ᄒ여 밧비 나와 항복ᄒ
여 잔명을 구ᄒ라 ᄒ여거늘 호ᄉ회 견필에

P.89

ᄃᆡ셩통곡 왈 텬디망이요 비젼지죄라 ᄒ고 협ᄃᆡ을 희박하여 왈
장군은 나와 갓치 가ᄉ이다 ᄒ거늘 협ᄃᆡ 왈 나는 픽군지장이라
우리 원슈을 무슴 면목으로 뵈오리요 장군은 혼자 ᄀ쇼셔 ᄒᄃᆡ
호ᄉ회 왈 장슈의 실슈은 병가에 상ᄉᆡ라 ᄂᆡ 인졔는 할 일 업셔
항복ᄒ러 가노라 ᄒ더라 차셜 호ᄉ회 갑옷슬 벗셔 엽히 씨고
ᄉ옹진에 나아가 원슈게 고두쳥죄 왈 쇼장이 죽을 죄을 지여ᄉ오
니 원슈 덕퇵에 사라지이다 ᄒ거늘 원쉬 ᄃᆡ미 왈 네 국왕이
이믜 항셔을 밧쳐거늘 네 감이 외람ᄒᆫ 마음을 먹고 오히려 승젼
ᄒ엿다 ᄒ니 너 갓튼 놈을 죽여 후인을 증계ᄒ리라 ᄒ고 무ᄉ을
호령ᄒ여 원문 밧게 ᄂᆡ여 참ᄒ라 ᄒ니 호ᄉ회 고두

P.90

사죄 왈 쇼장이 지죠 부죡ᄒ미 아니오라 우리 ᄃᆡ왕의 셔찰이

왓삽기로 항복ᄒ러 왓나이다 원쉬 반쇼 왈 그러ᄒ면 네 용밍을
구경코져 ᄒ노라 호ᄉ회 ᄃᆡ왈 ᄉ차불피니 엇지 사양ᄒ오리가
ᄒ고 쥬머귀로 바회을 치니 바회 ᄭᅡ여지난지라 원쉬 왈 장ᄒ다
ᄒ고 다시 치라 ᄒ니 호ᄉ회 쥬먹귀을 놉피 들어 바회을 치니
바회는 ᄭᅢ여지지 아니ᄒ고 쥬먹이 터져 피 흐르거늘 원쉬 왈
ᄯᅩ 무신 ᄌᆡ죠을 보즈 흔ᄃᆡ 호ᄉ회 몸을 쇼소와 희동 쳥보라ᄆᆡ
되어 슈빅 장이나 ᄯᅥ 빅운을 무릅씨고 나라 단이난지라 원쉬
도슐을 불려 텬하강산을 ᄃᆡ희을 만들고 그 가온ᄃᆡ 벽녁도을
셰워더니 호ᄉ회

두루 단이다가 희즁에 셕각이 잇거늘 그 셕각에 안즈 쉬어더니
발이 버혀 피 흐르거늘 원쉬 공즁에서 위여 왈 그ᄃᆡ는 어이ᄒ여
남의 칼ᄭᅳᆾ히 안져 발이 상ᄒ여나뇨 호ᄉ회 ᄃᆡ경ᄒ여 원슈의
슐법을 보고 빅빈고두ᄒ고 항복ᄒ거늘 원쉬 왈 그ᄃᆡ의 용밍덜
이 ᄭᅥᆷ을 이러도다 ᄒ니 호ᄉ화 눈을 드러 원슈을 자셔이 살펴보
니 텬하 영웅일너라 호ᄉ회 왈 장군을 ᄌᆞ셔이 뵈오니 슈십 년
젼에 북두칠셩이 하강ᄒ여삽더니 과연 장군이 나셔도다 ᄒ고
치하ᄒ거늘 원쉬 답왈 그런 말은 다시 말나 ᄒ고 무ᄉ을 명ᄒ여
호왕과 호ᄉ호을 당상에 올녀 안치고 슐을 부어 권ᄒ며 효유ᄒ
더라

익일에 원쉬 호왕괄 호亽호을 본국으로 보닐식 삼일 잔치 혼
후 례단과 뇌(례)물을 마니 쥬어 젼숑할식 원쉬 당부 왈 본국에
도라가 어진 명亽을 힝ᄒ고 삼년드리 죠공을 게으르게 ᄒ지
말고 부듸 잠시라도 듸국 인정 싱각ᄒ라 당부ᄒ여 보닉니라
각셜 텬진 졔장을 가나려 장듸에 놉피 안져 좌긔할식 원쉬 틱즈
게 슉빈ᄒ온듸 틱지 못닉 치亽ᄒ시고 텬즈게 나와 읍쥬 왈 폐ᄒ
계옵셔 친졍ᄒ옵신 후 도셩을 슈직ᄒ와 종묘사직을 밧들가 ᄒ
여삽더니 의외 젹병의 난을 만나 위틱ᄒ옵더니 임원쉬 덕으
부지 군신이 상봉ᄒ오니 만만츄(츅)슈로쇼이다 텬진 유유ᄒ

시다 츳시 만죄 다 모여시되 사이원이 업는지라 원쉬 듸로ᄒ여
창검을 좌우에 셰우고 무亽을 호령ᄒ여 슈셩장 사이원을 닉입
ᄒ라 ᄒ듸 무시 령을 듯고 사이원을 잡아드려 장젼에 꿀이듸
원쉬 듸미 왈 네 죄을 네 아는냐 사이원이 사라지라 익걸ᄒ는지
라 원쉬 왈 닉 너 갓튼 쇼인을 죽여 텬ᄒ을 증계할 거시로되
쳣지는 국운이요 둘직은 나의 신슈요 셰지는 네 아뎔 사남의
츙셩을 싱각ᄒ여 용셔ᄒ나니 일후은 기심 슈덕ᄒ라 ᄒ고 끠어
닉치다 츠셜 원쉬 사남의 츙셩을 감동ᄒ여 텬즈게 쥬달ᄒ와
시호을 문츙이라 닉리亽 왕례로 장亽ᄒ고 치졔혼 후 사이원을

청ㅎ여 그 아덜에 츙셩을 빗늬고 슐을 부어 권ㅎ니 사이원이
황공ㅎ여 왈 젼일을 싱각지 안이시고 이러케 후듸ㅎ시니 장군
젼에 쥭기를 바라니이다 원쉬 왈 승상은 엇지 그런 말을 ㅎ시나
닛가 젼사을 싱각ㅎ면 승상은 나의 은인이라 이 몸이 조흔 벼살
노 잇셔스면 창검 쓰기와 병셔 공부를 ㅎ야스며 벽녁도와 엄신
갑을 어듸 가 어더 쳔하를 틔평케 ㅎ리요 이 도시 승샹의 덕이라
ㅎ고 슐을 나와 질기니 사승샹이 이러나 죄를 스레ㅎ거날 츄시
텬지 이런 수연 드르시고 왈 님원슈의 죄는 샤이원의 간계라
ㅎ시고 환궁ㅎ신 후 논죄코져 ㅎ시더라 화셜

졔장군졸이며 장안 만민이 모다 말ㅎ되 수이원은 셰샹에 용납
지 못홀 소인이라 그런 속에서 수남 가튼 츙신이 엇지 낫스리요
님원슈을 모함ㅎ야 쥭이려 ㅎ다가 이졔 이르러 원슈의 듸덕을
입어 븩일을 보고 슐을 바다 먹으니 소인의 오쟝을 가히 알지라
하면목으로 입어셰리요 ㅎ니 수이원이 이 말 듯고 머리를 들지
못ㅎ야 즈문이스ㅎ니라 원쉬 이 말 듯고 례물을 쥬어 션샨에
안장케 ㅎ다 각셜 원쉬 텬즈와 틱즈을 뫼셔 환궁ㅎ실시 만됴븩
관이며 만셩인민이 틱평가를 부르며 쳔호만셰ㅎ야 질기더라
텬지 즉위ㅎ신 지 팔 년이요 츄시는

갑진 츄칠월 망간이라 하됴흐스 왈 딤으로 흐야 무죄흔 장졸이
원혼이 되야스니 엇지 비창치 아니리요 우양을 만니 즈바 그
원혼들을 위로흐고 젼망흔 명홍닉으로 시호를 나리스 광녹후를
봉흐시고 명홍쳘노 병부샹셔 흐이시고 어협딕로 부원슈를 봉흐
시고 기여졔장은 각각 츠례로 봉쟉흐시고 금은치단을 만니 쥬
어 질겁게 흐고 츌젼 군졸들은 미젼 목포을 만니 쥬사 어졔
부모 쳐즈로 질겁게 흐시더라 츠셜 님원쉬 퇴죠흐야 니승샹딕
으로 나아오니 그 부모와 승샹 양위 셔로 만나 반기며 텬은을
츅슈흐더라 닉일에 니승샹과 원

쉬 궐닉에 들어가 텬즈계 죠회흐고 승샹이 쥬왈 폐하의 홍복으
로 죵묘와 사직을 안보흐옵고 텬하 틱평흐오니 만만 츅슈로쇼
이다 텬직 하교흐사 왈 금일 셔로 만나 틱평케 흐믄 다 원슈의
덕이라 그 공을 무어시로 갑흐리요 흐시고 죠신을 모와 황극뎐
에 뎐좌흐시고 하죠 왈 임호은의 공은 텬하을 반분흐여도다
갑지 못할지라 쵸왕을 봉흐나니 희방은 지실흐라 흐신딕 임호
은이 돈슈 쥬왈 신이 비록 촌공이 잇스오나 폐하의 너부신 덕이
옵고 졔장의 공이오니 복원 황상은 신의 관직을 거두사 세상에
용납게 흐옵쇼셔 쥬달흐온딕 상이 가라스딕 셩문연 일을 싱각
흐면 살을 버혀도 다 갑지 못흘지라 경

P.98

은 안심찰직ᄒ라 쵸국이 비록 적으나 왕직은 일반이라 어진
정ᄉ로 빅셩을 다스려 쳔츄에 유젼ᄒ라 ᄒ시고 ᄯᅩ 하죠 왈 오쵸
는 동남이 험지라 외국을 잘 방어ᄒ라 ᄒ시고 희동 십만을 더
붓치나니 사양 말나 원쉬 마지 못ᄒ여 텬은을 슉사ᄒ고 다시
쥬왈 신의 쳐의 죄을 용셔ᄒ와 쥬옵쇼셔 ᄒ온디 텬지 놀나 ᄉ왈
짐이 이져도다 ᄒ시고 인ᄒ여 영관을 보니사 희비케 ᄒ시니
쵸왕이 텬은을 사례ᄒ고 집으로 도라오니라 화셜 사관이 각쳐
에 니려ᄀ 죠셔을 젼ᄒ고 부인을 모셔 경ᄉ로 도라오니라 각셜
쵸왕이 삼부인을 만나 셰상 고락을 말삼ᄒ며 텬은을 못니 일캇
더라 원쉬 탑하에 하직ᄒ옵고 부모와 셰 부인을 모셔 발힝할시

P.99

텬지 빅관을 거나려 셩외 십 니에 거동ᄒ사 젼숑ᄒ시고 각관에
힝관ᄒ사 지공을 잘 거힝케 ᄒ시고 환궁ᄒ시다 각셜 쵸왕이
힝ᄒᆫ 지 여러 날 만에 광쥬ᄯᅡ에셔 창두 밍진통을 만나 젼후
슈말을 낫낫치 고ᄒᆫ디 왕이 미의 쳥직ᄒ믈 탄복ᄒ더라 차셜
텬지 죠셔을 니리오소 쥬야 빈조ᄒ라 ᄒ시다 ᄉ관이 쥬야 빈도
ᄒ여 쥬노에셔 됴셔을 드리온디 쵸왕이 ᄉ관을 마져 북향ᄉ비
ᄒ옵고 됴셔을 기탁ᄒ니 부친으로 팃상왕을 봉ᄒ시고 모친으로
도디비을 봉ᄒ시고 니씨로 공렬왕비을 봉하시고 공쥬로 광열왕
비 ᄒ이시고 당씨로 슉렬왕비을 ᄒ이시고 미의로 졍렬부인을
봉ᄒ시고 밍진통

으로 광쥬ᄌ사을 ᄒ이시고 각각 금은치단을 만이 보닛 츙신
열졀과 효힝을 빗니시더라 차셜 효왕이 본국에 도라와 만죠
문무을 거나려 진하 바든 후 산호 쳔셰을 부르고 인의을 벼푸러
빅셩을 ᄃᆞᄉᆞ리니 국틱ᄒᆞ여 산무도젹ᄒᆞ고 야물폐문ᄒᆞ여 격양가
로 셰월을 보니더라 차셜 효왕이 궁궐을 크게 일웍ᄒᆞ여 쳐쇼을
다 각각 졍홀ᄉᆡ 틱상왕 양위는 자경뎐에 쳐ᄒᆞ사 시녀 슈빅으로
뫼시게 ᄒᆞ고 니씨는 경춘당에 펴ᄒᆞ여 시녀 삼빅으로 시위ᄒᆞ게
ᄒᆞ고 공쥬는 경화당에 쳐ᄒᆞ여 시녀 삼빅으로 시위케 ᄒᆞ고 당씨
로 경션당에 쳐ᄒᆞ여 시녀 삼빅으로 시위케 ᄒᆞ고 미이로 경슌당
에 쳐ᄒᆞ여 시녀 삼빅으로 시위

케 ᄒᆞ고 왕은 외뎐에 쳐ᄒᆞ여 제신으로 더부러 졍ᄉᆞ을 ᄃᆞᄉᆞ리니
우슌풍죠ᄒᆞ여 요슌셰계러라 여러 부인이 졍의 골뇩 갓트여 죠
금도 투긔지심이 업셔 우흐로 효봉구고ᄒᆞ고 아릐로 왕을 인도
로 셤기니 가내에 화긔융융ᄒᆞ더라 이쩌 니부인은 삼ᄌᆞ일녀을
싱ᄒᆞ고 공쥬는 ᄉᆞ즈이녀을 두고 댱씨은 이ᄌᆞ을 두고 미이은
일자일녀을 싱ᄒᆞ니 십ᄌᆞ오녀 다 부풍모십ᄒᆞ여 튱효겸젼터라
차셜 뎐지 효국왕 쇼식이 격죠ᄒᆞ믈 미안이 역이ᄉᆞ ᄉᆞ관을 퇵졍
ᄒᆞ여 보니시다 이쩌 예관이 효국에 득달ᄒᆞ여 죠셔을 젼ᄒᆞᆫᄃᆡ
효왕이 녜고나을 마져 북

향수비흔 후 됴셔을 기탁ᄒ니 ᄒ여시되 그 ᄉ이 쇼식이 쩌죠ᄒ
고 아름다온 얼골을 사모ᄒᄉ 위문ᄒ신 됴셔라 예관을 후이
듸졉ᄒ여 슈일 만에 ᄌ문을 써 회듀ᄒ니라 각셜 ᄉ관이 여러
날 만에 ᄉ은ᄒ온듸 텬ᄌ 쵸왕을 듸흔 듯 반가이 역이시더라
이쩌 쵸왕의 여러 아들이 쇼연등과ᄒ여 텬죠에 거ᄒ니 일문이
혁혁ᄒ더라 화셜 쵸왕이 텬ᄌ게 죠회 ᄎ로 발ᄒᆡᆼᄒᆯᄉᆡ 듸상와
(왕)게 ᄒ직ᄒ고 여러 부인을 이별ᄒ고 셰ᄌ을 당부 왈 듸쇼ᄉ
을 다 잇실 쩌 갓치 ᄒ라 ᄒ고 장졸을 거나려 여러 날 만에
황성에 득달ᄒ여 텬폐에 죠회ᄒ온듸 텬ᄌ 반기시고 틱ᄌ 쏘흔
반기시고 호국 츌젼 졔장이며 만죠빅관이 다시 만나 반기며

기간 그리던 졍회를 벼풀더라 텬ᄌ 인견ᄒᄉ 왈 짐이 셰상에
오릭 유치 못할지라 틱ᄌ 장셩ᄒ여시니 젼위ᄒ고 짐은 틱상황
이 되어 경으로 더부러 여년을 맛치고져 ᄒ노라 ᄒ시고 황극뎐
에 젼좌ᄒ사 틱ᄌ게 뎐위ᄒ시고 틱상황이 되시고 틱ᄌ게
당부 왈 치국안민ᄒ여 종묘사직을 잘 밧들나 ᄒ시고 파죠ᄒ시
다 각셜 신황졔 즉위 원년에 과거을 빅셜ᄒ사 영웅호걸을 ᄲᆞ실
ᄉᆡ 텨(텬)하 션비 만슈산 구름 못(이)듯ᄒ더라 차셜 쵸왕이 텬폐
에 하직ᄒ고 본국에 도라오니 셰ᄌ 만죠을 거나려 성외 십 니에
나와 문후ᄒ온 후 무ᄉ이 환국ᄒ심을 츅슈ᄒ더라 쵸왕이 입궐
ᄒ여 틱상왕 양위젼에 문안ᄒᄋᆸ고 황성 연즁 셜화을

쥬달ᄒᆞ온ᄃᆡ 퇴상왕이 북향ᄒᆞ여 사비츅슈ᄒᆞ더라 이러구러 셰월
이 여류ᄒᆞ여 퇴상왕 양위 말년에 빅 셰 향슈ᄒᆞ다가 위연 득병ᄒᆞ
니 쵸왕이 야불히ᄃᆡᄒᆞ고 싀탕에 게으르지 아니ᄒᆞ되 텬명이라
엇지ᄒᆞ리요 임오 츄팔월 십칠 오시에 쥴ᄒᆞ니 시년이 구십칠
셰러라 쵸왕이 발상거이ᄒᆞ여 여산에 봉릉ᄒᆞ고 호읍으로 셰월을
보ᄂᆡ더니 훌훌ᄒᆞᆫ 셰월이 여류ᄒᆞ여 삼상을 맛친 후 만죠을 모와
진하ᄒᆞ고 쵸왕이 하교 왈 과인이 년노ᄒᆞ여 국정을 살필 슈 업난
지라 셰ᄌᆞ의게 젼위ᄒᆞ려 ᄒᆞ나니 만죠빅관들은 셰ᄌᆞ을 안보ᄒᆞ여
사직죵묘을 잘 밧들나 ᄒᆞ고 셰ᄌᆞ의게 젼위ᄒᆞ여 왈 안덕으로
나라을 다스리고 텬졔 죠

공을 게을니 말나 부탁ᄒᆞ고 싀시로 퇴상왕이 되다 각셜 텬지
위연이 신음ᄒᆞᄉᆞ 명츅 팔월 십오일에 붕ᄒᆞ시니 츈취 칠십구
셰시라 신황뎨 이통ᄒᆞ믈 마지 아니터라 칠삭 만에 션능에 안장
ᄒᆞ니라 차셜 쵸왕이 황셩에 올나와 텬ᄌᆞ게 됴문ᄒᆞ옵고 산릉에
나아가 이통ᄒᆞ니 릉상으로 안기 일러나 위문ᄒᆞ시는 듯ᄒᆞ더라
쵸국 퇴왕이 황뎨게 ᄒᆞ직ᄒᆞ온ᄃᆡ 황뎨 금은치단을 만이 쥬사
왈 짐은 나히 어리고 경은 년로ᄒᆞ니 국가 ᄃᆡ사를 뉘가 도으리요
ᄒᆞ신ᄃᆡ 쵸왕이 ᄃᆡ왈 쇼신의 ᄌᆞ식이 십ᄌᆞ오니 무슴 염녀 잇사오
리가 쥬달ᄒᆞ온ᄃᆡ 황뎨 흔연이 역이시더라 쵸국 퇴상왕이 됴졍
에 당부ᄒᆞ여 진츙갈녁ᄒᆞ여 사군ᄒᆞ라 면

면이 부탁ㅎ고 인ㅎ여 써나니라 화셜 쵸왕이 본국에 도라와
ㅈ녀들을 교훈ㅎ여 셰월을 보닉며 강틱공의 병법과 한신의 지
략과 오긔의 용병ㅎ던 법방을 가르치니 텬하에 무쇼긔탄일너라
일일은 틱상왕이 자녀을 거나려 츈월누에 올나 여러 부인과
ㅈ녀을 가나려 츈졍을 구경ㅎ더니 홀연 동듁히로 흑운이 이러
나며 셔긔 반공터니 우연이 옥져 쇼릭 나며 흔 노인이 닉려와
왕을 딕ㅎ여 왈 인간 ㅈ미 엇더ㅎ요 시각이 느껴가니 쌜니 가ㅈ
ㅎ거늘 왕이 ㅈ셔 보니 다른 이 아니요 유슈션싱이라 왕이 계하
에 닉려 복디 문후 왈 션싱계옵셔 누디에 왕임ㅎ시니 일신이
숑구ㅎ와 알욀 말씀 업삽ㄴ

이다 ㅎ거날 션싱 왈 그딕는 엇지ㅎ여 이져나요 왕이 딕왈 뎨지
진토에 뭇쳐 젼슈을 이져나이다 ㅎ고 자녀을 불너 유언ㅎ고
사부인을 다리고 션싱임 모시고 뎡즁에 닉려 셔니 흑운이 이러
나 셔긔 반공터니 학의 쇼릭에 사부인과 왕이 등텬ㅎ니 시년이
칠십오 셰라 ㅈ녀등이 할 일 업셔 하날을 우러러 발상거이ㅎ고
부모익 의딕을 갓츄와 션능에 안장ㅎ고 삼 년 졔슈을 지셩으로
지닉더라 이러구러 삼 년 쵸토을 맛치고 여러 형뎨 우익ㅎ여
국닉에 화긔 융셩ㅎ여 빅ㅈ쳔숀이 계계승승ㅎ여 쳔만 셰을 누
리더라 옛말에 일너시되 고싱ㅎ면 낙이 난듸

ᄒ여시되 임호은 갓튼 사람은 화복이 상반ᄒ여 말년에 그일
거시 업시 되여시니 셰상 군ᄌ덜은 고싱ᄒ다 셔러 말고 쳔셩만
올케 가지고 지니면 복이 졀노 오나니 부듸 마음과 뜻을 바로
먹고 지니시며 임호은이보듯 더 나흘 터이오니 부듸 군ᄌ임네
는 불망ᄒ옵심 쳔만 바라오며 알후 셰계 사람덜이 본밧게 ᄒ노
라 이 ᄎᆞᆨ 보시난 쳠군ᄌ는 의ᄌ 낙셔 만ᄉ오니 눌너 보시옵쇼셔

신츅 사월 쵸이월 직즁 필셔
상마동 판동장니 니씨 남이딕

■ 〈김광순 소장 필사본 고소설 100선〉 간행 ■

□ 제1차 역주자 및 작품 (14편)

직위	역주자	소속	학위	작품
책임연구원	김광순	경북대학교	문학박사	진성운전
연구원	김동협	동국대학교	문학박사	왕낭전 · 황월선전
연구원	정병호	경북대학교	문학박사	서옥설 · 명배신전
연구원	신태수	영남대학교	문학박사	남계연담
연구원	권영호	영남대학교	문학박사	윤선옥전 · 춘매전 · 취연전
연구원	강영숙	경북대학교	문학박사	수륙문답 · 주봉전
연구원	백운용	경북대학교	박사수료	강릉추월전
연구원	박진아	경북대학교	박사수료	송부인전 · 금방울전

□ 제2차 역주자 및 작품 (15편)

직위	역주자	소속	학위	작품
책임연구원	김광순	경북대학교	문학박사	숙영낭자전 · 홍백화전
연구원	김동협	동국대학교	문학박사	사대기
연구원	정병호	경북대학교	문학박사	임진록 · 유생전 · 승호상송기
연구원	신태수	영남대학교	문학박사	이태경전 · 양추밀전
연구원	권영호	경북대학교	문학박사	낙성비룡
연구원	강영숙	경북대학교	문학박사	권익중실기 · 두껍전
연구원	백운용	경북대학교	박사수료	조한림전 · 서해무릉기
연구원	박진아	경북대학교	박사수료	설낭자전 · 김인향전

□ 제3차 역주자 및 작품 (11편)

직위	역주자	소속	학위	작품
책임연구원	김광순	경북대학교	문학박사	월봉기록
연구원	김동협	동국대학교	문학박사	천군기
연구원	정병호	경북대학교	문학박사	사씨남정기
연구원	신태수	영남대학교	문학박사	어룡전 · 사명당행록
연구원	권영호	경북대학교	문학박사	꿩의자치가 · 박부인전
연구원	강영숙	경북대학교	문학박사	정진사전 · 안락국전
연구원	백운용	경북대학교	박사수료	이대봉전
연구원	박진아	경북대학교	박사수료	최현전

□ 제4차 역주자 및 작품 (12편)

직위	역주자	소속	학위	작품
책임연구원	김광순	경북대학교	문학박사	춘향전
연구원	김동협	동국대학교	문학박사	옥황기
연구원	정병호	경북대학교	문학박사	구운몽(상)
연구원	신태수	영남대학교	문학박사	임호은전
연구원	권영호	경북대학교	문학박사	소학사전 · 홍보전
연구원	강영숙	경북대학교	문학박사	곽해룡전 · 유씨전
연구원	백운용	경북대학교	박사수료	옥단춘전 · 장풍운전
연구원	박진아	경북대학교	박사수료	미인도 · 길동